ヤマトを撃つ沖縄文学

大城立裕・又吉栄喜・目取真俊

黒古一夫
Kuroko Kazuo

アーツアンドクラフツ

目次

装丁◉林 二朗

ヤマトを撃つ沖縄文学

――大城立裕・又吉栄喜・目取真俊

序章　「日本＝ヤマト」を撃つ沖縄文学

〈1〉『沖縄ノート』に始まる

まだ若かった大江健三郎が『ヒロシマ・ノート』（岩波新書　一九六五年刊）に引き続いて「世界」に連載した『沖縄ノート』が岩波新書として刊行された時（一九七〇年）、その第二回「日本が沖縄に属する」を読んだ時の、「戸惑い」というか、「衝撃」については五十年以上経った現在でも鮮明に記憶している。

僕は沖縄へなんのために行くのか、という僕自身の内部の声は、きみは沖縄へなんのために来るのか、という沖縄からの拒絶の声にかさなりあって、つねに僕をひき裂いている。穀つぶしめが、とふたつの声が同時にいう。そのように沖縄へ行く（来る）ことはやさしいのか、と問いつめつづける。いや、僕にとって沖縄へ行くことはやさしくはない、と僕はひそかに考える。沖縄へ行くたびに、そこから僕を拒絶すべく吹きつけてくる圧力は、日ましに強くなると感じられる。この拒絶の圧力をかたちづくっているもの、それは歴史であり現在の状況、人間、事物であり、明日のすべてであるが、その圧力の焦点には、いくたびかの沖縄への旅行で、僕がもっとも愛するようになった人々の、絶対的な優しさとかさなりあった、したたかな拒絶があるから、問題は困難なのだ。

僕はかれらをなお深く知るために沖縄へ行こうとする。しかしかれらをより深く知ることとは、かれらがやさしく、かつ確固として僕を拒絶していることを、絶望的なほどにもはっきりと認識することなのだ。それでもなお僕は、沖縄へ行こうとする。

沖縄に惹かれながら、にもかかわらず沖縄から拒絶されているような感覚、これは「本土復帰」を目前に控えたこの時期にあって、沖縄の在り様にいくらかでも関心を持っていた者にとって共通の感覚であった、と言っていいかもしれない。そんな当時にあっては沖縄に対する共通した思い（感覚）を綴った大江の沖縄行きに伴う「心境」に、何故私は「戸惑い」や「衝撃」を覚えたのか。それは、一九七〇年前後の「政治の季節」に知り合った同じ大学の医学部に籍を置く沖縄からの「国費医学生」（「国費・自費沖縄学生制度」による選抜を受けて入学してきた学生）と、沖縄返還を巡って「返還か沖縄独立か」で議論になった時、彼から突然「あなたたちヤマトンチュ（日本人・本土の人間）に俺たちウチナンチュ（沖縄人）がこれまで味わってきた苦しみや悲しみがわかるか、全く分かっていないじゃないか」と言われ、喧嘩になったことがあったからである。長い付き合いの中で彼が私に「怒り」を露わにしたのはその時一回だけだったが、それからずっと彼の言葉が私の中で、公言していなかったが、一種の「トラウマ」となって私を呪縛し続けてきた。もちろん、「文学青年」として、あるいは貧しい家庭に育った「政治青年」として、また戦争史や戦後史に特に興味を持っていた学生として、沖縄が未だアメリカの占領下にあり、そのために沖縄人が苦しんできたということも、江戸時代の薩摩藩による琉球（沖縄）支配を経て明治新政府による「琉球処分」以来、ずっと日本＝ヤマトによる「沖縄差別」が存在していたということも、知識（概念）としては知っていた。

しかし、アメリカ軍占領下（施政権の下）で暮らすことの実際について、何ほどかを知っていたわけではない――後にすでに沖縄で医師をしていた件の医学生に誘われて沖縄を初めて訪れた際に、彼に「ここが子供のころ僕たちが住んでいた家です」と案内された家は、家と言うより小屋と言った方がよい建物で、家の半分はアメリカ人相手のオンリー（在沖米軍将校の「沖縄妻」）が住み、残りの半分八畳一間に一家五人が生活していたという――。大学の後輩が「あなたはウチナンチュの苦しみや悲しみが全く分かっていない」と苛立ちを滲ませながら怒りの言葉を発したのも、ヤマトンチュの私たちが余りに沖縄（占領下の社会）について「無知」だったからであり、その対応も「半可通」で「能天気」だったからだと思う。もちろん、連合軍（アメリカ軍）の日本本土の占領について私が全く知らなかったわけではない。私がアメリカ軍に関して記憶しているのは、群馬の自宅のすぐ近くにあった戦時中銅を精錬する軍需工場であった工場にジープで乗り込んできた進駐軍（占領軍・アメリカ軍兵士）

に、「ギブミー・チョコレート」とか「ギブミー・チュウインガム」と叫んで、投げ与えられたチョコレートなどに近所の子供たちと一緒に群がったことであり、私は小さかったのでガキたちのチョコレート争奪戦に負け、ジープのアメリカ軍兵士から直接チョコレートを手渡しされたことぐらいである。また、ガキたちが集まった場所で、「日本で一番偉い人は誰だ」という話になった時、皇国教育を受けてきた高学年の子供たちは口をそろえて「天皇陛下」と言ったのに対して、どこで覚えたのか私たち年少組のガキが、口をそろえて「マッカーサー」と答えていたのを記憶しているぐらいである。

また、一九五七（昭和三十二）年一月三十日にそのころ住んでいた町から数十キロ離れた在日米軍相馬が原演習場（現・自衛隊第一二師団相馬が原駐屯地）で起こった、換金目的で砲弾片などを拾いに来ていた農家の主婦を二十一歳の米軍兵士ウイリアム・S・ジラードが「ママサン　ダイジョウビ　タクサン　ブラス　ステイ」と呼びかけ、近寄ってきた主婦をライフルで射殺した「ジラード事件」について、マスコミが連日「大きなニュース」として報道したということもあり、わたしも小学校六年生だったので、よく覚えている。特に、ジラードが「懲役三年　執行猶予四年」の判決を受けたことについて、何の罪もない子供が六人もいる農家の主婦を「遊び半分」で射殺するという犯罪に対して、まさに戦勝国アメリカと敗戦国日本の関係を直接的に反映したような理不尽な判決が下されたことについては、子供心に憤りを覚えた記憶がある――この「ジラード事件」と同じような事件が沖縄でも起こっていたことを、後に又吉栄喜《またよしえいき》の『ジョージが射殺した猪』（「文学界」一九七八年三月号　第八回九州芸術祭文学賞受賞）で知る――。

そんな経験を下敷きにした私の沖縄に対する「柔《やわ》な」知見を後輩の沖縄からやってきた国費医学生は撃った、と言えばいいか。時は、まさに沖縄返還を巡って激しく社会が動いていた時代で、新左翼各派が一九七二年の「沖縄返還」を巡って「沖縄奪還」とか「沖縄解放」とかを呼号して激しい街頭闘争などを繰り広げていた時代であった。また、私的な事情があって、一九六九年一月十八・十九日の東大安田講堂闘争を、籠城した知った顔の幾人かを思い出しながら私は自大学のバリケード内のテレビで見ていたのだが、私にとって喫緊の問題は、前年三月の三里塚闘争の時から続いて胸内に湧出してきていた「敗北感」をどう処理し、再び前を向いて進んでいけるかということがあり、件の国費医学生から「あなたたちはウチナンチュの苦しみや悲しみが全く分かっていない」と突き付けられても、その実際に想像力を働かせることができなかったのである。余談になるが、件の国費医学生とはその後ももう一人の友人と共に親しく付き合ってきたが、彼の言葉が後々まで私を呪縛し、彼が医師となって沖縄に帰り十年近く経って「沖縄に遊びに来ませんか。ご案内しますよ」と声をかけてくれるまで、沖縄を訪れることができなかった。

そんなことがあって、その後は先の大江健三郎の『沖縄ノート』に導かれるように、「琉大文学」出身の若き論客（詩人）新川《あらかわ》明の『反国家の兇区』（一九七一年　現代評論社刊）所収の「『非国民』の思想と論理——沖縄における思想の自立について」や、新川と「琉大文学」で一緒だった川満《かわみつ》信一の「中央公論」に載った「沖縄祖国復帰の意味」（一九七二年五月号）等、後に『沖縄・根からの問い——共生への渇望』（一九七八年　泰流社刊）や『沖縄・自立と共生の思想』（一九八七年　海風社刊）にまとめられる論考などを参考に、何としても自身の「沖縄論」を構築しようとしたのだが、いかんせん、自身で沖縄の地を踏み「沖縄の文化」や沖縄戦の戦跡、あるいは米軍基地の実際（占領の実態）を見る（経験する）ことができないということがあって、一九七〇年代は隔靴搔痒の思いで過ごすことになったのである。

言葉を換えれば、例えば新川明の『非国民』の思想と論理」の「一　沖縄の思想」の冒頭に置かれた次のような言葉に圧倒され、「沖縄」に関しておのれの言葉を発することができなかったということになる。

沖縄という微細な、それでいて日本列島国家の南端から〈日本〉に対して特異性を主張している島嶼の中に、みずからの〈生〉を不可避的に繫ぎとめているわたしたちが、沖縄の存在とかかわる何らかの言葉を発するということは、とりもなおさずみずからの〈生〉の意味を問うことであり、その〈生〉がどのような姿勢で歴史の酷薄に耐え、あるいは参加しようとしているかを、みずからの〈生〉そのものに問い、突きつめていくことにほかならない。

さらにまた、その沖縄にいて、沖縄の存在について考え、何らかの言葉を発するということは、とりもなおさず〈国家としての日本〉とのかかわりにおいて沖縄の存在の意味を問うことであり、沖縄の存在が〈国家としての日本〉に対して所有するであろう衝迫の可能性を、沖縄の存在それ自体に突きつけていくことにほかならない。

そのようなみずからの〈生〉と、その〈生〉を繋ぎとめている沖縄の存在について語ることは、沖縄の存在をして〈国家としての日本〉を撃ち、そこに際限のない毒矢を打ち込む存在たらしめるために、避けることを許されない思想的の営みとしてわたしたちが背負う業苦でもある。それは語りつぐにしては、あまりにも貧しい言葉しか持たぬゆえに業苦であるわけだが、にもかかわらずそれは、一種のひそやかな歓びをともなうものとしてわたしたちに所有されることも否定することはできない。

この新川の文章を読んで痛感したのは、新川のようにも、また大江健三郎のようにも、自分はまだ「国家としての日本」を撃つ言葉を持っていないということであった。政治的な「敗北」から立ち直るべく、近代文学の黎明期に自らの言葉を獲得しようとして悪戦苦闘し、思い半ばにして自ら生命を絶たざるを得なかった北村透谷の『楚囚之詩』や『内部生命論』等々に込められた言葉（表現）を足掛かりに、「転向」意識を内に秘めながら、何とかして「日本を撃つ言葉」を手に入れたいと「出立」を決意したのも、新川らの言葉に出会ったからであったと言っても過言ではない。

また、川満信一の「沖縄――〈非国民〉の思想」（「映画批評」一九七一年七月号）の、後に「第一章大城立裕論」で大きく取り上げるが、大城の「沖縄問題は文化問題である」（「世界」一九七一年六月号）で展開された「沖縄論」を批判した次のような言葉も、今後の自分の進む方向を示唆しているのではないかと受け止めるようになっていた。

だから「非国民」という自己規定は、騎馬民族に対する海洋民族という異族だからでもなく、異質の歴史や文化を生きているからでもない。また現在のように日本国家の名目上の支配からはずされているからでもない。

たとい沖縄が日本に同質化しようと、あるいは日・米間の政治的処理によって、沖縄が日本の国境線の内側へ囲いこまれ、そしてわたしたちがいや応なく日本国民の肩書を授かろうと、そのこととは関係なく「非国民」という自己規定はなされるのである。国家が支配の論理において成り立つものである以上、支配の総体を否定し、拒絶していくための死者的立場からの論理は「非国民」としての自己規定から出発するしかないということである。

いうまでもなく現実には、どこまでも国民でしかなく、共同体の分子でしかないが、そうした自己の現実と背理の関係で思想を成りたたせるとき、ラジカルな世界に通底していく可能性をつかめるのだと思う。

「非国民」たる自分が所持すべき「言葉」は、どのようなものであるべきなのか。沖縄の若き論客や詩人の言葉に導かれながら、「沖縄」を巡って右往左往していた私が辿り着いたのは、やはり沖縄への意識を導いてくれた大江健三郎の『沖縄ノート』であった。このルポルタージュの最後に置かれた「『本土』は実在しない」の冒頭は、まさに当時の私の心境を丸ごと表現するものであったと言っても過言ではない。

僕が、ここに書きつづけてきた、沖縄を核《コア》として、日本人としての自己検証をめざすノートは、論理的な完結の印象とともに閉じることができぬものとしだいに自覚されてきた。僕はこのノートを開いたまま自分のうちに持ちつづけるだろう。いうまでもなく僕は、そもそものはじめから自分が繰りかえしてきた、日本人とはなにか、このような日本人ではないところの日本人へと自分をかえることができないか、という内部への問いについて、どうなのだ、いくらかなりとおまえの非力な腕が押している、重い蝸牛の車は前をむいて進んだのか、と揺さぶりをかけられるのを感じないではいない。それに対して僕は、ますます自分の視界にうす暗い霧がかかってきた、と不甲斐ないことを中間報告するのではあるが、しかしこの問いかけを自分の内部の永久運動体として持ちつづけてゆこうとしていることをもまた、後戻り不能の歯どめのようにやわな自分の頭と肉体のすぐわきにうちこむ杭《くい》の言葉としてここに記しておきたいのである。（傍点ルビ原文）

なお、『沖縄ノート』に先立つ『ヒロシマ・ノート』の「プロローグ――広島へ……」の中で大江は次のように書いていたが、それはまさに『沖縄ノート』の精神に通底するものであり、この二つの大江のルポルタージュとの出会いがあって、暗黙の裡ではあったが、一九七〇年代以降の「文学」と共にあろうとする私の生き方が決められていったと言えるかもしれない。

僕は広島の、まさに広島の人間らしい人々の生き方と思想とに深い印象をうけていた。僕は直接かれらに勇気づけられたし、逆に、いま僕自身が、ガラス箱のなかの自分の息子との相関においておちこみつつある一種の神経症の種子、退廃の根を、深奥からえぐりだされる痛みの感覚をもあじわっていた。そして僕は、広島とこれらの真に広島的なる人々をヤスリとして、自分自身の内部の硬度を点検してみたいとねがいはじめていたのである。僕は戦後の民主主義時代に中等教育をうけ、大学ではフランス現代文学を中心に語学と文学の勉強をし、そして仕事をはじめたばかりの小説家としては、日本およびアメリカの戦後文学の影のもとに活動している、そういう短い内部の歴史をもつ人間であった。僕は、そうした自分が所持しているはずの自分自身の感覚とモラルと思想とを、すべて単一に広島のヤスリにかけ、広島のレンズをとおして再検討することを望んだのであった。

この大江の「自分自身の感覚とモラルと思想とを広島のヤスリにかける」という言葉がいかに重いものであったか。私がその後日本近現代文学の研究者として、また批評家として『原爆とことば――原民喜から林京子まで』（一九八三年　三一書房刊）、『原爆文学論――核時代と想像力』（一九九三年　彩流社刊）、『原爆は文学にどう描かれてきたか』（二〇〇五年　八朔社刊）、『林京子論――「ナガサキ」・上海・アメリカ』（二〇〇七年　日本図書センター刊）、『文学者の「核・フクシマ」論――吉本隆明・大江健三郎・村上春樹』（二〇一三年　彩流社刊）、『原発文学史・論――絶望的な「核（原発）」状況に抗して』(二〇一八年　社会評論社刊)を著し、『日本の原爆文学』(全十五巻　一九八三年　ほるぷ出版刊)、『日本の原爆記録』(全二十巻　一九九一年　日本図書センター刊)、『ヒロシマ・ナガサキ　写真・絵画集成』(全六巻　一九九三年　同)、『写真集　ノーモア　ヒロシマ・ナガサキ』(二〇〇六年　同)の編集に携わることになったのも、繰り返すが『ヒロシマ・ノート』の大江の「自分自身の感覚とモラルと思想とを広島のヤスリにかける」という言葉が、私の胸底に通奏低音のように鳴り響いていたからにほかならなかった。

〈2〉「沖縄」との再会・「大城立裕」との出会い

もちろん、この間「沖縄」や「沖縄文学」について等閑にしていたわけではない。大江の『沖縄ノート』や先の新川明や川満信一の「評論」に導かれるように、霜多《しもた》正次《せいじ》の『沖縄島』(一九五七年)や大城立裕《おおしろたつひろ》の芥川賞受賞作『カクテル・パーティー』(一九六七年)、すばる文学賞を受賞した又吉栄喜の『ギンネム屋敷』(一九八〇年)などをはじめ、目に入った「沖縄文学」は手に入れ読み続けてきた。しかし、そんな私と「沖縄文学」との関係を劇的に変えたのが、沖縄の地元紙「琉球新報」からの一本の電話であった。その電話はそれまで全く知らなかった文化部記者からのもので、「自分は立松和平のファンで、私の書いた『立松和平——疾走する「境界」』(一九九一年　六興出版刊、後に副題を「疾走する文学精神」に変える)を読んだが、今度『水滴』で芥川賞を受賞した目取真俊の文学について、三回の連載で思うことを書いていただけないか」というような内容のものであった。芥川賞受賞以前に九州芸術祭文学賞を受賞した『水滴』については、すでに「文学界」（一九九七年四月号）で読んでおり、それまで私が読んできた「沖縄文学」、具体的には霜多正次や大城立裕、又吉栄喜の小説とは少し毛色が違うという感想を持っていたということもあって、「琉球新報」の要求には二つ返事で引き受けた。それが「『沖縄文学』と目取真俊」（上中下　一九九七年七月二十五日、二十九日、三十日）である。なお、記者が付けた見出しは（上）が「考えたい独自性の意味――「辺境」「土着」の冠辞は不要」、（中）が「硬質なテーマ追い求め――「恋愛」より時代、政治に関心」、（下）が「惰眠に痛打浴びせる――現代日本を相対化」であった。

　この私の初めての本腰を入れた「沖縄文学」論は、そこそこ沖縄の読者に受け入れられたようで、「琉球新報」から再び目取真俊《めどるましゅん》が芥川賞受賞第一作として発表した『オキナワン・ブック・レヴュー』（「文学界」一九九七年十月号）について書いて欲しいという依頼が来た。「目取真俊の文学的位置――『オキナワン・ブック・レヴュー』を巡って」と題し、私は二回にわたって文章を寄せた。例によって見出しを記せば、（上）は「『普遍＝全体』目指す自負――中央と地方の図式に苛立ち」（一九九七年十月十三日）で、（下）は「徹底した『沖縄』批判――思想の自閉傾向に苛立つ」（同月十四日）であった。『オキナワン・ブック・レヴュー』を読んで、私には目取真俊が「中央（東京中心）」志向の強い沖縄文学のその当時の在り様に苛立っているように見えたのである。

　そんな私の目取真俊文学に対する批評が余程気に入ったのか、件の文化部記者から翌年（一九九八年）

の一月、五年前から沖縄に移住し、そこを拠点に文学活動をしていた池澤夏樹について三回連載で何か好きなことを書いて欲しいとの依頼があった。題して『『島』の文学――池澤夏樹論」、（上）の見出しは「ストイックな自己意識――根源的な洞察の表れ」（「琉球新報」一九九八年一月十五日）、（中）は「『境界』に生きる覚悟――この時代を相対化する視点」（同一月十六日）、（下）は「沖縄の力得て新世界へ――『普通の生活』に熱い共感」（同一月十九日）であった。

そして、同じ年の三月、「琉球新報」の同じ記者から「立松和平と沖縄」との関係について、四回連載してくれないかという依頼があった。立松和平が沖縄を訪問する時にはいつも付き合っていたという件の記者は、先にも書いたように、私の最初の著書『北村透谷論――天空への渇望』（一九七九年冬樹社刊）の担当編集者が立松の最初の長編『ブリキの北回帰線』（一九七八年　同）を担当していたという縁で、立松と私が親しくしていたことも知っており、その上での依頼であった。「波之上の青春――原点創生」（一　「琉球新報」一九九八年三月十六日）、「ヤポネシア論」（二　同三月十七日）、「『聖なる場』への憧憬」（三　同三月十八日）、「癒しの島」（四　同三月十九日）が見出しであったが、立松の文壇デビュー作『途方にくれて』（「早稲田文学」一九七〇年二月号）がベトナム戦争真っ最中の沖縄を舞台にした初の長編であったことを思うと、「立松和平と沖縄」というタイトル（問題意識）は読者の意を十分に汲むものであったかもしれない。

そんな「沖縄」に関わる様々なことがあって、私の大学院ゼミに初めて沖縄（沖縄国際大学）出身の学生（呉屋美奈子）が入ってきた。「沖縄文学に関するテーマで博士論文を書きたい」という希望を持っていた彼女に、私は「目取真俊について書く時調べたのだが、知る限り、大城立裕について満足のいく研究（論文）は十分ではないように思う。大城立裕について挑戦してはどうか」と提案し、また「夏休みに帰省するのであれば、沖縄で大城立裕に関する資料収集を行い、もしできたら大城立裕氏に直接お会いしていろいろ話を聞いたらどうか」とも提案した。彼女は、私の提案を素直に受け入れ、大学院に入学した年の夏に彼女は早速大城さんにお会いして、大城さんの文学に関する資料が全部「沖縄県立文書館」に収められていることを知り、大城さんからそれらの資料を自由に閲覧できるように手配してもらうという僥倖を得た。本格的な「大城立裕研究」の執筆を目指した彼女にとって、大城さんが作家を目指した時から収集してきた資料や自作に関する資料等々を自由に閲覧できるというのは、研究者（の卵）にとっては思いがけないことであったが、彼女は大城さんにお会いした時、大城さんは私が数年前に大城さんの「戦争と文化」三部作の二作目『かがやける荒野』（一九九五年新潮社刊）の書評を「北海道新聞」（一九九六年一月十四日）に書いていたことを知っていて――後のことになるが、大城さんは先に「琉球新報」に書いた目取真俊論や池澤夏樹や立松和平に関する記事を読んでいたことも知る――大学に戻ってきた彼女から彼女と共に一度お会いしたいとの言葉があった、と伝えられた。

作家の立松和平、琉球大学教授の仲程昌徳、呉屋美奈子の師沖縄国際大学助教授大野隆之の協力を得て『大城立裕全集』（全十三巻　二〇〇二年　勉誠出版刊）を編集、全巻一挙刊行できたのも、大城さんの全面協力もあったが、全巻の「解題」を担当してくれた院生の呉屋美奈子が献身的にサポートしてくれたからであった。『大城立裕全集』を編集する際に、当然のことながら収録作品の全てを読み、大城さんとも相談しながら「解説」をお願いした作家や研究者（批評家）の文章と齟齬がないかどうかを点検する作業を行ったが、それらの作業を通じて改めて「沖縄文学」の一端を十分に知ることになった。なお、『大城立裕全集』の「解説」は、第一巻（小説Ⅰ　仲程昌徳）、第二巻（小説Ⅱ　池澤夏樹）、第三巻（小説Ⅲ　黒古）、第四巻（小説Ⅳ　又吉栄喜）、第五巻（小説Ⅴ　秋山駿）、第六巻（小説Ⅵ　川村湊）、第七巻（小説Ⅶ　鈴木貞美）、第八巻（短編Ⅰ　呉屋美奈子）、第九巻（短編Ⅱ　立松和平）、第十巻（短編Ⅲ　松下博文）、第十一巻（評論・ノンフィクション　黒古）、第十二巻（評論・エッセイⅠ　湯川豊）、第十三巻（評論・エッセイⅡ　大野隆之）であった。今、「解説者」の名前を書き写していて改めて思うのは、『大城立裕全集』のために錚々たるメンバーが協力を全く惜しまなかったのは、大城立裕という沖縄初の芥川賞作家が、大岡昇平が『カクテル・パーティー』を文学時評――大岡は、一九六六年十二月から一年間「朝日新聞」の文芸時評欄を担当したが、その「五月版」に吉村昭の『高熱隧道』や花田清輝の『聖人絵』と並んで大城立裕の『カクテル・パーティー』を取り上げ、「同じく同人雑誌『新沖縄文学』冬号の大城立裕「カクテル・パーティー」も事実によりかかりながら、巧みに文学的に処理した作品である。（中略）沖縄の特殊事情から発生した事件を扱っている」――で取り上げたということもあり、多くの人から関心を持たれていたからだったのだろう。

なお、『大城立裕全集』がその年の沖縄タイムス出版賞特別賞を受賞したということもあって、大城さんの全面協力の下で『大城立裕文学アルバム』（二〇〇四年　勉誠出版刊）を私の編集で上梓した。

この文学アルバムの巻末には、大城さんの「沖縄で文学五十年」を付したほか、それぞれの節目に「大城文学を読み解く」と題して、「大城立裕と中国」(川村湊)、「占領下の沖縄と大城文学」(岡本恵徳)、「可視／不可視の暴力と身体のポリティックス——大城作品における「アメリカ「基地」表象」(本浜秀彦)、「歴史の決算——大城文学と琉球・沖縄の歴史」(仲程昌徳)、「大城立裕における沖縄の「伝統」の(再)発見——アメリカ人研究者から見た大城文学——」(ダビンダー・ボウミック〈訳・本浜秀彦〉)——ダビンダー・ボウミックは、私が二〇〇〇年三月～八月まで在外研究でシアトルのワシントン大学で大学院生相手に「政治と文学」の講座を開いた時の教え子で、沖縄生まれのインド系アメリカ人女性で現在はワシントン大学の教授になっている——、『大城文学に描かれた女性像』(与那覇恵子)、「大城文学と沖縄の生活」(大野隆之)、「『オキナワ』と『ヤマト』——大城文学の根源的特質」(黒古)というテーマで書いてもらったが、文学アルバムとしては異色なものになったと自負している。『大城立裕全集』や『大城立裕文学アルバム』を編集した当時、私が大城立裕文学についてどう考えていたか、その一端が先に記した大城立裕の『かがやける荒野』の書評にあると思うので、その批評文の後半を書き写しておく。

混乱（無秩序）と飢餓、そして他の地方では類を見ない大量の「死者」をかかえ、かつ家族が散りぢりになるなどして苦しんでいた敗戦直後の沖縄、この状況は「平和」で「豊かな」戦後五十年の今日にあって全く消滅したであろうか。米軍基地の存在とそれが引き起こすさまざまな問題は、当時と現在とが沖縄(だけでなく日本全体)では根本のところでつながっていることを証している。恐らく作者がこの物語で一番読者に伝えたかったのは、このことである。

しかも作者は、ヨシ子(節子)の記憶が回復するという「蘇り」を物語のクライマックスにすることで、沖縄の人々の強靭かつしたたかな生命力としなやかな生活力に熱い共感を寄せ、そこに「明日」への希望を託している。重い主題だが、確かな読みごたえもまたある。(「北海道新聞」一九九六年一月十四日)

ただ、大城立裕文学に接すれば接するほど消えなかったのが、大城立裕の「立ち位置」(思想や歴史観)を端的に表す「沖縄問題は文化問題である」というテーゼに対する違和感である。私が件の「沖縄問題は文化問題である」というエッセイの全文を読んだのは、『全集』を編む過程であったが、先の川満信一も「沖縄〈非国民〉の思想」で批判していたことだが、「本土復帰」を一年後に控えた、本土=ヤマトでは火炎瓶とゲバ棒で武装したデモ隊に交番を守っていた警察官が一人焼殺されるという「渋谷暴動事件」が起こったことに象徴されるように、「異論」があったにせよ、日本社会党や日本共産党といった既成左翼がこぞって沖縄返還を巡って「異」を唱え、新左翼各派が街頭で激しく権力と対峙する運動を展開していた時、つまり「沖縄問題」が最も先鋭に「政治問題化」している時に、「沖縄問題は文化問題である」と言ってはばからないのは、その出発当初から「政治」に距離を置いてきた小説家とは言え、余りにも能天気すぎるのではないか、という思いを禁じることができず、また沖縄県庁の役人として「別な思惑」があったからそのようなテーゼを発したのではないか、との疑念も消すことができなかったからである。

「沖縄問題は文化問題である」（「世界」掲載時のタイトルは「挫折を憂える」）は、「沖縄の復帰は、ひろい意味で文化問題だ。それも沖縄のそれにとどまらず、日本文化の問題だ、と考える」で始まるこの論文に最初に違和感を持ったのは、次のような沖縄の本土復帰（運動）に対して大城立裕は「当事者意識」を欠いていたのではないか、と思ったからである。

ヤマトはいやだいやだといいながらも、戦後いち早く日本復帰運動が進められてきたというのは、四百年来の系統発生をくりかえしているようなものだが、そのこころは〈民族統一〉の本能的な志向に動かされたということなのだろう。この考えかたにたいして、最近批判的な論があらわれており、体制べったりの考えかただとされているようだが、その批判は現実と理想、あるいは存在と当為を混同したものであろう。私も、あとでふれるように、民族統一ということが単純素朴に本土へ同化するということであってはならないと考えるが、これまでの沖縄の志向は潜在的にそれで動いてきたと思うのである。沖縄の歴史的悲劇は、潜在意識としてその同化志向があったにもかかわらず、表向きの政治でその順調な成育をさまたげる待遇をうけたことからくる。薩摩や明治以来のヤマトの罪は、そこにある。潜在志向を利用されながら欲求をおさえられた精神の悲劇であって、これは経済搾取そのものよりはるかに大きな災禍であった。民族統一のエネルギーにとって、薩摩支配を第一の機会とその挫折、琉球処分を第二の機会とその挫折、沖縄戦とその後始末としてのサンフランシスコ条約を第三の機会とその挫折と解し、七二年復帰を第四の機会と解する所以である。

三度も挫折しながら、なおこりずに第四の機会をめざして努めた、ということは、いじらしい心根というべきか。正確にいえば、第四の機会はすでに二十年前からはじまっているのであり、七二年にそれが挫折を意味することにならないかどうかが、憂えられているのである。

薩摩藩の支配、琉球処分、沖縄戦、戦後の米軍占領、それらの歴史的出来事は全て「精神の悲劇」と言って済まされることではなく、まさに「暴力＝武力」を背景とした「政治」そのものがそこに発動していると考えるべきなのに、それを大城立裕は「文化（精神）問題」として片付けてしまっている。私が「違和感」を感じたのは、当然のことだったと言っていいのではないだろうか。特に、大城立裕も早い時期に『神島』（一九六八年）で書いているように、戦時中、慶良間諸島などで起こった日本軍守備隊による「集団自決」の強要は、「精神の悲劇」ではなく、明らかに軍隊（日本軍）による人間否定の所業である。さらに言えば、大城立裕は読んだはずの大江健三郎の『沖縄ノート』が次のような言葉で締めくくられていることを、本気で考えたことがあるのだろうか、ということも沖縄についての思考の裡にあったのである。

日本人とはなにか、このような日本人ではないところの日本人へと自分をかえることができないか、という暗い内省の渦巻きは、新しくまた僕をより深い奥底へとまきこみはじめる。そのような日々を生きつつ、しかも憲法第二十二条にいうところの国籍離脱の自由を僕が知りながらも、なおかつ日本人たりつづける以上、どのようにして自分の内部の沖縄ノートに、完結の手だてがあろう？

なお、不思議なのは、そのような沖縄の本土復帰に関する大城立裕の「沖縄問題は文化問題である」という発言に対して、大城立裕の死去に伴って上梓された『沖縄を求めて　沖縄を生きる――大城立裕追悼論集』（又吉栄喜・山里勝己・大城貞俊・崎浜慎編　二〇二二年　インパクト出版刊）において、編集委員をはじめとする執筆者（作家や批評家、思想家、研究者、等）の誰一人として言及していないことである。「政治」を避けてきた大城立裕の心情を「忖度」しての執筆者人選でなかったのであれば、それはそれでいいのだが……。「追悼論集」の発刊にあたって編集委員の一人大城貞俊が大城立裕という沖縄戦後文学の第一人者の文学者について、以下のように述べていたことを考えると、「沖縄問題は文化問題である」という大城立裕の沖縄に対する向き合い方に一言あってしかるべきだったのではないか、と思わざるを得ない。

大城立裕ほど沖縄を愛した人は、多くはいないだろう。沖縄を愛するとは、沖縄に寄り添い、沖縄を生きることだ。沖縄の過去・現在・未来を考え、沖縄の自立を自らの自立と重ね、希望を持ち続けることだ。大城立裕の人生は見事なまでに沖縄を生ききったと言っていい。沖縄で生まれた一人の人間として、また沖縄で表現活動を続けてきた作家としても、その活動は決して沖縄を離れることはなかった。

なお、大城立裕に次いで『オキナワの少年』（一九七一年）で文学界新人賞と芥川賞をダブル受賞した東峰夫に関して、この作品は発表と当時に読んだ記憶があるのだが（その後も二回ほど読んだ）、本土＝ヤマトの若者が沖縄へパスポートを海に投げ入れ強硬上陸しようとしている時に、「沖縄が嫌い」だから「脱出したい」というこの作のモチーフに強い「違和感」を抱いたことも記憶している。また、『大城立裕全集』が刊行されたのを機に岡本恵徳・高橋敏夫編で『沖縄文学選――日本文学のエッジから』（二〇〇三年　勉誠出版刊）が刊行され、私は吉田スエ子の『慶良間心中』（一九八四年）や長堂栄吉の『海鳴り』（一九八八年）、知念正真の戯曲『人類館』（一九七六年）、高良勉の詩『喜屋武岬』等が載った「第三部　復帰後の沖縄文学」に「『ヤマト』が、『沖縄』が、『アメリカ＝基地』が露出する」を書いたが、本浜秀彦が岡本恵徳、高橋敏夫に協力してなったこのコンパクトな「沖縄文学」のアンソロジーには、本書執筆に関してずいぶん助けられた。

〈3〉目取真俊の登場

沖縄で四人目となる芥川賞作家目取真俊の登場がいかに衝撃的であったか。先に記したことだが、私が「沖縄文学」について書く最初のきっかけになった「琉球新報」の「『沖縄文学』と目取真俊」を読み直して、その時は目取真俊の文学ほぼ全部に目を通しての批評ではなかったにもかかわらず、基本的なところで目取真俊の文学に対する私の見方はその時と今でそんなに変わっていないのではないか、との感想を持った。特に〈下〉「惰眠に痛打浴びせる――現代日本を相対化」は、本論を先取りしているのではないかと思えるほど、目取真俊文学の特徴を私なりに捉えているとの感想を持った。そこで、目取真俊の文学のあれこれは本論（第三部）に任せて、私の目取真俊文学、あるいは沖縄文学に対する考えが生硬のまま出ている〈下〉を全文書き写して、この〈3〉項を終えたいと思う。

ところで、今度『水滴』で芥川賞を受賞した目取真俊の文学についてであるが、残念ながらその作品のすべてに目を通したわけではないので総括的な批評はできないが、管見に入った作品だけで判断するならば、戦後の沖縄文学の中で方法的にも思想的にも相当高いレベルにあるのではないか、と思う。

特に、第十二回新沖縄文学賞を受賞した『平和通りと名付けられた街を歩いて』（一九八六年）など、名も無き民衆の側から「象徴天皇制」と沖縄との屈折した関係を撃って、秀逸である。人間としての優しさによってその存在を主張していた老女が「痴呆症」になってしまう。彼女は痛ましい沖縄戦の記憶を内に封じこめて戦後を生きてきたのだが、いまは自分の下の世話もできないほど痴呆が進み、家族の全員に迷惑をかけている。かつて露店を出していた「平和通り」のあたりを徘《はい》廻《かい》し、汚れた手で商品を触り、何度も何度も警察の世話になっている。そんな彼女を警察は、コウタイシデンカ夫妻が献血運動推進全国大会のために来沖するから外出させるな、と言ってくる。

物語は老女が糞《ふん》の付いた手でコウタイシ夫妻の乗った車を触り、小学校四年生の孫が家族の蒙《こうむ》った屈辱をはらすべくコウタイシの車にツバを吐きつける、というところで終わっているのであるが、何と言っても圧巻は老女に世話になった魚売りのおばさんが、警察のいやがらせにも屈せず商売を続け、かつ「コウタイシ＝象徴天皇制」など歯牙にもかけない沖縄の人々の心情を見事に演じている点である。痴呆症の老女⇕象徴天皇制、警察権力（天皇制に行き着く）⇕魚売りのおばさん、孫息子⇕象徴天皇制、幾重にも折り重なって象徴天皇制の問題点と沖縄の思想的独自性が明らかにされていく。

小説という表現形式でなければできないような方法で、「象徴天皇制」が、「沖縄の現実」が問い質《ただ》されているのである。沖縄文学の独自性はまた相対的に「天皇制」からの事由によって保証されているということなのだろう。

というのも、本土（日本）では深沢七郎の『風流夢譚』（六〇年）や大江健三郎の『セヴンティーン第Ⅱ部　政治少年死す』（六一年）、あるいは桐山襲の『パルチザン伝説』（八三年）、等をもちだすまでもなく、「天皇制」批判を底意に秘めたすべての表現が「右翼」の脅しと出版妨害によって、タブーとなっているからである。なぜこれほどまでに、と思える程にタブーは強力に張りめぐらされている。「天皇制」に関しては、憲法で保証された言論・出版の自由も無きに等しいのが、本土（日本）なのである。

そのことを考えると、タイトルにもイロニーがたっぷり塗りこめられた『平和通りと名付けられた街を歩いて』は、出色の「反天皇制小説」と言うことができる。この作品は、昭和天皇の死をモチーフとした『一月七日』（八九年）とともに沖縄文学の新しい方向性として記憶されるべきものである。

さて『水滴』であるが、右足の膝から下が冬瓜《すぶい》のように膨れあがった主人公（徳正）の沖縄戦における罪障感を軸に、物語は展開する。右足の指先から滴り落ちるようになった水が動植物の成長を促すことを知り売り出して大儲《もう》けする徳正の従兄弟、夫の異常にうろたえることなく看病と野良仕事に精を出す妻のウシ、そして夜中に徳正の足元に現れ水滴を飲んでは消えていく、友人の石嶺や傷付いた兵士たち。

小説の構造は、五十年以上前に死んだはずの友人や兵士たちが徳正の足元に現れる、ということからも分かるように、奇譚《きたん》とも寓話ともいえるものになっているが、そこに示された十分すぎるほどの方法意識の底に存在するのは、「生きつづける戦争」を対象化せんとする作者の文学思想にほかならない。本土（日本）ではすでに「風化」を通り越して消滅しつつある先の戦争に対する思い（反省）が、ここでは被害者が同時に加害者でもある戦争の錯綜した関係の中で、見事にとらえられている。

「生きつづける戦争」が沖縄だけに特殊な感情であるはずがない。本来は繰り返し再生させなければならない（生きつづける）戦争を「過去」に封印してしまうのは、それが権力者の意図であったとしても、人間として、文学に関わる者として怠惰の誹《そし》りをまぬがれないだろう。そのような惰眠をむさぼってきた者に対して、『水滴』は痛打を浴びせる。

このようにアグレッシブな作品は、「東京」中心の現代文学において、最近はほとんど見ることができなくなった。その意味で、『水滴』は、見せかけの「豊かさ」と「平和」に酔い痴れる現代日本の在り様を相対化するとともに、柔《やわ》になった現代の日本文学に対して強烈な「異和＝異化作用」を突きつけた、とも言える。

それほどに『水滴』は読みごたえのある、近年にない沖縄文学の収穫である。

なお、一つだけ付け加えておけば、目取真俊の芥川賞受賞第一作の『オキナワン・ブック・レビュー』について「琉球新報」の求めに応じて書いた「目取真俊の文学的位置」（一九九七年十月十三日、十四日）において、「琉球新報」紙上の大城立裕、又吉栄喜、琉大教授の仲程昌徳による座談会「『水滴』の波紋――沖縄文学を語る」（「琉球新報」同年七月二十二日・二十三日）で繰り返し発せられている「中央文壇」なる言葉に私が激しく反発していたことは、付記しておきたい。「沖縄文学」に対して、私はそれまで「中央（中心）―地方（辺境）」という図式で考えたことが無かったからである。

〈4〉立松和平・池澤夏樹・宮内勝典、そして……

先に、私は「中央―地方」という図式で「沖縄文学」について考えたことがないと書いたが、何故そのような考えを持つに至ったかと言えば、日々全国各地で書かれている文学作品に各地域名を冠することで、果たして何か特別なことが発見できるのかという疑問を常々持っていたからである。つまり、中央集権国家として出発した明治社会において生まれた近代文学の伝統を引き継ぐ現代文学（戦後文学）は、「日本語」で書かれた文学総体を指すと考えるということで、例えば「在日朝鮮人文学」も「日本語」で書かれている限り、日本（近現代）文学の一部として批評の対象にする、ということを意味すると思うからである。

ただ、本書で「沖縄文学」という呼称を使っているのは、これまで近現代文学研究者あるいは批評家として夥しい数の小説や詩、評論、エッセイなどを読んできた経験から、地域名を冠していいのは「沖縄文学」と「北海道文学」だけなのではないか、とも思ってきたからである。そのような観点から現代文学の総体を見渡した時、表現者が沖縄在住でも、沖縄出身でもないが、本土＝ヤマトとは異なる歴史や文化を持つ「沖縄」に何らかのインパクトを受けたことを創作のモチーフとした作品、あるいはそのような「沖縄」を舞台にした作品は、全て「沖縄文学」と言っていいのではないか、というのが私の考えである。

例えば、先に私が「沖縄」への関心を再び持つようになったきっかけの一つは、立松和平の文壇的処女作『途方にくれて』と出会ったことであったと書いたが、立松はその後『部屋の中の部屋』（「早稲田文学」一九七〇年四月号）等のベトナム戦争下の沖縄を舞台にした短編をいくつか書いた後、沖縄の伝説的妖怪「キジムナー」と幕末の琉球を舞台に活躍した怪盗を主人公にした『うんたまぎるー』（「世界」一九八八年十月号〜八九年九月号、単行本一九八九年　岩波書店刊）を上梓する。それほどまでに立松は沖縄にのめりこんだ、というのが私の判断である。立松が沖縄（奄美地方を含む）へどれほど深い関心を持っていたかについては、紀行文集『立松和平　日本を歩く』（黒古一夫編　全七巻　二〇〇六年勉誠出版刊）の第六巻『沖縄・奄美を歩く』に収められた「那覇の市場」や「斎場御嶽」、「波之上無頼」などの一五〇を超える数の紀行文（エッセイ）を読めば、すぐわかる。立松は、自分と沖縄との関係の一端について前記した『大城立裕全集』（第九巻）の「見事な大城立裕さん」と題する「解説」で、次のように書いていた。

長いこと文学という営為をつづけてきた大城立裕さんには、まことに失礼な話なのである。大城さんは突然私の前に現れた。当時早稲田の学生で、東京で下宿生活を送る私の前に、沖縄の文学が唐突といってもよい形で出現した。
　遠い記憶をたぐると、大岡昇平がアメリカ軍政下の沖縄を訪れ、沖縄タイムス社から刊行されていた「新沖縄文学」を手に取り、そこに掲載されていた大城さんの「カクテル・パーティー」を朝日新聞の文芸時評に取り上げた。もう一つの日本文学を発見したという風な、少し高揚した、きわめて好意的な時評であったことを私は覚えている。それはまさに事件であったのだ。

大岡昇平がたまたま沖縄にいき、たまたま「新沖縄文学」を手に取り、たまたま載っていた「カクテル・パーティー」をたまたま読んだのかどうか、今になってはわからない。だがその作品を新聞の文芸時評に取り上げること自体が、まことにセンセーショナルだったのである。

日本中の眼が沖縄に向かってそそがれつつある時代であったのだ。日本は経済成長の道をひた走り、戦後は終わったと思いたいのに、第二次世界大戦で占領された沖縄がいまだアメリカ軍政下にある。往来もままならず、新聞報道で洩れてくる沖縄の声は弱者の悲鳴のようであった。ベトナム戦争はいよいよ激しくなり、北ベトナムに向かって爆撃機が日毎夜毎に発進する沖縄は、アメリカ軍の前線基地となっていた。これでは北ベトナム軍や南ベトナム解放戦線に攻撃されても、仕方がないではないか。沖縄は望もうが望むまいが、アメリカの極東戦略に巻き込まれ、解放を望むアジアの人々を圧殺している。東京あたりでは、沖縄をそのように見ている人が多かった。

そんな時に、沖縄から生活の香りのする生の声が送られてきた。それが大城立裕作「カクテル・パーティー」だったのだ。小説というのは、人の生活感情や、肉声で語る思想などを表現するのに、すぐれたジャンルである。沖縄からの声を渇望するような日本の思想状況のまえに、「カクテル・パーティー」の出現はまことに時を得たものであった。その意味では、大岡昇平の沖縄における発見は、文芸時評として秀でていたのである。（傍点原文）

大岡昇平の「文芸時評」が特に「秀でていた」か否かは別にして、立松の『カクテル・パーティー』評は、別な言い方をすれば一九六〇年代後半の「沖縄文学」に対する一般的な文学史的位置付けを象徴するものだと言っていい。そして、そのような立松の沖縄文学へのアプローチの仕方に説得力があるのは、作家になる前の学生だった立松が「放浪者＝旅人」として施政権返還前の沖縄を何度も訪れ、そこでアルバイトなどを行い、「沖縄の現実」を肌で知るという経験があったからだと思われる。

同じような意味で、一九九四年二月から沖縄に移住し十年間そこに生活の基盤を置いてきた池澤夏樹の場合も、言葉＝表現に関わる者として独特な「沖縄」観を持っていると言ってよく、それは具体的には久高島の「イザイホー」の祀りに取材した『眠る女』（「文学界」一九九五年三月号、短編集『骨は珊瑚、眼は真珠』一九九五年　文藝春秋刊所収）や、帯文に「あの夏、私たちは四人だけの分隊で闘った。／ベトナム戦争末期、沖縄カデナ基地の中と外を結んで、巨大な米軍への抵抗を試みた、小さな『スパイ組織』があった。著者の十年に及ぶ沖縄での経験と詩作のすべてが注がれた渾身の長編。」とある『カデナ』（「新潮」二〇〇七年五～九、十一月号、十二月号、二〇〇八年一～十月号、単行本二〇〇九年　新潮社刊）に、池澤の「沖縄」観は凝縮されていると考えられる。

『カデナ』は、帯文にあるように「ベトナム戦争末期」Ｂ52戦略爆撃機が北爆のため定期的に飛び立っていた嘉手納基地内で暮らすアメリカ空軍所属の准将秘書官「フリーダ・ジェイン」（フィリピン人の母とアメリカ軍人のハーフ）と、基地周辺に生活の拠点を持つ敗戦に伴ってサイパンから沖縄に帰ってきた嘉手苅朝栄、嘉手苅朝栄とサイパンでの知り合いだったベトナム出身の「安南さん」、更には琉大生で反戦活動をしている「民子」を姉に持つロック・バンドのドラマー担当「タカ」、彼ら四人は奇しき縁から嘉手納基地からB52戦略爆撃機がベトナムへ飛ぶ日時をベトナムのしかるべき箇所に暗号電報で知らせる危険極まりない「スパイ活動」を行っている。北爆の日時を知らせることによって、ベトナムの民衆が前もって避難でき、それによって被害が少なくて済む、との考えからの活動であった。

一九六〇年代末、『カデナ』にあるような「スパイ活動」が嘉手納基地周辺で実際に行われていたかどうか、それは分からないし、そのことは問題ではない。重要なのは、ベトナム戦争の終結（一九七五年）から三十年以上経って、沖縄に移住した作家が一九六〇年代末の沖縄（嘉手納基地）に関わる様々な問題、沖縄戦の歴史（慶良間諸島における日本軍による集団自決の強制や、一九七〇年十二月二十日に起こった「コザ暴動」等）をはじめ、沖縄移民や沖縄における反戦活動（ベ平連の脱走米兵援助活動、等）、一九六八年十一月十九日に嘉手納基地で起こったB52戦略爆撃機の爆発炎上事件、更にはアメリカ軍による広島・長崎への「核攻撃」、等々を緻密に調べ上げ、その上で「アメリカ（軍）」という巨大な象に挑む名も無き「個人＝民衆」の姿を活写したことである。「虚構（フィクション）」の面白さや力を十分に知った作家の力作、それが『カデナ』であった。

作者の池澤夏樹は、沖縄に移住して四、五年経った頃、当時の沖縄県知事大田昌秀との対談『沖縄からはじまる』（一九九八年　集英社刊）の「まえがき　ぼくが大田知事に会ったわけ」の中で、次のように書いていた。

四年半前、ぼくは沖縄に引っ越した。その理由についていろいろなところで聞かれ、そのたびにいろいろな答えかたをしてきた。簡単に言ってしまえば、沖縄が好きだからということになる。海が好きで、島が好きで、ここの人々の元気が好きで、住んでいて気持ちがいい。しかしそれが理由の全部ではなかった。（中略）

ぼくの場合、好きだというのとは別に、沖縄に移り住むもう一つのきっかけとして、国というものに対する関心があった。もともと政治には興味がなかったはずなのだが、作家として書いてきたものを振り返ってみると、そこに国家というテーマが見え隠れしている。人の生活はある程度まで国という場の上に乗っているから、作家としてそれを書かざるを得ない。自分で日本に生まれたことを選んだわけではないけれど、日本はどこまでもぼくたちについてまわる。では、その自分たちの国の姿をなるべくよく見える視点から見てみたい。その視点を置く場として、沖縄はなかなか有利なところだとぼくは考えた。それがぼくが沖縄に来たもう一つの理由だった。

ところで、沖縄に移住した作家ということで思い出すのは、関西（神戸市）における「沖縄差別」に負けず、健気に生きる小学生を主人公にした『太陽の子』（一九七八年　理論社刊）が、前作の『兎の眼』（一九七四年　同）と共にベストセラーになって現代文学の世界でも知られるようになった灰谷健次郎のことである。灰谷は、『太陽の子』以後も子供を主人公にした読み物や教育論・子供論に関するエッセイ集などがベストセラーとなり、「硬派の児童文学作家」として活躍する傍ら、「自給自足」を目指して淡路島に移住し、その勢いで一九九一年に慶良間諸島渡嘉敷島に新居を建て移住する。しかし、灰谷の沖縄（渡嘉敷島）に関わるエッセイを読んでいて不思議に思ったのは、確かに渡嘉敷島などにおいて起きた「（日本軍の強制による）集団自決」に関しては、常識的なレベル（高校の歴史教科書程度）では触れていても、沖縄戦における皇軍（日本帝国主義軍隊）の在り方についての言及（批判）はなく、また戦後の沖縄において桎梏になってきた沖縄全土で全国の米軍施設面積の七〇％を占めるアメリカ軍基地が存在することによって生起する様々な問題や、そのような米軍基地を存在させる基になっている日米安保条約（日米地位協定）について、知識がないから言及しないのか、全く触れていないことである。沖縄に移住する前から何度も何度も沖縄を旅して、米軍基地に掣肘されている沖縄の現実を各地で目撃しているはずなのに、何故なのか。豊かな文学的素材があるのに、中古の漁船を購入し漁師のまねごとをして優雅な時を過ごす、「沖縄差別」を厳しく糾弾した作家として、果たしてそのような沖縄の離島（渡嘉敷島）暮らしで灰谷は充実した時を過ごすことができたのか。同じ沖縄移住作家であるにもかかわらず、池澤夏樹と灰谷健次郎の違いを痛感せざるを得なかった。

そして、宮内勝典である。宮内は一九七九年『南風』で文藝賞を受賞した後、アメリカ（ニューヨーク）に渡り、以後そこで十年間過ごすが、その間に何をしていたかと言えば、エッセイ集『LOOK AT ME――おれを見てくれ』（一九八三年　新潮社刊）や『宇宙的ナンセンスの時代』（一九八六年　教育社刊）や『ニカラグア密航計画』（同　同）を読めばすぐさまわかるように、宮内は「生の意味」を求めてアメリカ国内各地を歩き回り、恐竜の発掘現場を見学したり、ネイティブ・アメリカン（インディアン）の居留地を訪れて彼らと交流し、挙句の果てに中央アメリカの「ニカラグア解放戦線」の一員として機関銃を携えてジャングルの中を彷徨したり、ジャズに魅入られて黒人ミュージシャンのルーツを探るべく、アフリカまで足を運んだり、悪戦苦闘のしっぱなしであった。『ニカラグア密航計画』は、再版の度にそのタイトルを変え、新潮文庫版では『地球を抱きしめたい』（一九九〇年　新潮社刊）に、三五館版では『人は風に生まれる――モンゴロイドの青い薔薇』（一九九五年刊）という風に、である。「何故自分は生きているのか」、「生の実感はいかにして得られるか」、「自分はどこから来て、どこへ行くのか」、といった根源的な問いを内に秘めた宮内の「放浪の旅」、それを私は「求道の旅」と呼んでいるが、具体的にはどのようなものであったのか。例えば、『ニカラグア密航計画』の「第一章　アフリカの日々」には、いかに宮内が切実な思いを持って世界を放浪していたかの一端を伝えている。

サハラ砂漠の南、ニジェール川湾曲部の岩山に棲むドゴン族と、カラハリ砂漠のブッシュマンの存在を知ったときからアフリカに魅せられていたのだった。

いや、最初のきっかけはジャズだった。

バッド・パウエルやジョン・コルトレーンに入れあげた勢いで、アフリカ黒人に憧れ、ドゴン族の創世神話に夢中になってしまったのだ。複雑・精緻《せいち》をきわめた神話体系の中に、自分の前世のことても聞かされるような話がいくつも混じっていた。

たとえば人間はかつて性別も何もない完全な一体であったが、意識というやっかいなものをしょい込んでから男と女に分裂し、それ以来、男はかつての半身であった女を、女はかつての半身であった男を生涯探し求めるように運命づけられたのだという。

雨は神の精液である、という言葉にもくらくらっときたのを憶えている。


その後も宮内は、「魂の救済」をもとめてインドやヒマラヤの聖地を旅し、その自分の在り様を「ジロー」なる人物に託し、彼を主人公にした『金色の虎』（原題『奇妙な聖地』二〇〇二年　講談社刊）を著し、ベトナム戦争の最中に「平和」を願って焼身自殺したベトナム人僧侶の正体を探るべくベトナムの各所を訪れ、その様を『焼身』（二〇〇五年　集英社刊）と題する作品に仕上げた。また、インド独立の父「ガンジー」の足跡をひたすらたどった『魔王の愛』（二〇一〇年　新潮社刊）を著し、そして宮内の「生の意味」を尋ねる「求道の旅」は、ついに現代世界にあって「ノロ」や「ユタ」が生きている沖縄へと辿り着く。沖縄では、全学連書記長として「六〇年安保」を闘い、その後復学して東大医学部を卒業し各地の病院に勤務した後、一九六八年に沖縄にわたり以後死去するまで沖縄の地域精神医療に携わってきた島成郎やその仲間たちと宮内は交流を深め、そこから得たものを核に『永遠の道は曲がりくねる』（二〇一七年　河出書房新社刊）を著す。

宮内の『永遠の道は曲がりくねる』は、立松の『途方にくれて』や『うんたまぎるー』、あるいは池澤夏樹の『カデナ』とはその趣は異にしているが、「沖縄」を舞台に「沖縄」の歴史（伝統）や文化、習俗、生活が作家の創作を促しているという意味で、明らかに「沖縄文学」と言っていいものである。つまり、「沖縄」を舞台に、「沖縄」が抱える問題に取り組んでいる作品は、すべて「沖縄文学」と呼ばれていいということである。その意味で、第一六〇回直木賞と第九回山田風太郎賞をダブル受賞した真藤順丈の嘉手納基地に盗みに入る窃盗団の生き方を描いた『宝島』（二〇一八年　講談社刊）もまた、紛れもなく「沖縄文学」である。更に言えば、二〇一一年三月十一日の「東日本大震災」及び「フクシマ（福島第一原発の事故）」を機に東京を引き払い沖縄に移住した小説家であり評論家・美術家の山口泉の「琉球新報」に連載した時評をまとめた『まつろわぬ邦からの手紙』（二〇一九年　オーロラ自由アトリエ刊）も、その批評性の高さと共に優れた「沖縄文学」の一冊と言っていいのではないか、と思う。

では、かように多様な「沖縄文学」と取り組んできて得たものは何か。それは一言で言って目取真俊の文学に凝縮されていると思うが、本土＝ヤマトの現代文学ではほとんど失われかけている「日本＝ヤマトを撃つ」精神が、未だ沖縄では健在だということである。

第一章　大城立裕論――「同化」と「異化」のはざまで

〈1〉『カクテル・パーティー』評価をめぐって

戦後（占領期）の「沖縄文学」を批評（研究）の面から領導してきた「琉大文学」（一九五三年七月創刊）の創刊同人で後に琉球大学法文学部の教授となった岡本恵徳は、そのいくつか書かれた『カクテル・パーティー』論のうちの一つ「『カクテル・パーティー』の構造」（「沖縄文化研究」十二号　一九八六年）の冒頭部分において、「施政権返還以前の文学を〝戦後文学〟ないしは〝占領下の文学〟として位置付け」た場合、この時期の文学の特徴を最も象徴的に表しているのは大城立裕の『カクテル・パーティー』（一九六七年二月「新沖縄文学」四号）であるとし、この中編小説に対して下されてきた従来の評価を以下のように概観する。

この作品は、一見して明らかなように、米軍の支配下にあった沖縄の現実を、支配者側である人間と被支配者である沖縄の人間との確執を軸に描いた作品である。したがって、この作品が、支配者と被支配者の間の国際親善の欺瞞を鋭く告発した作品であるということも、また別な言い方で、米国の占領下におかれた沖縄の人間の苦悩と、人間性の恢復を希求した作品と捉えることもできる。そしてそこから、施政権返還以後も、なお膨大な米軍基地をかかえている沖縄の現実と重ねあわせて、この作品の現在的な意味を考えようとする立場が現われてきたりもする。

そして、以上のような概観で果たしてこの小説を「すっきりと明快に理解できるか」、更には「いくつかの問題が存在するのではないか」と問題提起を行う。その上で、大城立裕自身がこの沖縄文学を代表するとしている作品について「国際親善の欺瞞性をあばくことに出発しながらも、アメリカの犯罪を見て過去における日本の犯罪を思いだし、『加害者としての自分をも相手をも同時に責めるべきだ』として、加害者に対する絶対の不寛容というテーマをうちだした」（大城立裕「沖縄文学の可能性」「国語通信」二七七号　一九八五年七・八月号）と書いていることに対して、岡本恵徳は疑念を呈している。この「国際親善の欺瞞性」及び「（戦時下における中国やアジア各地への）日本の加害者性」に関わる大城立裕の発言（考え・思想）について、である。この大城立裕の戦時下及び占領下における「加害―被害」の相関性に対する考えは、生涯変わらなかったようで、例えば自己の半生と各時代の作品との関係を綴った『光源を求めて――戦後五〇年と私』（「沖縄タイムス」一九九六年一月四日～十二月二十四日、

単行本一九九七年　同社刊）の「文学のたたかい」の中で、次のように書いていた。少し長くなるが、大城立裕の「国際親善の欺瞞性」や「戦時における日本の加害―被害の関係」認識、あるいは「歴史（文学史）意識」に、看過できない「錯誤」や「勘違い」、更には「後付け」としか思われない箇所が散見されるので、以下に引いて検証しておきたい。

「カクテル・パーティー」を書いたのは、一九六五年である。

アメリカ人とのつきあいの意味を考えるのが、長いあいだの懸案であった。体制だけに目を向ければ、たしかに暗いものであった。「逆行のなかで」を書いたのはそれであった。「山がひらける頃」では、長い眼で見てのプラスとマイナスを秤にかけるところがあった。そうした試行錯誤のなかで、いわゆる琉米親善というのを見た。

たとえば、一九五三年にはペリー来航一〇〇周年記念行事というものが行われ、米琉親善委員会とかいうものが音頭をとって、沖縄人とアメリカ人が合同で仮装行列をした。それでいいのだろうか、という思いがあった。ペリーは侵略目的をもって来航したのであって、決して平和的親善とは繫がらなかったはずだ。米軍が音頭をとるのは分かるとしても、沖縄の知識人がそれに乗るはどうか、などと考えた。そのかたわらしかし、アメリカ人と沖縄人との日常生活の交流には愛すべきものがあり、否定しえないものがあった。

ただ、それが一旦体制と矛盾するケースが起きたら、どうなるか、ということが発想の源である。

たちまち崩れるはずの「仮面の論理」が私のなかに形をとりはじめ、やがてそれが米兵によるレイプ事件というフィクションの着想となった。（中略）

そこまでのところは、誰でも思いつくことであった。たとえば、『琉大文学』なら誰が書いても不思議はないはずのテーマである。しかし、私はそれでは飽き足らなかった。そのような単純素朴な反米思想なら、小説でなくてもよい、という躊躇いがあった。ここで私の中国体験が生きた。かつての中国での罪を、沖縄人も日本人として負わなければならない、と思いいたると、それならば双方の罪を帳消しにすればよいかと、思いはめぐった。しかしそれも「喧嘩両成敗」という古い言葉があるように発見がない。そこで、「双方とも恕さない」という発想に発展し、これで小説になる、という自信が生まれたのである。

「自分の罪をも恕さないことで、相手の罪も恕さないだけの、堂々たる戦いができる」という論理である。被害者と加害者とが、ここでは同時に止揚されて一つになり、普遍的な罪と罰の論理が生まれる。

全国レベルで「加害者」の自覚が生まれるのは一九八〇年代のはじめだが、そのときは鼻じろんだものである。私は二〇年前にそれを書いたのに、何だいまごろ、と思った。

まず、大城がこんなことでいいのかと思った「ペリー来航一〇〇周年記念行事」に関してであるが、よもやその作家的出発時から「中央文壇」——大城立裕は東京中心に進展し続けていた戦後文学の現在について、このような言い方をしていた――を気にしていた大城立裕が、毎日出版文化賞や平和文化賞を受賞した郷土（沖縄）の先輩作家霜多正次の長編『沖縄島』（「新日本文学」一九五六年六月～一九五七年六月、単行本一九五七年　筑摩書房刊）を読んでいなかった、ということがあるとは思えないが、霜多はその中で「豪華な親善行事」である「ペリィ百年祭」の実行委員長を大城立裕が勤めていた琉球政府の上部機関である米国民政府の情報教育部長が務め、その下に「この島のお偉がたがおおぜい参加して、『偉大な提督』をしのぶ」祭りを挙行していたことに対して、「百年後のこんにち」ペリィの意図――それは沖縄をアメリカの植民地（占領地）にすることであった――がようやく実現した、と皮肉たっぷりに批判していた。このことを、霜多の後輩になる大城立裕はどう考えていたのか。

この問題に関して、言い方を換えれば大城立裕の言う「国際親善の欺瞞性」という『カクテル・パーティー』のテーマの一つは、大城立裕の「発見・創見」ではなく、霜多正次の『沖縄島』で既に追求されていたものであったということになるだろう。そして、さらに言うならば、大城立裕の言う「国際親善の欺瞞性」は、米軍基地内で開かれた「カクテル・パーティー」の主要参加者、具体的には「語り手」であり琉球政府の役人である「私」（後章では「お前」）の他、「亡命中国人」で弁護士の孫、「中央紙の記者」である小川氏、そして「アメリカ軍基地に住む情報将校」のミスター・ミラー（及びミラー夫人や米軍将校ら）等は「英語」と「中国語」で会話を行っているところからも判るように、沖縄では「上層階級（知識人も含む）」に属する人々の間における「国際親善」であり、『沖縄島』がテーマの一つとしていた占領者（アメリカ合衆国）とそれに連なる沖縄の企業人や役人たちと被支配者（民衆・

下層民）の「対立・戦い」とは似ても似つかないものであった、と言わねばならない。

その意味で、沖縄の歴史や思想、文化に詳しい鹿野政直がその長大な大城立裕論である「異化・同化・自立――大城立裕の文学と思想」（『戦後沖縄の思想像』一九八七年　朝日新聞社刊所収）の冒頭「授賞者と受賞者」の中で、『カクテル・パーティー』が一九六七年上半期（第五七回）の芥川賞を受賞した際の「銓衡委員会の念頭に、政治的焦点の一つとしての沖縄問題が、影をおとしていなかったとはいえないだろう」と言いながら、舟橋聖一や永井龍男、大岡昇平、三島由紀夫といった選者たちは「文学的自律性を唯一の基準とする意識をもって、銓衡に当り、結果として『カクテル・パーティー』を選択した」のではないかと推論するのは、決して「間違った評価」というのではない。しかし、『カクテル・パーティー』が芥川賞を受賞した「一九六七年」という時代を考えれば、芥川賞の選考委員会は本当に「文学の自律性」を重視しての銓衡であったか、いささか疑問がないわけではない。

というのも、「一九六七年」には一九六五年二月から始まった北爆（北ベトナムの首都ハノイをはじめとする北ベトナム各地への無差別爆撃）の主力航空機であったB52戦略爆撃機は沖縄の嘉手納基地から飛びたって行っており、当時「核弾頭」も保管していた沖縄（の米軍基地）がベトナム戦争と深い関係にあったことは、沖縄のみならず日本および世界において周知のことだったのではないか、と思うからである。因みに、後に世界中に知られることになる当初は大江健三郎や小田実、開高健らの文学者も参加したベトナム反戦組織「ベ平連（ベトナムに平和を！市民文化人連合）」が結成されたは、一九六五年四月である。そしてそれに先立ち、後にベトナム反戦運動の一翼を担うことになる学生運動（全共闘運動）も、一九六五年の「日韓条約」の締結を機に、「六〇年安保闘争」敗北後の低迷・分裂期を経てようやく「三派（中核派・ブント・社青同解放派）全学連」の結成に象徴されるような盛り上がりを見せるようになっていた。そのような歴史（時代状況）を踏まえて言うならば、一九六〇年代半ば以降のマスコミ・ジャーナリズムの第一の関心は「ベトナム戦争」であり、そのベトナム戦争と深い関係にあった「沖縄返還」に他ならなかった。そのことを考えれば、当時の知識人（文学者）が、ベトナム戦争と沖縄との深い関係についてアパシー（無関心）であったとは、到底思えない。つまり、『カクテル・パーティー』の芥川賞受賞の背景には選考委員たちのベトナム戦争と沖縄との関係に対する考えが仄見える、ということである。その点を考慮すれば、鹿野政直の『カクテル・パーティー』（大城立裕）の芥川賞受賞についての見解は、文学作品を「政治」＝ベトナム戦争・沖縄と引き離す「贔屓の引き倒し」的な部分がなかったとは言えないのではないか、と思う。

また、「琉大文学」（の新川明や川満信一、岡本恵徳ら）の「政治と文学」をめぐる論争を経ることで、後の節で詳しく見るように「沖縄問題は文化問題である」と考えるようになっていた大城立裕が、『カクテル・パーティー』では、戦略的、ということは「中央文壇」＝保守的（伝統的な文学観の持ち主）な芥川賞選考委員らが小田実や開高健、大江健三郎たち若手の文学者たちが「ベトナム反戦」を掲げて市民＝政治運動を展開していたことを「避ける」雰囲気であったことを敏感に察知して、敢えて沖縄はベトナム戦争＝政治と無関係であるかのように装った、という面もなくはなかったのではないか。その証拠に、芥川賞受賞第一作と名打った『ショーリーの脱出』（「文学界」一九六七年九月号）にも、その後の基地の街の人々の生活について描いた『ニライカナイの街』（「文藝春秋」一九六九年十月号）にも、ベトナム戦争及び在沖米軍（米軍基地）は重要な役割を持って作品に登場している。世の中の動きに敏感な大城立裕が『カクテル・パーティー』で敢えてベトナム戦争について触れなかったのは、まさに戦略的な思考の結果だったのである。

その意味で、先の長い引用の中で大城立裕は、「琉米親善」がまやかし（「仮面の論理」）であるというう（単純な）テーマだけなら『琉大文学』なら誰が書いても不思議はない」と書き、自分はこの作品（『カクテル・パーティー』）でもう一つのテーマ――アジア太平洋戦争中のおける日本（軍）の「加害」と「被害」の関係――という独自のテーマを追求したのであり、それが『カクテル・パーティー』の高い評価につながったと思う、と自己解説していたのも、理由のないことではなかったのである。そして、その戦時における「加害―被害」の関係性について、以下のような考えに辿り着いたとして、おのれの方法への「礼讃」も行っていた。再度、その部分を引く。

「自分の罪をも恕さないことで、相手の罪も恕さないだけの、堂々たる戦いができる」という論理である。被害者と加害者とが、ここでは同時に止揚されて一つになり、普遍的な罪と罰の論理が生まれる。

全国レベルで「加害者」の自覚が生まれるのは一九八〇年代のはじめだが、そのときは鼻じろんだものである。私は二〇年前にそれを書いたのに、何だいまごろ、と思った。

私が大城立裕の論理（歴史認識）に「錯誤」ないしは「勘違い」があるのではないかと疑うのは、この引用中の「全国レベルで『加害者』の自覚が生まれるのは一九八〇年代のはじめ」であり、「私は二〇年前にそれを書いた」という言葉に引っかかるからである。大城立裕は、この引用の前に「ここで私の中国体験が生きた。かつての中国での罪を、沖縄人も日本人として負わなければならない、と思いいたる」と書き、この戦時における「加害」と「被害」の複雑な関係については、両方を「串刺しにする＝加害者の罪も被害者の罪も双方とも恕さない」論理を自分は『カクテル・パーティー』の執筆に際して発見したと言っていた。しかも、その「発見」は全国レベルの先のアジア太平洋戦争における「加害―被害」論議よりも「二〇年」早いものであったとも言っているが、果たしてこの大城の言説は戦後の文学史に照らして「正しい」か否か、と思ったからに他ならない。

周知のように、アジア太平洋戦争の敗戦を機に手に入れた「日本国憲法」に象徴される「平和と民主主義」思想を根幹とする戦後文学史を貫く「一本の赤い糸」は、「戦争（体験）」をいかに対象化＝創作に生かすかであった。第一次戦後派を代表する野間宏の『暗い絵』（一九四六年）も、梅崎春生の『桜島』（同）も、はたまた「芸術派」と言われた中村真一郎の『死の影の下に』（同）も、さらには第二次戦後派に属する大岡昇平の『俘虜記』（一九四八年）や『野火』（同）、あるいは島尾敏雄の『出孤島記』（一九四九年）、等々、「戦争体験」や「戦時下体験」を基にした作品の多くが「戦争」において「被害者」となった自分と同時に、中国大陸やフィリピンやアジア各地で「日本兵」であった自分が「加害者」

でしかなかった現実を、痛苦を込めて描き出すものであった。中でも、大城立裕と同じように戦時下の「上海」体験とそれに先立つ中国大陸における「戦争＝日本軍兵士体験」を持つ第一次戦後派を代表する武田泰淳の『蝮のするゑ』（一九四七年）や『「愛」のかたち』（同）、大岡昇平と同じ第二次戦後派に属する堀田善衞の武田泰淳と同じような「上海・中国」体験を基にした『祖国喪失』（一九五〇年）や『歴史』（一九五二年）、『時間』（一九五八年）等は、明らかに先のアジア太平洋戦争における日本（人）の「加害責任」を意識しての作品と言ってよいものであった。そのことを考慮すれば、戦時における「中国体験」や「加害責任」を創作のテーマとした最初は自分だったという大城立裕の文学史認識は、明らかに「錯誤」でなければ、「勘違い」である。更に、人口に膾炙した文学作品を例にすれば、映画化され大きな話題となった五味川純平の『人間の条件』（全六巻　一九五六年〜一九六〇年　三一書房刊）も、日本（軍）の「加害」を意識して書かれた長編であった。

総じて言えば、「戦後は文学」と言われるものの大半は、アジア太平洋戦争における日本（人）の「加害責任」をどこかで意識したところに成ったものであった。また、戦時における「加害者」問題と密接な関係にあった「戦争責任論」は、戦後すぐに雑誌「近代文学」の同人であった小田切秀雄と佐々木基一、荒正人が始めた月刊のリーフレット「文学時標」の「文学検察」欄での言説を皮切りに、一九四六年一月に創刊された「新日本文学」誌上でも精力的に行われた。吉本隆明と武井昭夫の共著『文学者の戦争責任』（淡路書房刊）が出たのは、一九五六年であった。長い間、「被害」の面ばかりが強調されてきた原民喜『夏の花』（一九四八年）や大田洋子『屍の街』（一九四九年）に始まる「原爆文学」

において、一九四五年八月六日・九日の「ヒロシマ・ナガサキ」の惨劇は、明治期の日清・日露戦争に始まる中国大陸及びアジア各地への「侵略」の帰結であると喝破し、「中国（への侵略）体験」とヒロシマでの「被爆体験」を串刺しにした長編『審判』（一九六三年）を公刊したのは、先の堀田善衞である。さらに原爆文学に関して言えば、ヒロシマで被爆した詩人・歌人の栗原貞子が「〈ヒロシマ〉といえば〈パール・ハーバー〉／〈ヒロシマ〉といえば〈南京虐殺〉／〈ヒロシマ〉といえば　女や子供を／壕のなかにとじこめ／ガソリンをかけて焼いたマニラの火刑／〈ヒロシマ〉といえば／血と炎のこだまが　返って来るのだ」（詩「ヒロシマというとき」第一連）という詩を書いたのは、一九七二年五月であった。

なお、大城立裕が何を根拠に「全国レベルで『加害者』の自覚が生まれるのは一九八〇年代のはじめだ」と断じたのかは不明だが、大城が戦時における「加害」を自覚するきっかけになったという自身の「中国体験」について、それが具体的にどのようなものであったかは、書下ろし長編『朝、上海に立ちつくす　小説東亜同文書院』（一九八三年　講談社刊、以後『朝、上海に立ちつくす』と略記）に詳しい。大城が先の文章で「全国レベルで『加害者』の自覚が生まれるのは一九八〇年代のはじめ」だったと言うのも、自身がアジア太平洋戦争における日本（人）の「加害責任」を意識したのは、この長編を書いたからではなかったか。その意味で、この長編の内容に即して大城立裕の「中国体験」の内実はどのようなものであったのか、そしてこの長編のどこに「問題」があるのかを分析することによって、戦争（戦時）における「加害―被害」の関係を考える上での様々な材料を提供してくれると考えられる。

年譜（『大城立裕全集　13』所収、呉屋美奈子作成）によれば、大城立裕は「一九四三年　東亜同文書院大学予科に最後の沖縄県費派遣生として上海に渡る」。以後、一九四六年四月に姉が疎開していた熊本に引き揚げるまで、大城立裕は三年余り上海を中心に「中国」で過ごすが、『朝、上海に立ちつくす』は、その間の大部分を過ごした東亜同文書院での学生生活を、「淡い恋」や辛い中国語の学習などを交えながら綴ったものである。総じて言えば、この長編で大城立裕は自らの「青春」を赤裸々に対象化しており、その意味で『朝、上海に立ちつくす』はまさにこれまで書かれてきた「青春小説」と同じように、一人の青年の「友情」や「内面の苦悩」、「希望」などを描いたものであったと言える。

では、大城立裕自身がこの長編の初版「あとがき」で、「書かれた筋書きは私の青春の影絵である。事実と虚構とを腑分けして言い訳にする必要はあるまいと思う。その事実をつらぬいて焙りだされた私の悔いや誇りや甘えが、日本のそれと重なっているかも知れないと、わずかに自負するときのみ、この作品は読まれる意味はあるのだろう」と書いたその「青春」とはどんなものであったのか。このことについて、作家で琉大教授の大城貞俊はその著『多様性と再生力――沖縄戦後小説の現在と可能性』（二〇二一年　コールサック社刊）に収められた「第Ⅰ部　沖縄文学の構造　第一章大城立裕の文学」の「1　重厚な問いの行方――『朝、上海に立ちつくす　小説東亜同文書院』」の中で、次のようにわかりやすく概観している。

東亜同文書院で学んでいる学生は全国から選りすぐられた若者たちである。日本と中国の架け橋になるのだと高い理想を持って入学する。当然、知名雅行（語り手・主人公、「大城立裕」自身と考えていい――引用者注）も沖縄県から派遣された県費留学生の一人である。留学生には朝鮮半島や台湾からの若者もいる。作品はこれらの若者たちの互いの交流や見解を通して、戦争に突入していく日本国家の理想と矛盾を解き明かしていく。また現地上海に住む中国人家族との交流を通して、戦争、民族、平和、国家などについて、大きな問いが投げかけられるのである。

この問いかけは、朝鮮半島出身の留学生金井恒明と日本から来た若い女性荻島多恵子との婚約と破棄、また金井の内地人留学生織田卓への発砲事件や朝鮮半島独立への思い。さらに主人公知名雅行と現地人家族范淑英親子や范景光との交流、また内地から留学してきた小田や、金井や梁など院生仲間との交流、そして沖縄に残してきた恋人新垣幸子の那覇十・十空襲時における死。さらに東亜同文書院の教授や学生たちとの交流、また中国人に対峙する侵略者としての兵士たちの葛藤などが描かれるのだ。日本国家に侵略され植民地となっている朝鮮半島や台湾からやってきた留学生も含めて、入り乱れた民族や人間模様が織りなされていく。この展開の中で個々の戦争に対する見解などを披瀝しながら幾重もの重いテーマが提出されるのである。

この長編の「筋書き＝要約」は、ほぼこの通りで間違いないが、今更「文学は、時代（状況）を深く刻印するとともに、時代を超えていく」という本質論を持ち出すまでもなく、大城貞俊の「要約」

に急いでいくつか「注」を入れなければならない。まずその第一は、東亜同文書院という元日本軍軍人（少佐）の根津一が設立した専門学校（後に大学）があのアジア太平洋戦争（十五年戦争）下でどのような役割を果たしていたのか、その点について大城貞俊も、また大城立裕（『朝、上海に立ちつくす』）も、「建前」しか述べていない点についてである。

はるばる日本から、それも全国の各県から――来ていないのは樺太だけだ。都道府県の派遣生が半数以上を占めている。満鉄や華北交通の派遣生もいる。私費生も競争率は高い。これらはみな、選ばれた者の自負心をもっている。そして、上海では他に競争相手の学校がないから、対抗意識を持つこともなく、在留邦人のなかでなんとなく長者の息子のように大事にされながら、のんびり暮らしている。

「東洋の志士」という共通自覚を、一方で植えられている。欧米の侵略から中国を守らねばならぬ。中国を救わなければ日本も危い――と、明治三十四年に東亜同文書院を創立した根津一は説いた。そのための指導者を書院は育成するのだ、という。そのような観念が連帯の雰囲気を作ることもあろう。現に、数多い寮歌の歌詞は、その思想で塗りつぶされているし、学生たちは酒を飲み、その歌を高唱して寮廻りをする。（傍点原文、『朝、上海に立ち尽くす』7）

日本は、日清戦争（一八九四・明治二十七年～一八九五・明治二十八年）に勝利したのを機に、中国政府（清王朝）に揚子江中流域の漢口（現・武漢市）はじめ中国大陸の各地に「日本租界」（一種の植民地）の設置を要求し、中国侵略の橋頭保を確保していったが、東亜同文書院の「欧米の侵略から中国を守らねばならない。中国を救わなければ日本も危うい」の設立趣意は、満州事変（一九三一年）から日中戦争（一九三七年）を経て太平洋戦争に至る日本の近代史（戦争史）の過程を鑑みれば、「建前」に過ぎなかった、とも言える。というのも、『朝、上海に立ちつくす』にも登場する「大旅行――一九〇二（明治三十五）から――が中国西北部におけるロシアの動向を探る目的で始まり、以後中国各地や東アジア、東南アジアへの二、三か月にわたる長期旅行で東亜同文書院の学生たちは様々な「情報」を集め、それを日本政府や軍部に報告した」等の東亜同文書院の活動について、中国政府から「スパイ活動なのではないか」と疑われていたが、このことに対して大城貞俊も大城立裕も全く考察の対象にしていないのではないか、と思えるからである。

さらに言えば、『朝、上海に立ちつくす』の最大の問題点は、『カクテル・パーティー』において「ベトナム戦争」がまったく影を落としていなかったのと同じように、すでに「盧溝橋事件」（一九三七年七月七日）をきっかけに日中戦争の本格化を予告した「第二次上海事変」（同年八月十三日から始まる）についても、作中でほとんど触れていないことである。幼女期から十四歳まで上海で家族と共に暮らしていたナガサキの被爆者で『祭りの場』（一九七五年）で芥川賞を受賞した林京子は、その上海生活に材を取った短編連作集『ミッシェルの口紅』（一九八〇年　中央公論社刊）の冒頭に置かれた『老太婆の路地』を以下のような記述から始めていた。

昭和十二年八月十三日の、第二次上海事変の戦闘をさけて長崎に逃げて来ていた私たち家族は、翌年の四月、再び上海に帰っていった。再び、というのは、昭和七年に勃発した第一次上海事変でも、私たちは、長崎にある伯母の家に逃げて来ているからである。二歳だった私には、その時の、戦いの記憶はない。記憶に残っている最初の戦いが、第二次上海事変である。私は七歳で、小学校の一年生になっていた。

上海に連絡船が着いたのは、長崎港を発った翌日の正午ごろ、淮山碼頭である。ひとあし早く上海に帰っていた父が、淮山碼頭まで出迎えてくれた。私たち家族六人は、三台のワンポゥツォに分乗して、虹口地区にある家に向かった。妹を膝に抱いて、先頭のワンポゥツォに乗った父が、道を違えるようだったら、大きな声で叫びなさい、と母と姉に注意して言った。

淮山碼頭（この同じ埠頭から大城立裕も中国大陸への第一歩を歩み出した――引用者注）は、黄浦江の河口に近い波止場である。内地から入港してくる連絡船は、殆んどが淮山碼頭に錨を下ろす。日本人たちが住んでいる虹口地区からは離れていて、ワンポゥツォで四、五十分はかかる。自動車かワンポゥツォに乗って、中国人の手を借りなければならない。上海に限らず、異国で自動車やワンポゥツォなどの乗り物に乗る場合は、その街の地理に精通していなければ、危険だという。父も母も、馴染みのない街では、乗り物には乗らないことにしているが、淮山碼頭の近辺は、歩いていても危険な街である。波止場の荷役で、生活を支えているクーリーたちの街である。軒が低い、迷路のように入り組んだ街は、抗日分子たちが自由に活躍できる、クーリーたちに守られた治外法権的な街になっていた。

長々と引用したのは、大城立裕が東亜同文書院大学予科に入学した当時の上海の「治安」は、林京子が経験した「昭和十三年」よりもさらに悪化していたはずなのに、『朝、上海に立ちつくす』の世界は余りに「平穏無事」そのもので、そこに描かれた青春は「魔都」と言われた紛争下の国際都市上海の喧騒とは無縁な「真空状態」の中にあった、との印象を免れなかったからである。林京子は、同じ作品の中で「上海に帰った当座は、電気のない日が続いた。（中略）生き残りの便衣隊――中国軍によって組織されたゲリラ部隊――が撃つ銃声なのか、陸戦隊――居留民の保護や居留地の警備を担った海軍の上陸部隊――の兵隊が空に向かって撃つ威嚇射撃なのか、夜になると、街の遠くで銃声が聞こえた。虹口マーケットあたりの近くから聞こえることもあった」とも書いていた。つまり、林京子は第二次上海事変以後の上海は「危険に満ち満ちた街」であり、「戦時下の街」そのものであった、と言っていたのである。

この林京子の「上海生活」に感じていた危機意識に比べて、東亜同文書院大学の学生として日中戦争の現実と正対せざるを得なかったはずの大城立裕のそれは、いかにも「懐旧色」が濃く、その感覚は「鈍い」と思わざるを得ない。このようなあたかも時代状況とは無関係であるかのような大城立裕の状況認識は、『朝、上海に立ちつくす』の冒頭に描かれ、また他の「中国体験」を語ったエッセイなどにもたびたび登場する東亜同文書院時代に経験した「軍米収買」において、その典型を示していたと言える。

江蘇省昆山県――沙城鎮という名を学生たちは、現地についてはじめて知った。上海から汽車で運ばれてきて、昆山の学校らしい場所で学生服を軍服に着替えさせられ、兵器の配給を受けたかと思うと、軍用トラックに乗せられ、はじめはいっぱい乗っていたのが、次々といろいろの村におろされた。そのうちの一隊がここだ。（中略）つまり占領地の警備分遣隊で、三人の学生はその分遣隊付きになったのだ。二等兵の分際では、命令にしたがって警備の任を果たしさえすればよく、（中略）分遣隊には本物の兵隊が四人しかいない。伍長の下に上等兵一人と二等兵二人だ。それに学生が三人も加われば、一個分隊としては恰好はつく（中略）

隣の家にあらためて移った。保長の家よりすこし小さいが、屋敷境あたりに桃の木が二本あって、風情をなしていた。（中略）一等兵が、しばらく無表情で佇んでいたが、思いついたように藁束の山に近づくと、銃剣を構えて突き刺した。引き抜いたとき、米粒がパラパラと落ちてきた。家長の顔色が変った。一瞬、口もきけなくなったように見えた。が、やがて大声で泣きだし、刈谷（商社から派遣され、米の買上げに参加している三十歳過ぎの男――引用者注）に取り縋った。

農家が隠していた米を銃剣で脅して見つけ出し、安い価格で買い付ける。大城立裕が経験した「軍米収買」。しかし、中国大陸での日本軍の動向についていくらかでも知っている者にとって、この「軍米収買」が実質的には「糧秣は現地調達」を軍の方針としていた日本軍による強制的な「徴発」でしかなかったことは、すぐ了解できるのではないか。北支那方面軍第一参謀長田中隆吉少将が一九四〇年八月二十六日に発した、後に「燼滅作戦」とも「三光作戦」とも言われる「焼き尽くす・殺し尽くす・奪い尽くす」という命令は、日中戦争下の中国各地で常態化しており、大城立裕たち東亜同文書院生が経験した「軍米収買」は、まさに「奪いつくす」作戦の一環に他ならなかった。そのことを大城立裕は知っていて『朝、上海に立ちつくす』を書いたのか、それとも知らないで書いたのか。先にも書いたように、大城立裕は『カクテル・パーティー』を書く際に「中国体験」を意識することで、戦争時における「加害」の問題を同作に盛り込むことができ、それがこの作品の特徴の一つにもなっていた、と自負していた。さらに言えば、大城立裕は自分の太平洋戦争（日中戦争）中の「中国体験＝加害責任」を自らのトラウマとして生涯にわたって意識しており、それは自伝的回想記『光源を求めて』（一九九七年　沖縄タイムス社刊）の「望郷のさき」に次のように書いていたことからも知れる。

　ここにあらためて強調しておきたい体験が二つある。予科二年にあがった春に「軍米収買」に徴用されたことと、同年の秋、学部にあがったあとに戦時勤労動員で対中共（中国共産党）情報機関に配属され、楊州に五か月間滞在して中共の新聞を翻訳したことである。

日本軍は食料を現地で極度に安く調達するために、武力で農民をおどしながら、それを実行した。

それが「軍米収買」とよばれた。その示威に同文書院の学生を使ったのである。私たちは小銃をもってそれに従事した。「日中友好のために」という建学の精神をまったく裏切ることであった。

大城立裕は、「軍米収買」が中国の農民を苦境に追い込む日本軍の「三光作戦」の一つであったことを、生涯認識していたと言っても過言ではない。しかし、大城立裕の「中国体験」を綴った『朝、上海に立ちつくす』には、それらの「中国体験＝加害責任」が十分に反映されていなかった。他にも、この長編には微妙な形で歴史と正対しない「責任回避」としか思われない部分がある。この歴史と正対しない大城立裕の態度は、例えば作品の中で重要な役割を課せられている「金井恒明」という朝鮮人学生の描き方にもよく表れている。確かに、大城立裕が東亜同文書院で接した「朝鮮人」学生は、一九三九年に朝鮮総督府（日本政府が統治する官庁）によって発せられた「創氏改名」によって、「日本名」を名乗ることを義務付けられていたのだろうが、『朝、上海に立ちつくす』を読んでいて違和感を覚えるのは、上海で展開されていた「朝鮮独立運動」や日韓併合以来その度を強めてきた「朝鮮人差別」などについてはそれなりに「正しく」書き込まれていると思われるにもかかわらず、作品の最後まで「金井恒明」の本名（朝鮮名）が記されることなく、「創氏改名」によって民族の誇りや伝統を奪った日本政府の植民地政策を大城立裕は是認しているように思えることである。何故、大城立裕は「金井恒明」の朝鮮名を最後まで記さなかったのだろうか。作中に「朝鮮人も台湾人も日本人（沖縄人）もみな同じ人間だ」といった趣旨のメッセージを何度か書き込んでいたのに、それは「本心」だったのかと疑わせるような結果に『朝、上海に立ちつくす』は成っていたのである。この長編が「歴史」の核心を捨象した綺麗事の「青春小説」になっているのではないか、と思う所以である。

〈2〉「沖縄戦」を描く

大城立裕には「自伝」に絡めて沖縄の「戦後」について綴ったエッセイが多い。「米軍基地のなかの生活」（「潮」一九七一年十一月号『同化と異化のはざまで』一九七二年　潮出版社刊所収）では、姉が疎開していた熊本を経由して中国大陸から帰還した際の沖縄の「戦後風景」の一端を次のように記していた。

一九四六年十一月に佐世保港をでた引き揚げ船で私は沖縄へ帰ってきた。那覇の港で最初にアメリカの兵隊を見た。銃を肩にかけてぶらぶら歩哨している者や、引き揚げ者の指揮、整理をしている者がいて彼らの張った網のなかにこれから入って行くのだ、という緊張感があった。（中略）トラックに乗って一日だけの収容所に運ばれた。そこでからだいっぱいにDDTをまかれ、テントのなかで泊った翌日、それぞれの村へ別れて行った。道路は戦前の県道をひろげて、すっかり軍用道路として見違えるようになっていた。あの石粉（コーラル・リーフ・ロック）でまぶしいほどにも白い軍用道路は戦後の沖縄島に四通八達し、そこを軍用トラックが往き交い、それ自体が戦後沖縄の象徴のようなものであった（その感じを私は『逆光のなかで』に書いた）。トラックで懐かしいような変わったような故郷に近づいたときの、あの風景の感じは『二世』で書いた。気がついたときトラックは私の部落を過ぎてしまっていたので、あわてて停めてもらって降りた。

この淡々と綴られた帰郷風景には、敗戦に伴うアメリカ軍の占領によって故郷が大きく「変貌」してしまった様を見て、改めて驚かざるを得なかった大城立裕の正直な感想が刻まれている、と言っていいだろう。焦土の沖縄に帰った翌年（一九四七年）の二月に琉球列島米穀生産土地開拓庁（通称「開拓庁」）に就職したのを機に戯曲を書き始めた大城立裕は、戦後にあって一世を風靡した石坂洋次郎『青い山脈』（一九四七年）ばりの恋愛を軸にした青春小説『流れる銀河』を地元紙「沖縄タイムス」に連載したのを（一九五三年六月二十四日〜十月六日　全一〇一回）を皮切りに、基地の町コザ（現・沖縄市）を舞台に米軍基地や占領軍兵士らがほとんど登場しない「大人の色恋沙汰」や「庶民の生活」を描いた『白い季節』（「琉球新報」一九五五年十月十三日〜一九五六年三月二十六日　全一六二回）などの作品を発表してきた。その後、堰を切ったように、『二世』（「沖縄文学」第二号　一九五七年十一月）、『棒兵隊』（「新潮」一九五八年十二月号　全国同人雑誌推薦特集）、『亀甲墓』（「新沖縄文学」第二号　一九六六年七月）を発表し、『カクテル・パーティー』による芥川賞受賞を間に挟んで『神島』（「新潮」一九六八年六月号）などの沖縄戦に深く関わる「戦争文学」を矢継ぎ早に発表したのは、いかなる内的動機があってのことだったのか。

確かに、大城立裕が「沖縄戦」にかかわる一連の短編を次々と世に送り出したころは、発表年を見ればわかるように、戦後の「混乱期」を何とか乗り切ったかのように見えた沖縄が、いかにして「占領状態」から脱出して「自立」していくか模索していた時期でもあった。それは、具体的には沖縄人たちが「本土復帰」論や「沖縄独立」論を本気で考えるようになったことを意味し、改めて「沖縄戦」とは何であったか、占領下にあった沖縄と日本＝ヤマトとの関係はどうあるべきなのか、を検討し直すことと重なっていたと考えられる。もちろん、もう一つの要因として、時代は少し後になるが、アメリカのベトナム戦争への介入が本格化することで明らかになった世界の冷戦構造の中で、沖縄の米軍基地がどんな意味を持っているのかを問うことがあった。また同時にそれは、アジア太平洋戦争（第二次世界大戦）における沖縄戦の意味が改めて沖縄人およびヤマトンチュ（日本人）に問われるようになったということも考えられる。沖縄県庁の役人になっていた大城立裕は、敏感にそのような当時の風潮に正対することを余儀なくされていたのではないか、とも考えられる。

さらに言うならば、戦後五年、「ここに、米軍上陸から、日本軍守備隊が壊滅し去るまでの、住民側から見た、沖縄戦の全般的な様相を描いてみた。生存者の体験を通じて、可及的に正確な資料を蒐集し、執筆し、書下ろし戦争記録として、読者諸賢におおくりするものである」で始まる「まえがき」を持つ『鉄の暴風』（一九五〇年　沖縄タイムス社刊）が刊行されたことに象徴されるように、米軍占領下にあった沖縄は多大な犠牲を強いられた「沖縄戦＝戦争」の恐怖から自由でなかったということもあった。「沖縄の現実」を描こうと腐心していた大城立裕が、「沖縄戦」に材をとった作品を書こうと思ったのも、理由のないことではなかったのである。大城立裕の最初の「沖縄戦」小説が、沖縄戦の最中も、またその後の占領体制下でも活躍することを強いられた日系二世——ハワイやアメリカ西部に移民した沖縄県人の子弟、近代以前はもちろん「琉球処分」によってヤマト（日本）に組み込まれるようになった沖縄は、変わらず「差別」と「貧困」に苦しみ、多くの人間が「新天地」を求めて大東島や奄美諸島の他、ハワイやカリフォルニアなどのアメリカの西海岸州、そして南米各地へ「移民」となって出かけて行った。第二次世界大戦（太平洋戦争）の末期、日本との戦いに勝利を確信したアメリカ（軍）は、当初は「裏切り」を恐れて日系二世部隊をヨーロッパ戦線に投入していたが、いよいよ「日本占領」が現実となって眼前に迫ると、主に日本語を解する「語学兵」として日系二世の将兵を沖縄などに配置するようになった——を主人公とした『二世』から始まっているのも、大城が『カクテル・パーティー』で証明したように英語が堪能であったという理由とは別に、実際の「沖縄戦」は経験していなかったが、「沖縄戦」を客観的に描くためには、沖縄県人でも日本人でもなく、占領者であるアメリカ合衆国人であると同時に沖縄人でもある二世を主人公にするのが最も適切だと判断したからではなかったか。さらに、すでに沖縄県の職員として働くようになっていた大城は沖縄出身の日系二世と接触する機会が多かったから、という理由も考えられる。

『二世』は、「沖縄島の戦闘は、一九四五年六月二十三日に終息した。それから数日後のある午下がり、島の中央部のR地区収容所の丘の上にある隊長室で、陸軍歩兵伍長ヘンリー・当間盛一は直立不動の姿勢で、暑気にたえていた」の文章から始まる。物語は、五歳の時に会ったきりの「弟（盛次）」を見つけるべく、当間盛一が「南部の壕（ガマ）」に潜んでいる避難民（沖縄の住民や日本兵）に「投降」を呼びかけるために、収容所で暮らしていた元中学教師で中国戦線において片腕を失くした新崎に協力を求めてジープで南部戦線に出かけていき、そこで偶然に大怪我を負って衰弱した弟盛次と再会したことを軸に展開する。具体的には、当間盛一と新崎一家との交流などを通じて自分がなぜアメリカ軍の通訳として沖縄戦線に従軍したのか、その問いの答えを見つけようとする当間盛一の心理（内なる声＝内白）を中心に、その当間の心理と戦争終結間際の沖縄の情況を重ねることで沖縄の「現実」を浮き彫りにしようとしたものである。この短編について、鹿野政直は『異化・同化・自立――大城立裕の文学と思想』（前出『戦後沖縄の思想像』所収）の「現実の腑分けへ」の中で、「大城立裕が、一九五〇年代に繰り広げた文学作品の世界は、ほぼこのようなものであった」として、次のように評価（総括）している。

土地取りあげへの闘争を軸として、米軍統治への抵抗が強まり、それが日本復帰への声を高めてゆくなかで、これはなんと〝醒めた〟立場であったろう。

もとより大城には、踏みにじられた沖縄へのたぎるような想いがあった。それだけに、作家として彼は、米軍統治が、沖縄の精神をいかに荒廃に追いこみつつあるか、沖縄の住民にいかに恐怖と隷従を強いつつあるかを執拗に追及し、さまざまな美名に飾られたそうした当地の実態を白日のもとにさらけだす。しかし彼の場合も沖縄の異常な政治状況への違和感・緊張感・抵抗感は、そのままもう一方の極である日本への傾斜とはならなかった。小説の形態をとったその作品の総体からみるとき、澎湃として起こってきた日本志向をよそに、あるいはそのなかにあって、彼はやや依怙地なまでにそこから自己を切りはなし、むしろ日本との距離の大きさを強調する方向へ、意識的に軸足をおいていった感さえある。米軍統治からの脱却を求めての日本への歯止めなき傾斜は、もう一つの隷従ないし自己喪失をもたらすであろうことを、彼は、現実の腑分けをとおして示しつづけたことになる。

この鹿野政直の初期大城立裕文学への「評価」は、果たして『二世』などの沖縄戦を描いた作品に対しても適切なものであったか。確かに大城立裕の初期短編が孕んでいた「沖縄の異常な政治状況への違和感・緊張感・抵抗感は、そのままもう一方の極である日本への傾斜とはならなかった」かもしれない。そして、「日本との距離の大きさを強調する方向へ、意識的に軸足を置いて言った感さえある」とも言えるものだったかもしれない。しかし、例えば、『二世』などは、沖縄戦が終結した直後の「現実」をきちんと汲み上げた創作であったか、いくつかの疑問がないわけではない。というのも、この作品を読んで感じた「違和感」は鹿野の「評価」を読んでも解消されなかったからである。具体的には、まず沖縄戦のために動員された(とされる)沖縄出身の二世兵士が、収容所の沖縄人男性と二人だけで、未だ日本の「敗戦」を知らないまま(信じないまま)、壕《ガマ》内に避難している(隠れている)住民を壕から出るように呼び掛けるために、日本兵や沖縄住民の死体が転がっている南部戦線へ出かけていくということが、戦争中の現実として果たしてあり得たのかということがある。残された沖縄戦の記録や映像を見ただけでも、二世兵と収容所での生活を余儀なくされていた沖縄県人男性が「二人だけ」でジープに乗って、避難民への投降を呼びかけに行けるだろうか、ということである。つまり、アメリカ軍が敵（住民を含む）の「掃討作戦」を行う場合、一般的には分隊単位で行動するのが普通であり、ヘンリー・当間と避難民新崎の二人で出かけていくというのは、信じがたいことだったということである。それに加えて、アメリカ（軍）が「スパイ」となる危険性のある二世兵士と、同じく日本軍から「スパイ」の可能性を常に追求されていた沖縄人を二人だけで、敗残兵がまだたくさんいた南部の壕にでかけていくなど、ファンタジーと言われても仕方がないのではないか。なお、この二世たちの信じがたい行動は、沖縄戦が「終息した数日後」ということであるが、まだ日本軍の敗残兵が「日本の敗北」を信ぜず戦いを継続している時に、ヘンリー・当間が新崎の娘洋子の誕生会に招待されるほどに親しくなっているという物語の作りも非現実的と言わねばならない。この「不自然さ」は、『カクテル・パーティー』の沖縄の庶民とは「無縁」と思えるような知識人たちの「内輪のパーティ」という設定にも繋がるもので、小説のリアリティという観点からみていかがなものか、ということでもある。アメリカ軍兵士から見れば、日系二世兵士はいつ何時自分たちを裏切るかもしれない存在だし、沖縄戦の避難民からすれば日系二世兵士は自分たちを苦しめる先鋒として目の前に現れた者で、許しがたい存在だったのではないか。大城の『二世』には、そのような沖縄戦に関わった人間の葛藤が描かれていないのではないか、ということである。

さらに言うならば、この『二世』の核とも言うべきヘンリー・当間が南部戦線への移動中に負傷した弟盛次を「偶然」発見するという設定も、もちろんこのような「偶然」は決してあり得ないことではなかったかも知れないが、余りにも「創り過ぎ」なのではないか、と言わざるを得ない。「創り過ぎ」といえば、強姦目的で沖縄人女性を襲った米兵二人をヘンリーが撃退するという最後の場面も、確かに戦後の沖縄においてアメリカ兵によるレイプ事件が続発したことは事実だったとしても、ヘンリーが助けた女性は、多くの住民が収容所に入れられていたのに、ではそれまでどこに潜んでいたのか、そのこともリアリティに欠けるのではないかという疑問に連動している。「違和感」は、まさにそれらの物語に散見される「非現実的」な出来事の数々に起因するものであった。

では何故、『二世』はそのような「違和感」を醸す作品になってしまったのか。その理由の一つとして考えられるのは、敗戦間際に上海で学生生活を送っていた大城立裕が沖縄戦及び沖縄の「戦後」すぐの時代を実際に「体験していなかった」ことである。小説という表現方法の基底にあるのは「想像力」だというのは、間違いない。しかし、実際の「体験」をベースに想像力によって構築された虚構世界に比べて、伝聞や噂話などといった「事実」とはかけ離れた情報に基づいて構築された世界が、いかに「脆弱」で「危ういもの」であるかということも、創作に関わった人間ならば誰でもすぐに理解できることである。『二世』はそのような「弱さ」を持った「危うい」小説の見本のような気がしてならない。

なお、大城立裕自身の『二世』に関する発言として、私には「後付け」としか思えないが、以下のような述懐がある。大城立裕は、「(「沖縄文学」の)二号には私の「二世」を載せたが、この作品について書いておきたい」として、以下のように書いていた。
私もかねてから沖縄の現実を書きたいと思っていた。「文学的思春期に」の思いと『琉大文学』の影響がかさなってのことだろう。じつは、世間の一般読者にも、戦後沖縄社会の特異性のゆえに、それを描いた作品を読みたいという機運は生じていた。
ところが、沖縄の現実を小説に形象化することは、容易でないと思われた。もちろん私の技量の足りなさのせいだが、現実が複雑すぎて、どこから切り取ってよいかわからない、という感じであった。現実が複雑すぎるということは、米軍との共棲というものが、深刻なデメリットばかりではなく、メリットや可笑しい話もあるし、文化ショックをめぐっては、一筋縄ではいかないことが多いからだ。(中略)
沖縄はもっとほかに切り取り方があるはずだ、という問題意識が私のなかに巣くっていた。そのうちに案じたのは、「沖縄的」なものとの対立項を書けば、「沖縄」が一応はっきりと欠けるのではないか、ということであった。そこへある世間話を聞いたところから、「二世」の構想は生まれた。つまり、日本人であり、同時にアメリカ人である二世は、一面ではどっちとも解釈のつかないジレンマをもっているのではないか、というテーマである。(『光源を求めて』「文学のたたかい」)

確かに、『二世』と同じ年にアメリカで刊行された第二次世界大戦への従軍に際して日系二世の若者が「米国への忠誠を誓い、日本への忠誠を放棄するか」を迫られた「事実」を基に書かれた長編であるジョン・オカダの『NO NO BOY（ノーノー・ボーイ）』（一九五七年　邦訳一九七九年　晶文社刊）を読むと、「移民の子」である二世が、「自分は日本とアメリカのどちらに帰属するのか」と苦悩したであろうことは容易に推測できる。しかし、そのような苦悩する二世を主人公とすることが果たして「沖縄の現実」を描くことになったのか、先にも記したように、設定に「無理」があるとすれば、作者の意図とは関係なく、必ずしも成功作であったとは言えないのではないか。

そんな『二世』に比べると、確かに自分の足で調べ、なおかつ「伝聞」や「記録」などを渉猟して得た「知識」を基に書いたと思われる『棒兵隊』（一九五八年）と『亀甲墓』（一九六六年）は、「集めた情報」を基にして描いた沖縄戦に関わる作品としては、他に類を見ないほど秀逸な戦争文学になっていたと言っていいだろう。

『棒兵隊』は、以下のような場面から始まる。

よくみないと読みとれないよごれ切った階級章と、熱気でにぶくひかっている抜身の軍刀とが、かろうじてその男を将校だと判断させた。うすぐらい壕にうごめく数もしれない男どもの汗と薬物の切れた後の絶望的な膿と、梅雨時の黴とが凝って、声を上げて切り裂きたくなるほど鬱積した空気――そこへへばりついて、きたならしくいばった男が、一行の闖入をはばんだ。眼玉はうごかず、だらしなくあいた唇からもれる息の臭さを、久場は眼で感じとった。

「C村の部隊なんて、そんなものは知らんぞ……。きさまらをよんだおぼえはない」

水平にかまえた刀の尖がふるえていた。

富村が、胸の前にあるその尖先をのみこむように、つかれた眼をとがらせた。

「自分たちは、C村で招集された防衛隊であります。C村の部隊で勤務中、突然ここの部隊へ転属を命じられたのであります」

するど、将校の口があいたままゆがんだ。そこから、おしころしたような嘲りの笑いがもれた。

「防衛隊だと？　きさまらあ、兵器をもっとらんじゃないか。食糧はもっとるのか。……兵器も食糧ももたんで、使いものになるか」

そこまでいって、いきなり頬が痙攣した。

「きさまらあ、スパイだな、いまどき、沖縄の島民がこの壕をさがしてくるのは……」

後に太平洋戦争における典型的な「捨石作戦」であったと言われた沖縄戦であるが、この戦いにおける死者は、総数「一八万八七一六人」（うち、県外六万五九〇八人、沖縄県内戦闘参加者五万五二四六人、一般住民三万八七五四人。このうち、「県内戦闘参加者」の大部分は、「ひめゆり学徒隊」、「鉄血勤皇隊」、「在郷軍人会防衛隊（棒兵隊）」であった――を数えるが、この『棒兵隊』に登場する「防衛隊」（正式には「在郷軍人会防衛招集兵」）は、アメリカ軍の沖縄本島上陸（一九四五年四月二日）に備えて、急遽編成された部隊で、十七歳から四十五歳までの成年男子で成り立っていた。他に同じような牛島満司令官が率いる本隊（第三二軍）をサポートするために組織された戦闘参加者は、旧制中学や師範学校の生徒で成る「鉄血勤皇隊」、女学生や女子師範学校生からなる「ひめゆり部隊」のほか、健康な沖縄県人のすべてを対象とした「愛郷隊」や「義勇隊」、「白梅学徒隊」等々があった。その意味で、沖縄戦は「丸ごと」沖縄を巻き込み、「六月二十三日」の組織的戦闘が終結した後も「八月十五日」の敗戦を経て米軍が全島占拠するまで死闘を強いられた戦いだったのである。

そのような沖縄の「末期的な戦い」を象徴する「棒兵隊《ぼーひーたい》＝防衛招集兵」の人々を主人公としたこの『棒兵隊』を、当時上海の東亜同文書院の学生であったために実際の「棒兵隊」を知らない大城立裕が、その悲惨な運命をたどった「にわか兵士」の姿を何故みごとに描出することができたのか。もちろん、大城の親戚や友人知人の多くが悲惨な目にあった沖縄戦は、沖縄に生まれ育ち戦後は沖縄で生活を続けてきた作家大城立裕にとって、格好の題材に他ならなかったということもあるだろう。しかし、大城立裕の作品履歴を眺めていて思うのは、引き続くアメリカ（軍）による占領下にあったこの時期の沖縄で、ようやく「祖国復帰論」や「沖縄独立（自立）論」などが盛んに論議されるようになったということもあるが、それまでできるだけ「政治」――「戦争」は「政治」そのものでもあるのだが――から遠ざかっていたように思える大城立裕が、何故今沖縄戦を描こうとしたのか、という思い（疑問）である。

そんな疑問に対する答えは、この時期の大城立裕は『カクテル・パーティー』に集約される形ではあるが、「本気」でアメリカ占領下の沖縄と日本との関係を考えようとしたのではないかということである。言い換えれば、作家を志した時からの信念＝テーマである「沖縄を書く」という立場から「アメリカ―沖縄―日本（ヤマト）」の関係を沖縄戦の現実＝実相を踏まえて、この時期改めて問い直そうとしたのではないか、ということになる。さらに、『棒兵隊』を書こうとしたこの当時の大城立裕の心理を忖度すれば、先の『棒兵隊』冒頭部分の引用、あるいは作中に何度も出てくる日本軍将校の防衛隊員（沖縄人）に対する「スパイ呼ばわり」には、沖縄における「皇民化教育」の結果だったと言えるかもしれないが、「同じ日本人」であるという強い思いがあって、沖縄人大城立裕の「怒り」が表出されていると考えていいのではないか。その意味で、この当時の大城立裕には後になると消えてしまったように見える「日本＝ヤマト批判」が顕在化していた、とみることもできる。東亜同文書院の学生として「同化＝日本化」を指向しながら、戦時下の故郷沖縄では日本軍による沖縄人への「異化」の強制が起こっていた。この事実を知った大城の「怒り」が『棒兵隊』執筆へと向かわせた、と推測するのは考え過ぎか。

しかし、この『棒兵隊』に見られる「日本＝ヤマト批判」は、大城立裕の沖縄戦を描いた三作目になる『亀甲墓』でも変わらず、何故この短編の副題に「実験方言をもつある風土記」という文言を付したのか、という繰り返し読んでも消えない疑念が残るのは、この副題が「日本＝ヤマト」との距離感を表していたのではないか、という見方に正当性を付与するからにほかならない。なお、大城立裕が言う「実験方言」なるものは、作の冒頭部分に登場する「善徳」と「ウシ」との、例えば「ばあさん。なにしてるか。命すてると孫たちにすまんど」「はあ、いますぐ死ぬもんか、じいさん。豚の腹は満たしておかんと、逃げたらいつまで放っておくかわかりはせんのに」のような会話で使われる「ウチナーヤマトグチ」のことを指しているのだと思うが、この「実験方言＝ウチナーヤマトグチ」を使うことで、大城立裕はそれまでの「日本語＝大和の言葉」だけで小説を書いてきた自分の作家としての在り様を反省し、同時に「日本＝ヤマト」を相対化する方法を手に入れたということだったのかもしれない。

また、この『亀甲墓』は米軍の艦砲射撃や地上からの攻撃から逃れ、先祖が祀られている亀甲墓に逃げ込んだ善徳一家の「苦難」を描いたものだが、この短編に「日本」が登場するのは、作品半ばに墓の屋根から転がり落ちてきた日本兵の死体を埋める作業を行った後に繰り広げられた、次のような会話においてであった。

「だからよ、じいさん」栄太郎も、しずかな調子で、「もうイクサはそこまできているからよ。ここにこうしてもおられんておもうがね」

「イクサの来ていったら、アメリカもきているかね」

これはウシの質問であった。

「鉄砲も大砲も遠くから射つからわからんが、日本の兵隊のにげていけば、追ってくるはずね。わったも逃げんといかんど、これは」

「日本は逃げるんか」

これは善春であった。

「ウ……」

栄太郎は、おもわずつまった。そういえば、アメリカが攻めて日本が逃げるという戦況をまだみてはいないのだ。しかし、彼にはいつのまにか日本軍が退却しているというイメージができていた。銃火の音をきいて日本兵の屍体のほかに何も見ていないせいかもしれなかった。かれは、あの屍体にかなり心をうごかされていた。それはしかし、ただそれを見たというだけでなく、どうやら善徳といっしょに命がけでそれを埋めたときから、因果めいた、魅力をもって迫ってきているのだった。

彼は闇をにらんでいた。


「アメリカが攻めて日本が逃げる」というフレーズに、「日本＝ヤマト」と距離を置こうとしていたこの時期の大城立裕の心情がよく表れている、と言えるだろう。

ただ、知見の範囲だが、大城立裕自らが『棒兵隊』や『亀甲墓』が示すことになった「日本＝ヤマト」批判について、直接言及するということはなかった。もっとも、『カクテル・パーティー』で芥川賞を受賞した後、「本土＝中央」のメディアにエッセイをもとめられるようになった頃に書いた「沖縄自立の思想」(「現代の眼」一九六八年七月号)の「第二節　主体性喪失の沖縄の歴史」に、次のような言葉を見ることができるが……。

×兄――

ご記憶でしょうか。敗戦直後の沖縄人の、一種不思議な孤独感を。それは単純に敗戦の悲しさなどというものではなかったのです。そこに解放感がともなっていたことは、いまの若い世代のひとたちには、ちょっと理解しがたいことでしょう。日本軍国主義からの圧政や他県人からの差別から解放された喜びです。アメリカ人は、たしかに日本人より人のよいところがありますから、沖縄にとっても、ある意味で〈解放軍〉になりえました。ただやはり、自治をあたえてくれなかったし、占領者意識で勝手なことをする奴もいましたから、沖縄人はこれも完全になじむことはできませんでした。日本からもアメリカからも、精神的にある距離をおいた沖縄は、「疑似独立国」の意識をもっていたと、私は考えます。これを私は〈沖縄ナショナリズム〉と名づけたいのですが、それは喜びと淋しさのいりまじったものです。そういう沖縄のことを、日本本土で心配するようになったのは、ずっとあと、一九五五年のことです。

この後、大城立裕は同じ文章の続きで「沖縄では戦争責任論が起こらなかった」と言い、「日本＝ヤマト」でも起こったその戦争責任論が十分な効果を発揮しなかった原因の多くは「天皇制の温存にあった」と正当に指摘していたが、果たしてその天皇制に関する思想がどこまでその創作や思想（生き方）に貫徹されたか――というのも、日本（本土）社会の隅々まで浸透し、人々の意識（日本人の意識）

を撃肘してきた「天皇制」に対する考え（思想）が晩年になって変わったのではないか、と思うからである。つまり、沖縄の現代文学界で「大御所」になった大城立裕は、若かりし頃の「天皇制」批判を忘れたかの如く、晩年になって天皇から二度にわたって勲章（一九九〇年「紫綬褒章」、一九九六年「勲四等旭日小綬章」）を授与されていたからである――。

なお、大城立裕は七十歳を超えた一九九六年一月からに一年間にわたって地元紙「沖縄タイムス」に連載した『光源を求めて』（一九九七年　沖縄タイムス刊）等々で、繰り返し『亀甲墓』は沖縄戦の一駒を描いたものではなく、「沖縄の死生観その他の神話的空間」を描いたものだと強調してきたが、『亀甲墓』は何故米軍の艦砲射撃から始まって、その米軍の攻撃から逃げ惑う住民の姿を描き続けたのかを考えれば、繰り返すがこの短編が優れた「戦争文学」であるのは、「沖縄の死生観その他の神話空間」を描いたからではなく、戦争の悲惨さや酷さを描いたからであったというのは、間違いないと言っていいだろう。言葉を換えれば、『棒兵隊』と『亀甲墓』が描き出したものは、戦争はいつでも無辜の民の「死」――小田実流に言えば「難死（理不尽な死）」――をもたらすものであり、そこにはどのような「建前」も「正義」も存在しないということを明らかにしたということである。

〈3〉「集団自決」について――『神島』論

米軍の沖縄本島上陸の直前に離島の慶良間諸島の渡嘉敷島や座間味島などで起こった日本軍の強制

による「集団自決」を題材とした『神島』（一九六八年）の執筆動機について、大城立裕は先の『光源を求めて』の「同化と異化」の項で、次のように書いていた。

「カクテル・パーティー」が対米違和感を書いたものなら、「神島」は対日違和感を書いたものである。この違和感は厄介なもので、本質的に異質であることを踏まえているが、同時に同化志向もあわせて持っているので、沖縄の人間ひとりひとりのなかでとぐろを巻いている、コンプレックス（複合意識。劣等感に限らない）の渦である。

モデルを渡嘉敷島にとった。集団自決の島に、集団自決を強要したあとに島で戦死した軍人の遺族（娘）が父のことを調べるために来たら、島でどう対応するだろうか、という実験を、小説のかたちで試みたのである。

「神島」では、長いあいだ島から離れていた男が久しぶりに帰省したのを狂言回しにして、彼は本土と沖縄の双方を理解できる立場にあることから、渦を断ち切る努力をする。戦死者は、島の者にとって恨みに値する軍人であったことから、遺族とのあいだに心理的なトラブルが起きる。そのトラブルをしかし、人々は見て見ぬふりをしたがる。正面から見ることが怖いのだ。

ノロが登場する。その周辺の人物のすべてが、それぞれの立場でヤマトの人間に関わっていて、しかも、土着宗教にたいする関心のありかたも微妙にずれている。

　この文章が書かれたのは先にも記したように一九九六年である。『神島』が発表されたのはこれも前記したように「新潮」の一九六八年五月号である。この間、約二十八年。この時間の推移を念頭においても、引用のような回想（『光源を求めて』）を読むと、何とも言えない「違和感」が生じるのを禁じ得ない。理由は、この『神島』の中心的テーマである沖縄戦に関わって生じた渡嘉敷島の「集団自決」について、大江健三郎が後に『沖縄ノート』（一九七〇年　岩波新書）という形でまとめられる「世界」誌上に連載した（一九六九年三月号〜）ルポルタージュにおいて、何度か「神島」つまり渡嘉敷島（や座間味島）の「集団自決」について言及していたのに、大城立裕は回想記『光源を求めて』においてそれらの大江の言説ついて全く言及していないからである。大江の渡嘉敷島における「集団自決」についての言は、例えば次のようなものであった。

　慶良間《けらま》列島においておこなわれた、七百人を数える老幼者の集団自決は、上池一史著『沖縄戦史』の端的にかたるところによれば、生き延びようとする本土からの日本人の軍隊の《部隊は、これから米軍を迎えうち長期戦に入る。したがって住民は、部隊の行動をさまたげないために、また食糧を部隊に提供するため、いさぎよく自決せよ》という命令に発するとされている。沖縄の民衆の死を抵当にあがなわれる本土の日本人の生、という命題は、この血なまぐさい座間味《ざまみ》村、渡嘉敷《とかしき》村の酷たらしい現場においてはっきり形をとり、それが核戦略体制のもとの今日に、そのまま つらなり生きつづけているのである。生き延びて本土にかえりわれわれのあいだに埋没している、この事件の責任者はいまなお、沖縄にむけてなにひとつあがなっていないが、その個人の行動の全体は、いま本土の日本人が総合的な規模でそのまま反復しているものなのであるから、かれが本土の日本人にむかって、なぜおれひとりが自分を咎めねばならないのかね？　と開きなおれば、たちまちわれわれは、かれの内なるわれわれ自身に鼻つきあわせてしまうだろう。（「多様性にむかって」一九六九年八月・九月）

さらに、次に引用するのは、後に渡嘉敷島に展開していた日本軍将校やその遺族（および彼らを応援する曽野綾子ら「右派イデオローグ」）から『沖縄ノート』には、座間味島や渡嘉敷島において発生した住民の「集団自決」は、日本軍将校らによって命じられたものと記述されているが、これは事実に反し、名誉を毀損、あるいは個人の対する敬愛追慕の情を侵害するものである」と訴えられ、二〇〇五年八月から二〇一一年四月まで大阪地裁、大阪高裁、最高裁で争われ、結果的に訴えられた大江健三郎及び『沖縄ノート』の発行元の岩波書店が勝訴したことに深く関わる部分に関する記述である。

慶良間の集団自決の責任者も、そのような自己欺瞞と他者への瞞着の試みを、たえずくりかえしてきたことであろう。人間としてそれをつぐなうには、あまりにも巨きい罪の巨塊のまえで、かれはなんとか正気で生き伸びたいとねがう。かれは、しだいに稀薄化する記憶、歪められた記憶にたすけられて罪を相対化する。つづいてかれは自己弁護の余地をこじあけるために、過去の事実の改変に力をつくす。いや、それはそのようではなかったと、一九四五年の事実に立って反論する声は、実際誰もが沖縄でのそのような罪を忘れたがっている本土での、市民的日常生活においてかれに届かない。一九四五年の感情、倫理感に立とうとする声は、沈黙にむかってしだいに傾斜するのみである。誰もかれもが、一九四五年を自己の内部に明確に喚起するのを望まなくなった風潮のなかで、かれのペテンは次第にひとり歩きをはじめただろう。

本土においてすでに、おりはきたのだ。かれは沖縄において、いつ、そのおりがくるかと虎視眈々、狙いをつけている。かれは沖縄に、それも渡嘉敷島に乗りこんで、一九四五年の事実を、彼の記憶の意図的改変そのままに逆転することを夢想する。その難関を突破してはじめて、かれの永年の企ては完結するのである。（傍点原文、「『本土』は実在しない」一九七〇年四月）

大城立裕自身は言及していないが、大城が大江の『沖縄ノート』を「世界」の連載中か、単行本化されてからかは不明だが読んでいたのは、確かなことだと思われる。というのも、大江はこの『沖縄ノート』で得た印税の全てをつぎ込んで後に県知事となる社会学者大田昌秀と共同編集で「沖縄経験」（全五号　一九七一年夏号から一九七二年秋号まで）を刊行するが、その第一号に大城立裕は「正直になろう」というエッセイを寄稿していて、その中で「祖国復帰運動」への批判と絡めて、渡嘉敷島における「集団自決」や本土＝ヤマトの「沖縄差別」について次のように書いていたからである。

ヤマトでの差別は権力の所産であり、渡嘉敷島の集団自決は軍国主義の所産であって、民衆的差別というものはありえない、という論がある。しかし実際に、ヤマトに就職した青少年がヤマト人たちから疎外されて絶望感をいだいて帰ってくるのだ。かれらのこの絶望感をもたらしたのは、タテマエとしての復帰運動、それの教宣がもたらした幻想としての祖国へのあこがれである。タテマエとしての祖国復帰運動をすすめてきたひとたちも、ホンネとして祖国を十分に信じてきたわけではないはずである。だから私は一九五三年いらい「復帰してよくなるかどうかは神のみが知る」と警告を発してきた。あのころはまだ反論も出たが、その後運動が自信をもつようになってからは、さきに経済問題で書いたように反論が出ない。そして、あいかわらず学校教育では、幻想の祖国と反米のみを教えて、実感としてもっているはずの郷土愛を教えなかったのである。その報いが、昨今の本土就職少年のなげきである。（傍点原文）

このように書いていた大城立裕が、渡嘉敷島の「集団自決」を素材とした『神島』に関する回想において、『沖縄ノート』及び大江健三郎に関して完全に無視して、『神島』は「集団自決の島に、集団自決を強要したあとに島で戦死した軍人の遺族（娘）が父のことを調べるために来たら、島でどう対応するだろうか、という実験を、小説のかたちで試みたのである」と書く。そこからは、「ヤマトでの差別」も「ヤマト人たちから疎外されて絶望感をいだく沖縄の青少年」の姿を浮かび上がらせようとする姿勢を見ることができない。大城立裕の「日本＝ヤマト」意識が変化したのか、それともノーベル賞を受賞した（一九九四年）作家大江健三郎に対する「親和力」が、これまでのものと違ってきたからか。この大江健三郎が蒙った自著に対するいわれのない「誹謗中傷」や裁判で訴えられるという「被害」について、大城立裕が何も発言しないのは尋常ではない。ただ、『神島』を読んで生じた「違和感」は、それだけではない。大城立裕が『神島』で試みたという「集団自決の島に、集団自決を強要したあとに島で戦死した軍人の遺族（娘）が父のことを調べるために来たら、島でどう対応するだろうか、という実験を、小説のかたちで試みたのである」という、その目論見（実験）自体が果たして有効に機能していたのか、という問題も存在するからに他ならない。

つまり、今はアメリカ軍のナイキ（ミサイル）基地が設置されている「神島」（渡嘉敷島）に、この島で敗戦間際に起こった「集団自決」のことを調べるために来島した二人の人物――一人は島民に集団自決を命じた後「戦死」したとされる兵士の娘で、もう一人は集団自決事件が起こる前に島の児童を引率して本土へ疎開し、戦後も本土で教員を続けてきた男――を配置し、二人に対して島民がどのような反応をしたか、島民たちの様々な発言（会話）と、事件の「真相」を知っていると思われる「ノロの家」を守っている女性と村の長老の言動を軸に物語は展開される。しかし、戦死した日本軍兵士の娘が「集団自決」事件の真実を知りたくて来島するという設定そのものに、「実験」という作家の意識を含めて無理があったのでないか。つまり、「集団自決」の真相を知りたいと思う「元日本軍兵士の娘」という設定が果たして妥当か、そのような娘の存在にリアリティがあるか、ということである。更に言えば、自分の父親が日本軍兵士として島民に「集団自決」を強要したという事実を「娘」

はどのように受け止めていたのか、そのあたりのことが明確になっていないということもある。また、無理な、ということはリアリティに欠けるということでもあるが、もう一人の「狂言回し」と言っていい「与那城昭男」と名乗る若いカメラマンの不可解な言動や、島の習俗を研究しているという「大垣」という民俗学者（大学教授）の存在も、どのように「集団自決事件」と絡むのか不明で、作品総体が「盛りだくさん」になり過ぎている、という印象を免れがたい。

確かに、島内外の多様な人物を配して、神島（渡嘉敷島）で起こった「集団自決事件」に象徴される沖縄戦の「悲劇」と、その悲劇の後の島民の在り様を多角的に捉えようとする作家の意図は理解できないわけではないが、例えば次のような戦時下における朝鮮人の徴用や従軍慰安婦に関する与那城や田港（何十年ぶりかに帰郷した戦時下に子供を引率して本土に疎開した教師）たちの会話は、鹿野政直が言うように「戦時における加害者―被害者」関係を鋭く衝くものだったとしても、日本軍による強制的な「集団自決」の真実（真相）から焦点をずらす役割しか果たしていないのではないか、という疑念も消すことができないのである。

「この崖の上に立ちますとね、先生、下から吹きあげてくる風に、朝鮮人の軍夫やら慰安婦の叫び声がのってきて、聞こえるような気がするのですよ」

学校の裏手の崖の上で、いきなりそう言った。

「朝鮮人？」（中略）

「そこのすぐ下に自然壕があるんです……」与那城は、指さしながら、「はじめ、島民がはいっていたそうですが、そのうち軍隊がやってきて、なかのひとたちを追いだして、かわりにはいったそうです」

「そういうことがあったらしいね」

ようやく調子をそろえると、

「そのなかに朝鮮人がまじっていたのです。兵隊ではなく、軍夫や慰安婦として」

「かれらも島民を追いだしたというの？」

「分かりません。あるいはあったかも知れない……」

「それで？」

「島民と朝鮮人との葛藤はなかったかと思いまして」

「なるほど。すると、そこから吹きあげられてくる朝鮮人の叫びというのは、島民から反撃をくらう……？」

「そういうこともあるでしょう。兵隊から虐待される苦痛の叫びもあるのではないですか。そして、その兵隊のなかには、ヤマト人も沖縄人もいる……」

「つまり、ヤマト人と沖縄人と朝鮮人の、三つ巴の葛藤ということか。きみの映画は、そのことにも触れるの？」

日本軍守備隊による渡嘉敷島や座間味島における「集団自決」の強制は、米軍との決戦に備えて「スパイ行為の防止」と並んで「（日本軍の）食糧をいかに確保するか」ということを理由に始まったとされるが、『神島』に「島には守備隊として一箇中隊の三百余人と、非戦闘員で組織した防衛隊七十人、朝鮮人軍夫約二千人がいた」（この作者の「朝鮮人軍夫約二千人いた」という記述は、不自然だし、間違いなのではないか。『座間味村史』によれば、慶良間諸島の朝鮮人軍夫は座間味島に三〇〇人、阿嘉島に三五〇人配置されたと書かれており、渡嘉敷島には「朝鮮人慰安婦」はいても朝鮮人軍夫が存在した、という記述はない）。そのことを前提に、「朝鮮人軍夫」と日本軍人、および島民（沖縄人）との関係は、果たして「三つ巴」という表現が適切なのかということがある。沖縄戦における朝鮮人軍夫に関する資料のどれもが、例えば食糧はいつでも沖縄人以下のものであり、ひもじさの余りあまり「コメや薯」を盗んだ者が銃殺されたというような事実を伝えている。つまり、日本軍人→沖縄人（島民）→朝鮮人という厳しい「差別」構造を踏まえずに、朝鮮半島から「徴用（一種の強制連行）」されてきた朝鮮人軍夫を登場させるのは、余りにも作家自らの意図（思想）を前面に押し出し過ぎで、リアリティに欠けるのではないかということである。別な言い方をすれば、「日本人―沖縄人―朝鮮人軍夫」の関係を「三つ巴」とすることで、島民（沖縄人）に「集団自決」を強制した日本軍＝ヤマトへの批判（糾弾）の矛先が鈍くなってしまったのではないか、ということである。

さらに、『神島』で語られる「朝鮮人軍夫や慰安婦」が日本軍や沖縄人（島民）とどのような関係にあったとされているか。

「朝鮮人と島の住民とのあいだは、どうでしたか」

田港は、話を遠くへまわした。全秀はそのまま受けて、

「打ち融けてはいなかったでしょうけれども、しかし、日本軍の下では同じく被害者であり加害者であり……」

「加害者でも？」

「軍の組織のなかにいる朝鮮人は、組織のそとにいる住民にたいして、ときに横暴でした。しかし、ときには住民が内地人として朝鮮人を軽蔑する」

「なるほど」


日本軍が「徴用」した朝鮮人軍夫や強制連行された従軍慰安婦と住民（島民）とが敵対的かつ重層的な関係、言い換えれば「加害者」であると同時に「被害者」でもあった、というのは、『カクテル・パーティー』によって戦時における加害―被害の錯綜的な関係を描き出した大城立裕の「想像力」の内の思念だったと思うが、果たしてそのような思念は「朝鮮人（軍夫や従軍慰安婦）に対する差別」を止揚するような関係を表現するものであったのか。その証拠に、全部を検証したわけではないが、沖縄が日本に復帰する前後から陸続と刊行されるようになった沖縄各地域（自治体）の「戦史」の類には、沖縄戦において徴用朝鮮人（軍夫）が日本軍によって銃殺された等の記述はあるが、沖縄人と彼らが

対立した（加害者になったり被害者になったりした）という記述はない。

　にもかかわらず、大城立裕は何故この『神島』で朝鮮人軍夫と島民（沖縄人）とが敵対関係にあり、双方は「被害者」にもなり、「加害者」にもなったと書いたのか。正直に言って、その大城の真意はわからない。しかし、はっきりしているのは、「加害―被害」の錯綜した関係を作品の中に取り込んだことによって、更には作中に島民の精神世界に大きな影響を与えてきた呪術的な存在である「ノロ」を導き入れることで、沖縄戦を描いた戦争文学の秀作『棒兵隊』や『亀甲墓』の持っていた「日本＝ヤマト批判」が後景に退き、それに伴って文学作品が時代に拮抗するために必要な緊張感が希薄になるという結果を招いてしまったのではないか、ということがある。このことは、岡本恵徳がその著『現代沖縄の文学と思想』（一九八一年　沖縄タイムス社刊）の『神島』論の中で述べていることだが、何十年か振りに故郷の島に帰った田港があまりにも「当事者＝集団自決を強いられた島民の意識」とかけ離れていて、その「第三者」的な振る舞いと感情――それはまさに大城立裕自身の思想を体現しているものと言っていいのだが――が、結果としてこの作品から「批評性」を脱落させてしまったのではないか、ということである。この「批評性」の欠落（脱落）ということに関しては、大城立裕が渡嘉敷島の「集団自決」について、『神島』が発表され、大城自身が脚色して劇団青俳がこの中編を上演した一九六九年から何年も経たない時期に書き下ろされたエッセイ『内なる沖縄』の、「第一章　沖縄ナショナリズム』の「（4）『沖縄』共同体」の中で次のように書いていたことを見れば、はっきりするのではないか。

このような精神状態（壕に避難した住民を追い出した日本軍兵士と追い出された住民とが戦後も友好的な関係を続けているということ――引用者注）のなかで、渡嘉敷島の集団自決はおこなわれた。一九四五年三月二十五日に米軍が上陸して、二十六日に三百人の住民が集団自決をした。この自決を守備隊長の赤松大尉が指示したのだという説が、かなりながいあいだ有力であったが、最近は本人が否定し、ほかにも否定的材料が出されている。その当否はいまのところ宿題でしかないが、たとい指示によるものであったにせよ、集団自決を容易になしえた意識のありかたは重要である。（傍点引用者）

これでは、渡嘉敷島や座間味島の「集団自決」に関して、その責任の一端は島民（住民）にあったということになり、日本軍（日本人）の「差別」意識や住民を抑圧し続けた戦前の天皇制軍隊に対する「批判」が弱くなってしまうのではないか。そしてそのような「曖昧」な、「中立」を装った大城立裕の態度は、先にも少し触れたように「戦前への復古」を目論む保守派（ウルトラ・ナショナリストを含む）が、一九八〇年代に入って、南京大虐殺や沖縄戦における集団自決の強制といったアジア太平洋戦争中の日本（軍）の「蛮行」に関する中学や高校の教科書における記述を「改変」させようとする動きを活発化させてきたことと、暗に連動することになったりはしなかったか。そして、そのような日本＝ヤマト（本土）における保守派の目論見は、例えば大江健三郎の『沖縄ノート』に関する記述に関して、集団自決を命じた日本軍将校の遺族らによる訴訟の経緯等を記した『記録「集団自決」

裁判』（二〇一二年　岩波書店刊）が公刊され、「集団自決」に関して様々な証言や資料が明らかになっていることを鑑みれば、『神島』に「批評性」が欠落しているとの批判は、あながち不当とは言えないのではないだろうか。『神島』は、まさに「事実」に敗北した「虚構＝フィクション」との印象を免れない作品だったのである。その意味で、これまでの『神島』論を整理しながらこの短編の位置を探ろうとした意欲的な鈴木智之の「錯綜に対峙する文学……『神島』の再読に向けて……」（『大城立裕追悼論集――沖縄を求めて　沖縄を生きる』二〇二二年　インパクト出版会刊所収）が、前記した『記録「集団自決」裁判』について全く触れていないのは何故なのか、という問題と共通している。大城立裕もそうであったが、現役の社会学者（法政大学教授）鈴木智之までが慶良間諸島の「集団自決」を扱った『神島』論において、「集団自決」裁判について触れない「不誠実」、そこに「大勢＝権力」への忖度が無ければ、それはそれでいいのだが……。

〈4〉「戦争と文化」三部作

大城立裕は、『日の果てから』（一九九二年八月号、単行本一九九三年　新潮社刊）、『かがやける荒野』（原題『ふりむけば荒野』「新潮」一九九五年八月号、単行本一九九五年　同）、『恋を売る家』（「新潮」一九九七年九月号、単行本一九九八年　同）と続く「戦争と文化」三部作を収めた『大城立裕全集V』の「著者のおぼえがき5　戦争と文化」の冒頭に次のような文章を書き付けていた。

芥川賞をもらったとき、沖縄で小説を書くからには沖縄戦を避けて通れないだろう、と考えた。ただ、通り一編の沖縄戦を書きたくはなかった。戦後初期の沖縄戦ものは軍人の自慢話や弁解が多いというので、その後に民衆の沖縄戦、子供の沖縄戦などと、いろいろのものが書かれたが、他人と同じものを書きたくなくて思案するうち、誰も試みなかった沖縄戦として、沖縄刑務所にとっての戦争はどうであったかと着想した。裁判所に勤める友人に尋ねたら、「移動刑務所ですよ」と言う。これだ、と思った。戦場をさまよう受刑者たちと看守たちが、はからずも運命共同体になるということは、どういうことか。「秩序の維持と崩壊」を書きたいと願った。

思いの陰にはたぶん、戦後に沖縄の焼け跡を見たときの印象も影響しているかもしれない。王城のあった首里の町の焼け跡を見て思った。これで、かつての封建的な社会もなくなったのだ、と。既成秩序の崩壊の明暗——そのアンビバレントな事情を、戦場に展開してみたかった。

「おぼえがき」だから、「小さな記憶違い」や「錯認」があっても仕方がないのかもしれないが、「芥川賞をもらったとき、沖縄で小説を書くからには沖縄戦を避けて通れないだろう」と言う冒頭の一文、すでに〈2〉の「「沖縄戦」を描く」で細かく見てきたように、大城立裕は『カクテル・パーティー』で芥川賞を受賞する一九六七年より十年も前の一九五七年十二月に『二世』（「沖縄文学」第二号）を発表し、その翌年には「新潮」（十二月号）の全国同人雑誌推薦小説特集に戦争文学の傑作『棒兵隊』が掲載され、『カクテル・パーティー』の発表一年前に大城自身が「『カクテル・パーティー』より自信があった」という「実験方言をもつある風土記」の副題を持つ『亀甲墓』（『新沖縄文学』第二号）を発表していた。

そのような大城立裕の創作歴を考慮しつつ、引用の冒頭「芥川賞をもらったとき、沖縄で小説を書くからには沖縄戦を避けて通れないだろう、と考えた」について私見を述べれば、次節の「創作意識」で詳説するが、『カクテル・パーティー』で芥川賞を受賞したことによって、現実政治の世界から距離を置く「沖縄問題は文化問題である」という自説に自信を持ち、本質的な意味で「世界政治」の直接的反映でもあった戦争（沖縄戦）を描いても、「政治」を排除できるのではないかと大城立裕は考えたのではないだろうか。つまり、冒頭の一文は自らの創作に対する姿勢の「正しさ」を確信したところに生まれたものだったのではないかということである。その意味で、大城と同じように文芸批評から「政治」を排除できると考えてきた「内向の世代」を代表する批評家の秋山駿が、『全集5』の「解説」で「戦争と文化」の第一作『日の果てから』を次のように評価するのは当然のことだったのである。

私は戦争文学を沢山読んできたが、自分の胸を刺したのは、大岡昇平、島尾敏雄、坂口安吾、林京子四氏の作品くらいで、あとの多くの戦争文学については、何か微妙な違和感を抱くのであった。作品の行間とか余白に向けて、何かそれ以上のことをもっと書いてくれ、と独語するのであった。

この『日の果てから』は、日常の中の戦争というか、戦争の中の日常というか、戦争と日常とが二つにして一つである光景を、丸ごと描いている。こういう作品、それ以前には無かったのではないか、と私は思う。大岡昇平氏らが描いたのは、戦争という牙が咬んで露出させた現実の特別な劇であった。これに反して『日の果てから』が描くのは、一人の人間が、ふつうの人間が、市民とか庶民とか呼ばれるいわば何者でもない者が、経験し味わう、戦争の丸ごとの光景であった。

確かに、『日の果てから』は大城自身が言うように、「沖縄刑務所の受刑者、職員、家族の戦時行動の記録」の副題を持つ渡嘉敷唯正の『戦火の中の受刑者たち』（一九八八年　閣文社刊、初版『戦火の中の沖縄刑務所』一九七一年　肇書房刊）という「ネタ本」があって初めて成立した作品と言っていいかもしれない。しかし、秋山駿がこの長編について「日常の中の戦争というか、戦争の中の日常というか、戦争と日常とが二つにして一つである光景を、丸ごと描いて」成功していると言うその理由は、沖縄戦における那覇市（首里）の戦火を逃れて南部（島尻）へ避難しようとしていた「庶民＝ふつうの人間」の群れを描き出したところにあった、と言える。具体的には、沖縄刑務所の受刑者、職員たちだけでなく、夫を受刑者に持つ妊娠七か月の妻とその家族（四人）の他、沖縄最大の遊里「辻」から従軍看護婦になった元遊女の初子や現役の看護婦たちの沖縄島南部への逃避行を描いて、戦争が「庶民」にもたらす重層的な困難や忍苦を描き出しているということである。換言すれば、庶民の一人一人が戦争下にあっていかに生き抜くかを必死に思い行動する様を、想像力を駆使して個々人の心理の内に潜り込みながら存分に描き出し、そのことによって沖縄戦が想像を絶する過酷かつ悲惨な戦争であったことを浮き彫りにして成功した長編ということである。

その意味で、『日の果てから』は『棒兵隊』や『亀甲墓』の戦争＝沖縄戦観とその創作方法を引き継ぐものであった、と言っていいのかもしれない。さらに言えば、『日の果てから』が沖縄戦を描いた戦争文学として秀逸だと思われるその最大の理由は、「日本＝ヤマト」の戦争遂行勢力（軍部とそれと結託した政治家や財界）によって本土決戦のための「捨石」とされ、総力戦を余儀なくされた沖縄戦によってもたらされた夥しい「人間の死」や「人間の尊厳」など考慮する余裕もない戦争の現実を、作者が冷静に受け止め、その様を具体的に描き出している点にあったということである。以下は、『日の果てから』に描かれた地下壕に設けられた野戦病院で負傷兵が治療される場面である。

那覇から南東へ四キロ、首里から南へ四キロの地点である。そこへ前線から切れ目なしに負傷兵が送られてくる。（中略）

この軍病院のほかにも、大小の野戦病院や包帯所とよばれる治療施設があるから、医者も看護婦も正規の要員だけでは間にあわず、沖縄中の町医者をすべて軍医にし、女学校の生徒を動員して看護婦にした。しかし、それこそ限りなく生み出され送られてくる負傷兵の手当てが間にあわない。麻酔を打たずに鋸で骨を切り、悲鳴をあげれば「帝国軍人だろうが！」と怒鳴る体の治療だ。ほとんどの者は応急処置だけで病室の壕に返される。

病室壕は砲弾から安全だというだけで、あらためて負傷兵と看護婦との戦いの場だ。（中略）毒が脳にまわった患者は、意味不明のことを口走りつづける。破傷風の患者は口が開かないから、水をくれと訴えるのも手真似だ。それが祈る仕種なのに、女学生は応える術をもたない。水を飲ませれば、かならず死ぬ。しかし、そのまま死なせてやりたいと思うこともある。（中略）
壕の奥では死体が毛布にくるんで放置され、悪臭をはなっている。何日も放置されると膨れ上がるが、それを片づけるのも女学生の仕事だ。担架にのせて砲撃の合間に運んでいき、艦砲穴に一、二、三と掛け声をかけて投げる。帰ってくると、壕の入り口に受付を待っている負傷兵が、艦砲弾にあたるのを恐れながら、女学生をよびとめて、なんとかしてくれと頼みこむ。それを気にしながらも、女学生は素通りする。

このような場面が次々と描かれ、その意味でこの長編は臨場感に満ち満ちた戦争文学作品と言えるのだが、それとは別に、ここで立ち止まり、更には「戦争と文化」の第二作目の『かがやける荒野』と第三作目の『恋を売る家』を合わせ読んだときに湧出する疑問、それは大城立裕が何故これら三作をまとめて「『戦争と文化』三部作」としたのかということになる。つまり、三部作をまとめて読んだときに感じる疑問について、何故その「正解」が見つからないのかという苛立ちに繋がるということである。大城自身は先の「著者のおぼえがき5」において、第二作目の『かがやける荒野』に関わる説明で、以下のように書いているのだが、『日の果てから』についてはもちろん、『恋を売る家』にしても「戦争」と「文化」がどのような関係にあるかが、大城の説明を読んでもわからないのである。

第二部としての題名をはじめ「原色の荒野」としたかったが、編集者の意向で、動きに欠けるというので「ふりむけば荒野」とした。雑誌に掲載した時点で、それ以上の思案が浮かばなかったが、単行本にするとき間にあって、『かがやける荒野』と改めた。これでテーマが浮かび上がったと思う。

戦争で失ったものは秩序と文化であった。それは回復し得たか、また回復するうえで、あらたに失ったものはないか。さらに、回復したことがそのまま幸福であったか、という問いに答えたかった。文化の象徴として記憶を用いた。ヨシ子＝節子の失った記憶がいかにして蘇るか、を探るのに苦心したが、それはいかにして失ったかという問いと両輪となって、テーマを創造した、と思っている。刑務所が身分帳を焼いたのと一般民衆が戸籍を失ったのとは、同じことだろう。それを復元することが、かならずしも幸福につながらない、という立場もあるはずである。首里の焼け跡での感想と、逆の立場である。いずれも真実だろう。

そのような混乱に翻弄されながら、敗戦直後の民衆生活が、どんなに活気にあふれたものであったか、「荒野」でありながら、「かがやける」としたかった所以である。（傍点原文）

確かに、戦争＝沖縄戦で失ったもの（破壊されたもの）は、「秩序」であり「文化」であったであろう。しかし、「文化」の象徴が「記憶」であると言われると、それは違うのではないか、と思わざるを得ない。「文化人類学の父」と言われるエドワード・バーネット・タイラーの「神話・哲学・宗教・芸術そして習慣の発展の研究」なる副題を持つ『原始文化』（一九七一年、邦訳二〇一九年　国書刊行会刊）が定義した「文化とは、知識・信仰・芸術・道徳・法律・慣行、など人間が社会の成員として獲得した能力や習慣を含む複合的総体である」を持ち出すまでもなく、「文化の象徴として記憶を用いる」ことには無理があると思われるからである。例えば、文化人類学者山口昌男の『文化と両義性』（一九七五年　岩波書店刊）や『仕掛けとしての文化』（一九八八年　同）、あるいは古いところで竹内芳郎の『文化と革命』（一九六九年　盛田書店刊）、ユーリー・ロトマンの『文学と文化記号論』（一九七九年　岩波現代選書）、新しいもので岡本真佐子の『開発と文化』（一九九六年　21世紀問題群ブックス　岩波書店刊）などを繙いても、「文化の象徴としての記憶」という言葉（考え方）は見つからない。もっとも、引用で身分帳や戸籍のことに触れていることを鑑みて、「記憶」を「記録」とするならば、文化はそれぞれの民族（国家）における「記録」の集積でもあるので、「文化の象徴としての記録」という言い方が成り立たないというわけではない。しかし、山口昌男の次のような「文化」に対する定義を読むと、大城立裕が「文化の象徴としての記憶」と言うのには、少々「無理がある」と断ぜざるを得ないのではないか。

「文化」という言葉は、この所十年位、ずい分色々なニュアンスで使われてきたんですけれども、なかなか正体のわからない言葉だと思うのです。「文化とは何か」という定義については、色々な試みがなされてきましたけれども、一番正直な所、やはり、文化とはなんだかよくわからないし、どこか文化という言葉には「いかがわしい」所がある。何か、後ろめたいものを隠すために、ちょっと厚化粧するときに使われるのが「文化」じゃないかという感じもありまして、何かやましいところのある人間に限って、「文化」という事をいいたがる。「文化国家」なんていいたがるのもそうであるし、また、学問でも、一番新しくて余り方法がない、未開社会という世界のドサまわりをやっている人類学が、「文化人類学」などと名のるというのは、どうもどこかいかがわしさの現われなんじゃないかと思います。大体、本当に自分が高級だと思っている人間は、文化という言葉は使わなくてすんでいるのではないかという気がするのです。(中略)

一応、教科書に書いてあるような意味での「文化」というのは、一つの言語の集団が、親のジェネレーションから子のジェネレーションへというように、次の世代に伝える生活体系の全て、それを文化というふうないい方をする訳です。

そうしますと、この文化というものには、本来価値判断というのは全然入っていない筈です。しかし、実際使われている時には、文化というのは何か価値判断があって少し高級というふうな言葉を想像させる。(講演録「悪の文化と魔の文化」『文化と仕掛け』一九八四年　筑摩書房刊所収)

とは言え、『かがやける荒野』の中心人物の一人「ヨシ子(節子)」が沖縄戦を体験することによって生き延びた戦後社会にあって、「記憶喪失者」になり、彼女の「家族探し」を軸に「ノロ＝霊媒師」

や戦前は受刑者だった者が戦後警察官となった者などが登場し物語が展開するという筋立ては、沖縄戦とアメリカ（軍）に占領された沖縄社会が「混乱」と「混迷」の状態にあったことを明らかにするもので、小説としてはよくできていると言うこともできる。また、第三作目の『恋を売る家』にしても、戦時中も先祖伝来の「神女殿地（ノロどんち）」を守り続けてきた家族が、二万坪という広大な土地を米軍基地用地として提供している見返りに一年に一〇〇〇万円を超える軍用地料を手にするようになったことから、その「不労所得」に目を付けたヤクザに付け込まれ、家族が解体するまで追い詰められていく様は、激しい戦争を経験した沖縄ならではの物語として、読み応えのあるものになっている。その「家族崩壊」の過程に沖縄特有の信仰心の現れと言っていい「ノロ」や「ユタ」が重要な役割をもって登場するのも、おそらく神女殿地の家系に生まれた作者大城立裕の心情が素直に反映しており、その意味でこの物語の独自性を示していたと考えていいだろう。

ただ、「戦争と文化」三部作にはいずれも作家の「現実政治」に対する嫌悪が反映されているのではないかと感受され、しかも若い時の「琉大文学」同人たちとの齟齬があって以後、おのれの内に宿痾となってしまったような「政治嫌い」を秘匿するために「文化」なる概念が持ち出されている、とも思えるのである。というのも、例えば第一部『日の果てから』において、沖縄刑務所の受刑者ら登場人物が辛酸を極める逃避行を余儀なくされたのも、沖縄全体を本土防衛の「捨石」と考えた日本軍の無謀な作戦の結果であることを考えれば、作品のどこかで日本（軍）＝ヤマトを批判する作者の眼が必要だったと思うのに、この長編から日本軍批判はもちろん戦争批判を読み取ることはできないからである。第二部の『かがやける荒野』にしても、記憶を喪失した戦争犠牲者が放置され、受刑者が「前歴」を隠して警察官などの公職に就いているという沖縄戦後社会の「混乱」した現実に対する作者の批判は、作品の後景に退いていて、文学作品が持つ「批評性（社会批評）」の側面が弱くなっているように思われるのである。第三部『恋を売る家』に至っては、米軍基地（および後には自衛隊基地も）が使用している土地に対する「軍用地料」約一〇〇〇億円を日本政府（日本国民の税金）が負担していること――更には二〇〇〇億円ほどの在日米軍への「思いやり予算」を毎年毎年日本政府（国民）が支払っている現実――について、全く触れていないのは如何なものか、ということもある。戦後の沖縄でヤクザが暗躍するようになったのも、米軍基地が存在することによって軍用地料や「思いやり予算」という多額の税金が沖縄に投下され、そのような「経済支援＝金」を目当てに砂糖に群がる蟻のようにヤクザが沖縄で跋扈するようになった現実が、大城の眼には入っていなかったとしか思われない。多くの人が言うように、大城立裕が「沖縄を求めて　沖縄を生きる」ことに専心してきたこと、そのことについては寸毫も疑う余地はないが、大城が考えてきた「沖縄」とは別な「もう一つの沖縄」――それは本土＝ヤマトから米軍基地を押し付けられ、その基地との共存を余儀なくされた沖縄ということになるが――、が存在していたこともまた間違いなく、そのことの自覚なしに文学活動はあり得ないという立場も、また確かなのではないか。

〈5〉その「創作意識」は……

『大城立裕全集』や前記した『大城立裕追悼論集　沖縄を求めて　沖縄を生きる』などに詳細な「年譜」を寄せている呉屋美奈子は、大城立裕の文学について『追悼論集』の「第2章　パネルディスカッション」の中で、大城立裕の文学は一貫して「人間探求」を目指すものであったとし、その多才（多彩）振りについて次のように発言している。

大城先生の文学の挑戦については、初期の演劇から始まって、芥川賞受賞以降は長編小説で沖縄のさまざまな問題や歴史を深く描く小説家となっていきます。二〇〇二年以降に注目したいのは、組踊の創作と私小説への挑戦、自伝的琉歌作品集です。大城先生は、生涯挑戦者であったと考えています。表現の場所を小説・エッセイ・評論・戯曲・組踊・詩作・琉歌とたくさんもっていて、初期のころは劇作家と思ったよ、と大江健三郎さんに言われているくらい、いろいろな表現の方法を持っています。

確かに、『全集』やその後の創作活動を概観すると、呉屋美奈子が言うように大城立裕は「マルチ」な文学者であり、「生涯挑戦者」であったことに間違いはない。しかし、ではそのようなマルチ振りを発揮した文学者大城立裕の「原点」は何であり、それはまたどこに求めるべきなのか、という問題が大城立裕文学を追及する際に不可欠なものとして私たちの前に横たわっている。その探求のために必要なのは、大城立裕が生涯にわたって書いてきた「自作解説」や、自身のその時々の在り様・心境などを吐露したエッセイ、あるいは「沖縄の現実」について解説した評論などを詳細に分析することである。例えば、『全集』の第十二巻（評論・エッセイⅠ）と第十三巻（同Ⅱ）に収められた単行本名だけを列記すると、『現地からの報告　沖縄』（一九六九年　月刊ペン社刊）や『内なる沖縄――その心と文化』（一九七二年　読売新聞社刊）、『同化と異化のはざまで』（一九七二年　潮出版社刊）、『沖縄、晴れた日に』（一九七七年　家の光協会刊）、『私の沖縄教育論』（一九八〇年　若夏社刊）、『休息のエネルギー――アジアのなかの沖縄』（人間選書110　一九八七年　農山漁村文化協会刊）、『沖縄演劇の魅力』（一九九〇年　沖縄タイムス社刊）、『琉球の季節に』（一九九三年　読売新聞社刊）、『ハーフタイム沖縄』（一九九四年　ニライ社刊）、『光源を求めて』（一九九七年　沖縄タイムス社刊）などは、格好の材料である。

中でも、戦後五十年を期して自らの過ぎ越し方を書き記した『光源を求めて』は、「自己礼賛」とも「自己弁護」とも思われる部分が多分に存在しないわけではないが、作家大城立裕がどのような文学観のもとで戦後七十年以上にわたって「挑戦」し続けてきたかを明らかにする貴重な「証言」になっていて、第一級の資料になっている。特に、その「文学のたたかい」の項には、その作家としての出発時の思想や心構え、つまり大城自身が「私の原型」と言う文学観が披瀝されていると言ってよく、読む者を惹き付ける。具体的には、大城立裕がその文学観を構築する際に「反面教師」的な役割を担った「琉大文学」（一九五三年七月創刊）の創刊号に寄稿した「作家と呼ばれるにはまだ青く、だけど沖縄ではもう祭り上げられてしまっている私は、文学をやる者としてその思春期にあると思っている」との文章で始まる「文学的思春期」は、「作家は処女作に向かって成熟する」ではないが、大城立裕の「変わらぬ文学観」のそれこそ原型を示していた。「文学的思春期」は、前半と後半でその意図するところが異なると思われるので、前後半二つに別けてその主張を検討してみよう。まず、前半の主張。

この頃の日本の小説が、殊にかけ出しの文学青年たちの作品があまりにも神経の末梢にとらわれて、文明病、都会病の症状を見せていることに、私はあき足らない。東京で文学をやっている友人から来る手紙に、なくもがなの愁いや嘆きのあるのを羨望よりむしろ憐びんをもつて私は迎える。社会を、民族を、政治を、もつと文学に―と評論家はいう。そうなのだ、と私も思う。勿論、何かのためにする傾向的作家やグループの行き方を私は肯定しない。文学は手段ではないから、宣伝用具でもないから。（というのは、芸術至上主義などというものでもない。功利性を抜きにして、芸術の中にとけこんだ時、人間の生命や生活がほとばしることだと、私は思うのだ。）

要は、私が着実に生活を営み、その眼で何らかの生活を描く事なのだ。その意味で健康な生活を尊ぶ。自分を失わない生活を求めるのだ。

私が不健康と呼ぶのは、作家のひとりよがりの神経生活が誰にもつながらないものを指す。だから、徳田秋聲もゲオルギウも健康であり、よく見る放歌絶叫のプロ詩人の空廻りの詩を不健康だとするのである。

ここで明らかなのは、大城立裕はその出発時に、日本近代文学の「伝統」と化していた「自然主義文学（私小説）」への疑義と、「社会を、民族を、政治を、もっと文学に」とを主張していた戦前のプロレタリア文学と戦後の民主主義文学を融合させた「新日本文学会」や平野謙や本多秋五、小田切秀雄ら「近代文学」派の文学観に与しない姿勢を明確にし、そのうえで人々の「共生」を目的とする「健康的な生活」の上に成り立つ文学で目指す、という宣言をしていることである。しかし、自然主義の大家徳田秋声もまたキリスト教の殉教者ゲオルギウ（ス）も「健康である」とし、「放歌絶叫のプロ（レタリア）詩人の空廻りの詩を不健康」だとするその文学観には、混乱と知識不足があるのではないかと思わざるを得ない。つまり、「放歌絶叫のプロ詩人」とは具体的に誰のことを指すのか、中野重治のことなのか、あるいは小熊秀雄のことなのか、はたまた沖縄が生んだアナーキスト金子光晴やダダイスト高橋新吉の近くで詩作に励んでいた山之口貘のことを想定しての言い様だったのか。おそらく、そのような「高邁」な文学観に基づいて、引用のような文章が書かれたのではないだろう。具体的には、「琉大文学」の創刊号に載った新川明（筆名：新井晄）をはじめとする多数の詩人たちのことを意識しての発言だったのではないか、と推測することができる。さらに言えば、これもまた推測に過ぎないが、郷土沖縄（北部の今帰仁村）の出身で先に記した「新日本文学」の一九五〇年七月号に敗戦間際のパプア・ニューギニア戦線（ブーゲンビル島）における日本軍兵士の苛酷な状況に材をとった『木山一等兵と宣教師』を発表して戦後文学の世界で認められるようになった、長編『沖縄島』（一九五七年刊）の作者霜多正次を意識しての発言ではなかったか。

なお、「文学的思春期」の後半は、「沖縄の血につながる生命感」に根差す文学の大切さと「希望を持って生きること」の重要性を強調していて、この時期の大城立裕がいかに「荒野」と言われてきた沖縄の現代文学の世界に対して意欲的に向き合っていたかを物語るものになっていた。巷間「文学不毛の地」と言われてきた沖縄でのその壮大な「希望」や「生命感」について語ることの意は、高く評価されてしかるべきだろう。また、当時の大城立裕が本土＝ヤマトの戦後文学及び沖縄出身の例えば霜多正次などをいかに意識して創作に臨んでいたかについては、「文学的思春期」の要約を載せた直後の『光源を求めて』（「文学のたたかい」）に、自身が「琉大文学」（第五号）に「現段階の言葉」というタイトルで、次のような文章から始まる文学観（創作方法論）を寄稿していたことを知れば、よくわかるだろう。

――△――

技術は主題に先行する。勿論、意欲はさらに先行する。

確実な意欲―確実な技術―確実な主題。これのたしかな把握が、文章を文学にする。

――△――

確実な意欲とは、真似事でない意欲だ。更にまた、思いつきに止まらない意欲だ。自分のものをあたためつくしたとき、それが意欲になる。読んで得たものは、肥料であるが、種子ではない。感覚《センス》は種子、それは自ら生むべし。（傍点・ルビ原文）

――△――

技術の根本は言葉と構成。描写の成功もそこから生まれる。言葉は文学の細胞。これの崩壊は文学の死である。粗雑な用語、誤字、みだりなあて字、生意気な振仮名、これらをなくすることが新人たり得る第一の階梯である。（後略）

――△――

構成とは何か。その意味が分かるまで二年かゝった。筋の経過だけが構成ではない。が、筋を無視して構成はない。

人物の性格、環境、事象――それらの発展相互関係、それらのあくまでも有機的な捕捉、そこに構成がある。更に、それはモチーフへの確かな解釈から生まれる。

たしかな解釈、それがたしかな意欲である。和歌と小説を較べてみた。前者の基盤は静態への解釈であり、後者のそれは動態への解釈である。

解釈は、モチーフとの斗いである。その追究に挫けるならば、小説は死なねばならぬ。主題、イコール、解釈、プラス、アルファ。「アルファ」は「書く」という技術活動のエネルギーである。（後略）

「現段階の言葉」は、これ以後も続くのだが、この己の創作思想及び方法について語った「現段階の言葉」、特に引用の冒頭に記された「技術は主題に先行する。勿論、意欲はさらに先行する」を見て思い出すのは、近代文学の黎明期に坪内逍遥の「写実主義」（『小説神髄』）を批判して、「形」よりも「意」の優位を主張した二葉亭四迷の「小説総論」（『中央学術雑誌』第二十六号　一八八六年四月）についてであり、徳富蘇峰や山路愛山ら「国民の友」派の功利主義的文学論を批判した北村透谷の「人生に相渉るとは何の謂ぞ」（『文学界』一八九三年二月号）である。この「人生に相渉るとは何の謂ぞ」の、次のような文学論を、大城立裕はどのように読むのか（読んだのか）。

造化主は吾人に許すに意志の自由を以てす。現象世界に於て煩悶苦戦する間に、吾人は造化主の吾人に與へたる大活機を利用して、猛虎の牙を弱め、倒崖の根を堅ふすることを得るなり。現象以外に超立して最後の理想に到着するの道吾人の前に開けてあり。大自在の風雅を伝導するは此の大活機を伝導するなり。何ぞ英雄剣を揮ふと言はむ。何ぞ為すところあるが為と言はむ。何ぞ人世に相渉らざる可からずと言はむ。空の空の空を撃って星にまで達することを期すべし、俗世をして俗世の笑ふまゝに笑はしむべし、俗世を済度するは俗世に喜はる々が為ならず、肉の剣はいかほどに鋭くもあれ、肉を以て肉を撃たんは文士が最後の戦場にあらず、眼を挙げて大、大、大の虚界を視よ、彼処に登攀して清涼宮を捕握せよ、清涼宮捕握したらば携へて帰りて俗界の衆生に其一滴の水を飲ましめよ、彼等は活きむ、嗚呼彼等庶幾くは活きんか。

そしてまた、この「技術は主題に先行する。勿論、意欲はさらに先行する」というフレーズの意味するところは、ついに「琉大文学」の面々、新川明や川満信一、岡本恵徳らが主張した「時代（状況）と共にある文学」の主張に対して、最期まで「誤解」したまま修正することなく、生涯変わらぬ大城立裕の文学観の核となった。言い方を変えれば、「現段階の言葉」やそれに先行する「文学的思春期」が私たちに教えてくれるのは、大城立裕の芸術至上主義的な文学観が「琉大文学」の存在無くしては生まれてこなかったのではないかということで、それが「誤解」に基づくものだったとしても、「琉大文学」の存在は大城立裕にとって存分に「反面教師」の役割を果たすものであったということである。

では、どのような点で大城立裕は「琉大文学」の思想を「誤解」していたのか。それは、『光源を求めて』などに繰り返し出てくることだが、例えば「現段階の言葉」を引用した後の、次のような言い様にそれはよく表れていた。

自分のなかの技術への拘りとテーマ意識との葛藤が見えていて興味深いが、このテーマ意識こそは、実はその後の『琉大文学』のそれと相通ずるものであったことを、また意味深いものに思う。ただ、『琉大文学』がひたすら「対米抵抗」「社会主義革命」という政治意識のみをテーマだと固執したために、せっかくの文学的連帯の機会を失した。これは、いまあらためて惜しい機会を逸したものだと思う。

新川明の、例えば大城自身の「現段階の言葉」が載った「琉大文学」第五号に掲載の「あさあけ」や「掌Ⅰ」、「掌Ⅱ」などの詩、あるいは同誌第七号に載った「戦後沖縄文学批判ノート――新世代の希むもの――」という長文の評論を読んでもなお、大城立裕は「琉大文学」の面々が「ひたすら「対米抵抗」「社会主義革命」という政治意識のみをテーマだと固執し」ていたと言えるのだろうか、と今読んでもそう思わざるを得ない。「戦後沖縄文学批判ノート」は、最後は次のような「国民文学論」の提唱で締めくくられているのだが、大城立裕の文学観に従えば一九五〇年代に入って竹内好や野間宏らによって本土の文学・思想界で繰り広げられた「国民文学論」もまた、「対米抵抗」「社会主義革命」を目的とする文学ということになってしまうが、果たして大城立裕は当時本土＝ヤマトの現代文学の世界で繰り広げられていた「国民文学論」を正確に把握していたのだろうか。決してそうとは思われない。以下は、新川明の「戦後沖縄文学批判ノート」に書かれた「国民文学論」に関する一節である。このような新川明の丁寧な「国民文学」に関する説明を聞いてもなお、大城立裕は「琉大文学」を「対米抵抗」「社会主義革命」を目指す文学グループだと思い続けていたのだろうか。

僕は最後に次の言葉を引用して一つの提唱とする事にする。

「真空地帯」「日本人労働者」「基地六〇号」などから、木下順二の「夕鶴」「彦市ばなし」をはじめとする民話の劇化、更には映画化の努力を含めて、最近出版されはじめた岩波講座「文学」の仕事にいたるまで、国民文学創造への努力は今日真剣に行われている。そして更にこの課題は今後、さまざまの文学者の文学的いとなみをひとつの目標に統一、結集させ、日本文学の遺産、外国文学の成果と対決、継承、摂取しながら、国民の生活のたたかいとむすびつき、そのなかから創造のエネルギーをくみとり、文学の国民への解放と、国民解放のための文学創造を統一的に実現していこうとする巨きな国民的文学運動として展開していかねばならぬのである。」（現代の日本文学史より）

吾々もこのような国民文学への道をはっきり自覚して吾々の文学をおしすゝめてゆかねばならぬのだ。

作家的位置にある人々はこの冒険（？）に対して或いは躊躇するかも知れない。しかし国民文学の一要素である沖縄の郷土文学も真にそれを全住民のものとなし、国民文学の一翼たらしめるためには今後強力にこのような文学を展開しなければおよそ空しいものとなるだけであろう。

若しこのような真剣な目的に対して否定的な立場を守る人々が居るとすれば僕たち若い世代はその人々の文学を信用しないであろうし、そのような文学はいわゆる敗北の文学となるだけであろう。

因みに、当時の本土文壇で論議されていた「国民文学論」の核心は、例えば竹内好の「国民文学の問題点」（「改造」一九五二年七月号）の以下のような部分に明確に示されていた。

中里介山や吉川英治を、国民文学のモデルにすることはできない。その理由は自明である。日本人の身分的疎隔をそのままにして、国民的解放を指向することなしに、コマーシャリズムの悪しき利用の上に立って現状維持の自己主張をやっているからだ。国民文学は、特定の文学様式やジャンルを指すのでなく、国の全体としての文学の存在形態を指す。しかも歴史的範疇である。デモクラシイと同様、実現を目指す目標であって、しかも完全な市民社会と同様、実現の困難な状態である。それに到達することを理想として努力すべき日々の実践課題だ。既成のモデルで間にあうものは何もない。

むろん、コマーシャリズムの力であれ何であれ、多く読まれるということは、それだけを他の条件から取り出していえば、大衆の心情に訴えるからであって、国民文学の資格の一つが揃っていることになる。大衆文学におけるこの要素の分析は、桑原氏も「文学入門」に指摘しているように、必要である。必要であってしかも、思想の科学研究会の二三の業績を除けば、ほとんどなされていない分野だ。しかし、それが必要なのは、文学における身分制の実態を知るために必要なのであって、それを使って大衆に特定のイデオロギイを注入するとか、文壇文学に対症療法をほどこすといった卑俗な、技術的な意味で必要なのではない。大衆文学と文壇文学とは同根であり、この両者を破壊することなしに国民文学は建設されない。現状のままの大衆文学を手段として利用することは、天皇崇拝の心理を手段として利用することと同様、目的である国民的解放をさまたげる。

このような「国民文学論」をも「「対米抵抗」「社会主義革命」の文学」として一括りにして退けてしまっては、大雑把との誹りを免れないだろう。大城立裕の「琉大文学」論の大雑把さについては、同じく「琉大文学」第九号（一九五五年七月刊）の座談会「沖縄における民族文化の伝統と継承」で、新川明が「人民大衆との結びつきも結局、われわれの民衆的な独立の中でしか出来上がらないものであり、民族的な結びつきといい、人民との結びつきということは社会権力への無関心からは到底生まれるものではないのです。それは文学以外の問題であるどころか、現在の文学の核心的な問題であり、それ抜きの文学は、芸術至上主義的なものか、小市民的な個我の文学に終わるだけで、全人民大衆との結びつきの上での強力な文学とはなりえないだろうと思います」、と「政治（状況）と文学」の緊張関係について正しく指摘していたことに対して、大城立裕は「琉大文学」の根拠とするところは「社会主義リアリズム」であり、「現状変革こそが目的だとした」と、「社会主義リアリズム」の何たるかについて全く説明がないまま、それは「技術軽視」であり「政治的テーマ主義」であると一刀両断に切り捨ててしまったことなどにも、よく表れている。さらに、そもそも大城立裕は「社会主義リアリズム」について学んだことがあるのだろうか、という疑問もある。つまり、大城立裕は新川明ら「琉大文学」の面々を批判するため、吉本隆明の『抒情の論理』（一九六三年　未來社刊）と『芸術的抵抗と挫折』（同　同）の二冊同時に発売されたプロレタリア文学批判の書に所収されている「前世代の詩人たち」や「『民主主義文学』批判」などの論考を参考に、アプリオリに「社会主義リアリズム論」は左翼やプロレタリア文学の最終的表現理論として、「古く」「遅れた」芸術理論だと思い込んでいたのではないか。

故に、大城のこのような「琉大文学」否定の文学観が「錯誤」だったのではないかと思うのは、本土復帰前後の論考をまとめた新川明の『反国家の兇区――沖縄・自立への視点』（一九七一年　現代評論社刊）や川満信一の『沖縄・根からの問い――共生への渇望』（一九七八年　泰流社刊）、あるいは岡本恵徳の『現代沖縄の文学と思想』（一九八一年　沖縄タイムス社刊）などを見ると、決して彼ら「琉大文学」を文学的出発点とする面々が「社会主義リアリズム論」に基づいて詩や小説、評論を書いてきたのだとは思われないからである。そのことを思うと、どのような文学体験があってそうなったのかは不明だが、大城立裕は本質的な意味で「現実政治」を忌避する傾向にあった、と言えるのではないか。あるいは、日本の近代文学が宿痾のように内に抱えざるを得なかった「政治と文学」の問題を、できれば自分の創作から遠ざけようとしてきたのも、新川明が座談会「沖縄における民族文化の伝統と継承」において、「社会権力との関係」つまり「政治と文学の関係」について考えない文学は「芸術至上主義的なものか、小市民的な個我の文学に終わる」と言い切ったことを、「反面教師」として意識し続けた結果だったからだと思われる。

そんな大城立裕の「政治嫌い」を象徴するのが、「沖縄問題は文化問題である」というよく知られた言葉（思想）である。

〈6〉「沖縄問題は文化問題である」

この「沖縄問題は文化問題である」という言葉は、大城立裕が「本土復帰」を一年後に控えて企画された「世界」（一九七一年六月号）の「沖縄と憲法九条」という特集に求められて書いたエッセイのタイトルである（「世界」誌に掲載時のタイトルは「挫折を憂える」であった）。大城はよほどこの「沖縄問題は文化問題である」というフレーズは気に入っていたようで、「世界」の求めに応じて書いた時から十六年後の一九八七年三月に農村漁村文化協会から書下ろしエッセイとして刊行した『休息のエネルギー――アジアの中の沖縄』の第一章にも「沖縄の二つの顔」の副題を付けて章の見出しとしている。このことからも分かるように、より本質的な意味でこの言葉は、大城立裕の文学観、歴史意識、政治思想、等々、大城の創作や言説の全てに通底しているものの言ってよく、別な言い方をすれば大城の立ち位置を明らかにする「同化と異化のはざまで」を象徴するものであった。「世界」の求めに応じて書いた「沖縄問題は文化問題である」（『沖縄、晴れた日に』一九七七年　家の光協会刊所収）は、次のような文章から始まる。

沖縄の復帰は、ひろい意味で文化問題だ。それも沖縄のそれにとどまらず、日本文化の問題だ、と考えている。四百年来の沖縄問題というものがそれであったし、今日の混乱もこれまでそれが真剣に問われなかったことからきたものである。いまあらためてそれを問うために書く。

そして展開されたのは、以下のような歴史観であった。

ヤマトはいやだいやだといいながらも、戦後いちはやく日本復帰運動が進められてきたというのは、四百年来の系統発生をくりかえしているようなものだが、そのこころは〈民族統一〉の本能的志向に動かされたということなのだろう。この考えかたにたいして、最近批判的な論があらわれており、体制べったりの考えかただとされているようだが、その批判は現実と理想、あるいは存在と当為を混同したものであろう。私も、あとでふれるように、民族統一ということが単純素朴に本土へ同化するということであってはならないと考えるが、これまでの沖縄の志向は潜在的にそれで動いてきたと思うのである。沖縄の歴史的悲劇は、潜在意識としてその同化意識があったにもかかわらず、表向きの政治でその順調な成育をさまたげる待遇をうけたことからくる。薩摩や明治以来のヤマトの罪は、そこにある。潜在志向を利用されながら欲求をおさえられた精神の悲劇であって、これは経済搾取そのものよりははるかに大きな災禍であった。民族統一のエネルギーにとって、薩摩支配を第一の機会とその挫折、琉球処分を第二の機会とその挫折、沖縄戦とその後始末としてのサンフランシスコ条約を第三の機会とその挫折と解し、七二年復帰を第四の機会と解する所以はそこにある。

三度も挫折しながら、なおこりずに第四の機会をめざして努めた、ということは、いじらしい心根というべきか。正確にいえば、第四の機会はすでに二十年前からはじまっているのであり、七二年にそれが挫折を意味することにならないかどうかが、憂えられているのである。

このような歴史観は、この論のすぐあとに展開された論集『同化と異化のはざまに』（一九七二年潮出版社刊）へと引き継がれていくのだが、ここでの主張は沖縄人（琉球人）が四百年来「〈民族統一〉の本能的志向」に動かされてきたということと、「沖縄の歴史的悲劇は、潜在意識としてその同化意識があったにもかかわらず、表向きの政治でその順調な成育をさまたげる待遇をうけたことからくる」という現状認識に基づいて形成されたもの、と言っていいだろう。

しかし、これが本当に「史実＝事実」に基づいて形成された歴史観なのか、ということになると、「反基地闘争」に象徴される革新運動や「沖縄独立論」を底意に潜めた学生運動も「本土を先進地域とみなして追随する」ものであり、「思い付き」と断りながら、「南からきた海洋民族と北からきた騎馬民族が日本列島でおちあって、海洋民族のもつソフト文化を騎馬民族のもつハード文化が制圧、支配した、というのが、古代の国家統一ではないのか」とか、「未解放部落民が（日本＝ヤマトの）原住民である」とかの「新説（珍説）」披露も一緒に行ったものであることを考えると、首を傾げてしまう部分がある。そのようなことを念頭に入れて、大城立裕の次のような提案を読むと、沖縄の「自立と共生」を願ってきた川満信一や新川明ら旧「琉大文学」同人の文学者（論客）や復帰運動の最前線で権力（日本国家とアメリカ政府）と対峙してきた革新勢力に対する「裏切り」になりはしないか、と思わざるを得ない。

琉球弧の土着文化のパターンがいつの日にか死にたえるかどうか、ということが私には非常に興味があるところである。奄美大島では、墳墓のかたちがすでにヤマト式に変形していて、古来のトール墓が滅びた。沖縄では亀甲墓がもはやほとんどつくられなくなり、破風墓もかなりサイズが小粒になり、ヤマト式の墓標をそえた向きもある。しかし、この墳墓の様式とたぶん類縁関係にあるであろうところの祖先崇拝のパターンはなかなか衰えない。さらに類縁の御嶽信仰も衰えず、ニライ・カナイ信仰もまだ息づいていると思われる。このパターンを形式もろとも日本全体に復活させることは不可能だが、本土のなかにもまだ血の底にのこっているであろう海洋ソフト文化のパターンが沖縄にまだ多分に死なずにあることから、沖縄の日本文化への貢献を夢みるのは可能であろう、と思うのだ。無意識のうちの〈同化〉は、たぶん百パーセント完全にはなされないだろうし、沖縄のためにも日本全体のためにもならない。いわれのない先進、後進の意識ではなく、琉球弧の文化パターンで日本文化に貢献することを考えるべきである。これでたぶん、挫折を免れることができる。

近代において、墳墓の形式が変化する最も大きな要因は、経済発展（開発）によって墳墓用の土地が限られてしまうということに加えて、墳墓の建立に莫大なお金がかかり、低所得者にとって負担が多すぎるから、と仏教関係者から聞いたことがある。「祖先崇拝」やそれと深い関係にある沖縄独自の「御嶽信仰」についても、大城立裕は「海洋ソフト文化」と深い関係があり、そのような沖縄独特の文化で日本文化に貢献すべきだと言うが、「原日本人」は海洋民族と騎馬民族が日本列島で落ち合ったところで形成されたという、これまでの古代史や民俗学の学説が明らかにしてきた日本列島の北方に定住していたと言われるアイヌやニヴヒ、ウィルタといった北方少数民族、あるいは九州地方の「熊襲族」や「隼人族」の存在について、学説的には諸説あるとしても、一顧だにせず、ただ「沖縄＝海洋ソフト文化」、「日本＝騎馬民族ハード文化」の拮抗、融合という側面だけで考えるのは、果たして妥当な論と言えるかどうか。

何よりも、薩摩藩による琉球弧の「支配＝植民地化」、それが「収奪」を最大の目的とするものであったことは、例えば上里隆史の最新の研究『琉日戦争一六〇九――島津氏の琉球侵攻』（二〇〇九年ボーダーインク刊）などによって明らかにされており、「琉球弧（沖縄）の文化」によって「日本文化に貢献する」というようなことが果たして可能か、と思わざるを得ないし、それは「幻想」としか言いようがない考えなのではないか、と思われる。ましてや、沖縄戦の渦中において日本軍が沖縄人に「集団自決」を強いた事実、および沖縄戦の後二十七年間沖縄がアメリカ（軍）に「占領」されていた「現実＝歴史」を踏まえれば、「沖縄問題は文化問題である」などと言っていられないのではないか。言い方を変えれば、沖縄戦における日本軍の蛮行（集団自決の強要や沖縄人をスパイ呼ばわりした差別）も、また戦後のアメリカによる「占領」継続という事実も、それはまさに「琉大文学」の面々が言い続けてきたように「政治の問題」以外の何物でもなく、決して「文化問題」として処理していいことではないのではないか。

さらに大城立裕の小説作品に即して言えば、『小説　琉球処分』（「琉球新報」一九五九年九月五日～一九六〇年十月二十五日、単行本一九六八年　講談社刊）における、例えば「琉球処分官」松田道之、つまり明治政府（権力）と琉球王府の役人らとの「首里城明け渡し」などに関わる攻防は、まさに「政治」そのものだと思うし、次のような大城の『恩讐の日本』（書下ろし長編　一九七二年　講談社刊）についての池澤夏樹の「解説」を、大城はどのように解釈するのか。

『恩讐の日本』は明治中期、沖縄人が最も能動的に自分の「くに」を作ろうとした時代を扱った歴史小説である。／「くに」は国ではない。大日本帝国という国家の版図に組み込まれながら、異なる言葉と歴史と文化を持っている土地としての「くに」。本国と自分たちが異なるという事実をいかに政策の上で整合させるか、日本の中で沖縄をどう位置づけるか。この問題を巡って沈思し、議論し、行動し、闘争する知識人たちがこの小説の主役である。

池澤夏樹がこの「解説」で『恩讐の日本』がテーマの一つとしたのは、沖縄という「くに」を巡る問題に他ならないということで、池澤の考えに従えば、「くに＝沖縄」の根幹に「政治」が存在すると考えるのは自然で、「沖縄問題は文化問題である」と言い切ることでは「沖縄＝くに」の問題は解決しないということである。つまり、『恩讐の日本』もまた「くに」の在り様をめぐって展開しているので、「沖縄＝くに」の問題は「政治」抜きに考えることはできないのではないかということに他ならない。換言すれば、『小説　琉球処分』も『恩讐の日本』も、さらには沖縄の祖国復帰運動を軸に物語が展開する「沖縄の命運」三部作の第三作目『まぼろしの祖国』（書下ろし　一九七八年　講談社刊）にしても、それぞれが「日本＝ヤマト対沖縄」という構図が長編の骨格を支えており、その意味でこれらの長編を「政治」抜きで論じることはできないということである。それなのに、大城立裕は「沖縄問題」をかたくなに「文化問題」一辺倒で解決しようとする。

私は、『まぼろしの祖国』を収録した『大城立裕全集』第三巻の「解説」で、大城の書下ろしの評論『内なる沖縄――その心と文化』（一九七二年　読売新聞社刊）の「第一章　沖縄ナショナリズム」の次のような冒頭に置かれた文章を引き、そのような文章を大城が書いたのは、戦後の故郷沖縄が「日本から隔てられ」「異民族（アメリカ――引用者注）に蹂躙されてい」たが故であり、中国から帰還して「荒廃した故郷」を目のあたりにした大城自身にしてみれば、「祖国喪失」の思いが強かったからではなかったか、と書いた。

沖縄とはいったいなにか。このことは、私個人のばあい、敗戦直後にきざした思いである。あれだけ「大日本帝国」も忠誠をつくしながら、やぶれたとたんにはねだされた。その祖国喪失の思いはやりきれないけれども、その違和感の反面でなんとなくこれですっきりしたような気持ちがなくもなかったのである。いったい「沖縄」とはなにか、という思いが、私たちを沖縄歴史の勉強へかりたてた。私たちとあえて複数でいっても間違いではないと思うが、すくなくとも私の文学仲間たちはそうであった。（傍点原文）

なお、大城立裕は『小説　琉球処分』が収録された『全集』第一巻の「著者のおぼえがき」において、次のようなこの長編への思いを書き記していた。

連載中に友人のひとりから言われた。「処分とはおだやかでないね」と。この言葉には沖縄人のおだやかさが見えるが、「祖国復帰」運動がまさに活火山として燃え盛っていた時点で、未来の見えない純情な意見であったといえよう。私も「処分」を潜在意識で自覚していたにすぎない。それが見えるようになったのは、復帰直前である。復帰の前後に革新のがわでよく「復帰は第二の琉球処分だ」という声があり、あるいは一六〇九年の薩摩侵入から数えて「第三の……」という表現もあった。さらに行政の側では、歴史についても「琉球処分」という用語を嫌って、「廃藩置県」という用語を採りたがった。そういう風潮に私が抵抗したのは、「琉球処分」という言葉が、もともと日本政府が創ったものだという理解からであった。「第二の」という表現は比喩であるので、「琉球処分」までも比喩にされてしまうのを惧れた。

つまり、沖縄が「日本＝ヤマト」の一部だという前提で行われた「琉球処分」は、この大城立裕自身の言葉から分かるように、紛れもなく絶対主義天皇制を柱とする明治近代国家の「政治」がもたらしたものである。にもかかわらず、大城立裕は『小説　琉球処分』のように「歴史＝近代沖縄史」における「政治」については想像力を駆使して事細かく描いたにもかかわらず、沖縄の戦後史を貫く日本＝本土（ヤマト）とアメリカの世界の冷戦構造に規定された「現実政治」については、「沖縄問題は文化問題である」として根本的な解決策を示さないまま、正対しない態度に終始する。このことは、〈2〉「「沖縄戦」を描く」のところでも少し触れたが、『棒兵隊』や『亀甲墓』で実際の「（日米）の戦闘場面」は描かず、逃げ惑う沖縄の人々を描くことに終始したことと同じメンタリティを大城立裕は保持し続けてきたことを意味する。

だが、これは一体どういうことであるのか。

〈7〉もう一つの「沖縄戦」——『普天間よ』

大城立裕は、二〇一一年六月に上梓した短編集『普天間よ』（二〇一一年　新潮社刊）の「あとがき」を次のような文章から始めていた。

一九六七年に芥川賞をもらったとき、「沖縄で作家になると、戦争を避けては通れないだろうな」と思った。ただ、私は戦闘体験がない。戦場の体験がないではないが、初年兵で、中国の後方野戦で演習をしていただけだ。また、ひとと同じことをやりたくない、という思いも手伝って、よくある「悲惨な戦場」を書くのは他に任せて、自分は違う戦争を書こう、と考えた。

その前に書いた「二世」（一九五六年）、「棒兵隊」（一九五八年）、「亀甲墓」（一九五九年）のいずれも、右のように明確な志を持ってのことではなかったが、期せずしてそのようになっている。

私の場合、志を立てて沖縄の戦争を小説に書くことは、「生活の場が戦場になるとは如何なることか」という問いを発することにはじまった。具体的な答えの一つは、社会の制度や文化が壊滅するということであった。


ここで急いで注記しておきたいのは、小さなことのようだが、「私は戦闘体験がない。戦場の体験がないではないが、初年兵で、中国の後方野戦で演習をしていただけだ」ということについてである。すでに〈1〉「『カクテル・パーティー』評価をめぐって」の『朝、上海に立ちつくす』のところで詳説したが、大城立裕は東亜同文書院の学生の時、「学徒動員令」に基づいて、日本陸軍の「三光（焼き尽くす・奪い尽くす・殺し尽くす）作戦」の一つであった「徴発（奪い尽くす）」に従事した経験を持っていたはずだが、故意か偶然か、『普天間よ』の「あとがき」では書き落としている。何故か。大城立裕は、『光源を求めて』の中でも「日本軍は食料を現地で極度に安く調達するために、武力で農民をおどしながら、それを実行した。それが「軍米収買」とよばれた。その示威に同文書院の学生を使ったのである。私たちは小銃をもってそれに従事した」、と確かに書いていた。「軍米収買」が戦場となった中国の農村部で行われていたのは様々な証言や資料によって明らかである。だからこそ、大城立裕は「軍米収買」体験が「戦時における加害―被害の関係」を考えるきっかけの一つとなっている、としたのではなかったか。蛇足ながら、中国の農民にとって、日本軍による「軍米収買」は、紛れもなく「生活の場が戦場になる」ことであった。

さて、「生活の場が戦場になるとは如何なることか」という問いをモチーフにした『普天間よ』に収録された諸短編についてであるが、結論的には確かに「あとがき」で明らかな作家の意図は十分に実現していると言っていいだろう。アメリカ軍の砲撃に追われるようにして南部へ避難する途中の明日の生命も知らぬ夫婦を突然襲った肉体関係への欲求を描いた『夏草』（「中央公論文芸特集」一九九三年夏号）、防衛隊（棒兵隊）に召集された父親の代わりに祖母や「狂った（精神に異常をきたした）」母や義姉たちを守りながら避難する中学生の前に現れる妓楼主の女や遊女たち、そして元区長や元小学校長ら、彼ら一行は米軍の砲銃撃を避けて南部を目指すのだが、安全な避難場所や知り合いとの再会を教えてくれるのは「狂女《フリムン》」となった母親であるという『幻影のゆくえ』（「新潮」二〇一〇年九月号）、鳥取県出身の上等兵（坂口）と那覇で金貸しをしている男（儀間・お前）と彼が持っている借用証書の連帯保証人の親戚の女性（シゲ）が、途中上等兵が米軍に連行されるということを挟んで、今は瓦礫の山になっている那覇までやってきたという『あれが久米大通りか』（「新潮」二〇〇八年十二月号）、癌でホスピスに入院した「お前」が窓越しのかつては甘蔗（さとうきび）畑だった風景を見て思い出すのは、戦場から逃れてたどり着いた一軒家で見た女子挺身隊員と負傷した日本兵の姿であった『窓』（「群像」二〇〇四年十一月号）、従妹から末弟の遺骨かもしれないとの報を受けて埼玉から四十年振りに山原《ヤンバル》の海岸にやってきた伊波が目にしたのは、遺骨が見つかったというモクマオの木の傍で熱心に祈ってている中年の女であった。女はそこで見つかった遺骨は父のものだと言い張るのだが、今となっては何が真実であるかすべてがあいまいになってしまった現実を描いた『荒磯』（「中央公論文芸特集」一九九三年冬号）、六十二年前の「戦跡」を訪れることを目的とした四十年ぶりの帰沖によって知らされたのは、かつて一緒に逃げ回った戦友が今は痴呆状態にあることと、記憶していたはずの戦場も今や見る影もなく「復興」されている現実であるという『首里城下町線』（「新潮」二〇〇八年二月号）。そして、タッチ・アンド・ゴーを繰り返すアメリカ軍の戦闘機とヘリコプターの轟音に悩まされてきた普天間基地近くに住む「私」（新聞社の社長秘書）と父（基地返還促進運動の事務所勤め）、母（沖縄舞踊の師匠）、そして敗戦によってアメリカ軍に接収する前の基地内部落（普天間村）に「鼈甲の櫛」を埋めてきたとして、それを掘り出すことに執念を燃やしている祖母が織りなす普天間基地をめぐるそれぞれの思惑を綴った表題作の『普天間よ』（書下ろし）。

このように『普天間よ』収録の七編を概略すると、確かにこれらの「戦争小説」には作家自身が説明するように「生活の場が戦場になるとは如何なることとか」というモチーフが貫かれているように見える。しかし、「戦争」というのは、たとえ南海の孤島で繰り広げられたとしても、あるいは極寒の山岳地帯で行われたとしても、これまで書かれた例えば大岡昇平『野火』（一九五一年）や五味川順平の『人間の条件』（全六部　一九五六〜五八年）などの「戦争文学」が図らずも語るように、人が「生活」を営んでいない場所・地域で起こるということはなく、結果的にそれは必ずや住民の「生活の場」を破壊し人命を損傷するものである。と、そのように考えるならば、「生活の場が戦場になるとは如何なることか」というのは、戦争を題材とした作品を書く場合には当たり前のことだった、と言っても過言ではないだろう。だとするならば、この『普天間よ』に収録されている七編の「戦争小説」は、私たちに何を提示しているのか、ということになる。

別な言い方をすれば、「生活の場が戦場になるとは如何なることか」との問いを、「戦場＝非日常の世界にあって、人はどこまで日常を保つことができるか」と読み替えた時、『普天間よ』は本当に「戦場＝非日常」とそこに生きる「人々の日常」を描き出すことに成功しているか、ということになる。更にこの問いを「戦場＝非日常の世界に本当に生活の場＝日常は存在するのか」と変換した場合、戦場にあってどこまで人は「正常」を保ちうるか、多くの者が『幻影のゆくえ』の母のように「正気」を保つことができず、『あれが久米大通りか』の金貸しのように、「金の亡者」となって瓦礫の中を歩き回るしかできなくなるのではないか、ということがある。

では、何故『普天間よ』を読んでこのような感想を持つに至ったのか。その理由の第一は、『普天間よ』の諸作品から戦争に巻き込まれた人々の「恨み・つらみ」や「怒り」、「悲しみ」といった感情、それは作家の思想・信条が生み出すものに他ならないと思うが、それが十分に伝わってこないからである。そのような激しい感情に代わって短編集『普天間よ』から伝わってくるのは、一種の「諦念」のようなものである。さらに言えば、短編集『普天間よ』の全体から、「反戦」意識を醸成する原基となる戦争を引き起こした体制に対する「怒り」が希薄なように思われてならないのである。例えば、「少年通信兵」として学徒動員された中学生と敗走中の日本軍兵士の姿を描いた『首里城下町線』の次のような場面、リアリティを感じないのは、私だけか。

「ウルセーヨーッ！」

竹下が起き上がってきて、私の頬に平手を食らわせた。

「そっちこそうるさいんだよ！」

鈴木兵長が通信機を離れて立ち上がったかと思うと、竹下が再び寝転がろうとするのを引き戻し、思いきりビンタを張った。竹下が頬を撫でなで、またひっくり返りながら、小さな声で、弾丸はまえからだけ来ると思うなよと物騒な言葉を吐くのを、私はたしかに聞いた。「中学生まで戦争ごっこをさせるなんて、負けるに決まっているわい」ともつぶやいた。鈴木はこの言葉を耳に留めたに違いないが、反応しなかった。

竹下がつぶやいたことを裏付けるようなことが、そのうち起きた。雨中に繁多川を撤退して、たしか半日後に南風原《はえばる》村の山川橋を渡ったあたりのでのことだ。竹下がふと行軍の一隊からはぐれたところで足を滑らかしたかして溝に転げ落ちたが、起き上がりざま銃口を鈴木に向けた。雨と銃砲撃がたまたまわずかなあいだ一緒にやんで硝煙も霽《は》れた夕まぐれのなかに、たしかに私は見た。向けた次の瞬間に戦闘機からの機銃掃射が眼の前を走り、それをさける拍子に銃口を下ろしたから証拠は残らないが、その同士討ちの実現は遠くないのではないかと、私はひそかに思ったものだ。

ここに描かれている「竹下」と「鈴木兵長」との上下関係を無視したかのような関係は、エンターテインメント系の戦争文学や戦争映画に時々登場するものであり、その意味で「既視感」のある描写である。しかし、司令部のあった首里を離れ南部への逃避行を決行していた部隊で、しかも激しいアメリカ軍の艦砲撃や爆撃が続き戦闘機の機銃掃射も受けるような状況において、軍隊に入った時から骨の髄まで叩き込まれた「軍人勅諭」(一八八二〈明治十五〉年一月四日下賜)の「下級の者が上官の命令を承ること、実は直ちに朕が命令を承ることと心得よ」の下で過ごしてきた日本軍兵士が、いくら気に食わないとしても上官に銃口を向けるなどということが、本当にあり得たのか。大城立裕は、『普天間よ』の「あとがき」で「私は戦闘体験がない」、つまり自分は沖縄戦の実際を体験していない、と明言していた。もちろん、戦争文学を書くのに実際の戦争を体験しているかどうか、それは本質的なことではないのは重々承知しながら、それでも「証言」や「記録」、あるいは「伝聞」の類を作品に取り入れるときには、よほど慎重に対処しないと「戦争の真実」から遠ざかってしまうということがある。その意味で、前にも触れたが、例えば新聞記者(牧港篤三)が自らの体験と取材とを基に書いた『鉄の暴風』(一九五〇年　沖縄タイムス社刊)のドキュメントと、『普天間よ』所収の諸短編を較べてみれば、戦争（戦場）のリアリティ、つまり「戦争の真実」にどれほど迫っているかという点で、ずいぶん開きがあるのではないだろうか。もっとも、『普天間よ』収録の諸短編と同じように「証言」や「記録」、あるいは「伝聞」などを基にしながら、長編『日の果てから』（「新潮」一九九二年八月号「戦争と文化」三部作の第一作目）は、何故その迫真性とリアリティにおいて際立っていたのか、このことの詳細についてはすでに「〈4〉「戦争と文化」三部作」のところで詳細に検討しておいたが、それとは別に、『大城立裕追悼論集　沖縄を求めて　沖縄を生きる』に「『普天間よ』私感」を寄せた仲程昌徳が、その論の結語で次のように書いたことの「真意」は何か、と思わざるを得ないということもある。

大城が、「復帰」をひかえて混乱する状況のなかで、主張したことの一つに「沖縄問題は文化問題である」というのがあった。大城は『光源を求めて』（一九九七年七月　沖縄タイムス社）で、「沖縄は日本とアメリカとの谷間にあるようなものだ、というイメージがあった。ただ、その谷間になんとかして宝石を見つけたい、と願っていた。その潜在可能性はある、と信じていた。その諸々の情況を私は探っていたといってもよい。／「沖縄問題は文化問題である」／という発言もそこから出ている」と書いていた。

大城は、復帰をめぐって混乱する世情のなかで、「何とかして宝石を見つけたい」と願ったというが、その宝石の一つを沖縄舞踊に見つけたのである。

「普天間よ」は、「爆音」に左右されることなく（琉球舞踊の踊り手で現在は地元新聞社の社長秘書をしている孫娘が――引用者注）踊り通したといったことを書いていたが、それは、基地に、沖縄の伝統文化が打ち勝ったということだろう。基地に打ち勝つ物語が、これほどあからさまに、書かれた作品はない。それだけに貴重なものになっているといえるのだが、大城の作品らしからぬ、結末をもった作品であった。

それもこれも、大城が、沖縄の文化伝統である沖縄の踊りにひとかたならぬ思いを抱いていたということであろう。

大城立裕の文学と長い間付き合ってきた仲程昌徳の短編『普天間よ』評価に「間違いはない」だろうが、『普天間よ』は「基地に、沖縄の伝統文化が打ち勝った」ことの結末として持つ作品だと言われると、本当にそうだろうか、「贔屓の引き倒し」なのではないか、と思わざるを得ない。というのも、沖縄はもとより本土＝ヤマトの誰も知るように「普天間基地の返還、それに代わる名護市辺野古沖への新基地建設」という問題は、紛れもなく「政治」の問題で、「文化（沖縄の踊り）の問題」に矮小化できないことだからに他ならない。沖縄の住民が辺野古の新基地建設に繰り返し「ノー」を突き付けても、中国・北朝鮮・ロシアを仮想敵国とするアメリカと日本の政治権力は、沖縄の保守勢力を巻き込み、莫大な金と労力と資材を投入して辺野古新基地の建設に邁進している。まさに世界一危険な航空基地と言われる「普天間基地」の移設問題は、「政治」問題以外の何物でもない。にもかかわらず、大城立裕は「伝統舞踊」を「基地の諸問題」と対峙させることで「沖縄問題」は解決できる、と考えたのだろうか。

いかに理不尽な形で「普天間基地」の辺野古沖への移転という、実質は「新基地建設」が行われているか、その苛烈な現実については目取真俊が『沖縄　地を読む　時を見る』（二〇〇六年　世織書房刊）や『ヤンバルの深き森と海より』（二〇二〇年　影書房刊）等の時評集で明らかにしていることである。本土＝ヤマトの人間が短編集『普天間よ』に違和感を抱くのは、まさにそこに理由があったと言わねばならない。

〈8〉更に、『辺野古遠望』について

大城立裕は九十歳を目前して、第四一回川端康成賞を受賞した『レールの向こう』（「新潮」二〇一四年五月号）を皮切りに、次々と『あなた』（二〇一八年　新潮社刊）に所収される自ら「私小説を書いてきた」と称する短編を書き継いできたが、大城が「私小説」についてどのように考えていたか、単行本『レールの向こう』（二〇一五年　新潮社刊）の「あとがき」で、次のように書いていた。

巻頭の二編（『レールの向こう』と『病棟の窓』――引用者注）は私小説である。

私として私小説はめずらしい。ただ、妻が思いがけなく脳梗塞という病気を患い、それを見守っ

ているうちに、それを作品にしなければならない衝動を抑えることができなかった。といっても、単なる病妻ものにはしたくない、と思っているところへ、亡友への思いと絡めることができ、それが独自の普遍性を生んで、川端康成賞を受けることができた。

それと連動するように、こんどは自分の病気を書くことにもなった。「病棟の窓」にははからずも家族への思いを書いた。

数十年間、「沖縄」にこだわってきて、「沖縄の私小説を書いています」と冗談を言ったりするが、この機会に両作品で、私小説の普遍的な存在というものが見えてきた気がする。

そして更に、病妻とのこれまでの長い結婚生活を振り返った『あなた』(「新潮」二〇一八年五月号)を表題にした短編集の「あとがき」にも、大城立裕は次のような文章を書きつけていた。

私小説とは縁のない小説ばかりを書いてきたが、「レールの向こう」(前著表題作)から「あなた」まで、妻のことを一気に書いたという思いがある。

ついでのように、「辺野古遠望」「B組会始末」「拈華微笑」「御嶽の少年」「消息たち」を並べてみると、その底に歴史が潜んでいることに、あらためて思いいたった。

私小説に個人史(=歴史)が潜んでいるのは、この国の自然主義文学を中心とする近代文学史を繙けばすぐに理解できることだが、その「歴史＝個人史」が潜まされていたという大城立裕の私小説の中で、大城立裕の文学や思想の総体との関係で特に注目されるのが、沖縄の「戦後史」を意識的に絡めたと思われる『辺野古遠望』である。

周知のように、米軍普天間基地の「移転」とセットになった「名護市辺野古の新基地建設」は、沖縄県民の度重なる「ノー」の声に耳を貸すことなくアメリカの極東戦略に唯々諾々と従う日本（＝ヤマト）政府の姿勢を象徴するものである。そのような米軍基地をめぐる根本的な問題を意識の内に入れ『辺野古遠望』を読むと、この短編には建設会社を営む兄の思い出とその兄の会社を引き継いだ甥の辺野古新基地建設との関係を絡めながら、自分（大城立裕）がこれまでアメリカに占領されてきた（支配されてきた）戦後の沖縄に対してどのように考えてきたか、その「本音」の一端を正直に吐露したもの、と理解することができる。辺野古問題への「本音」は、以下のような「私の見解」に現れている。

歴史がこんな形で進むとは、私にも意外であった。

かつて――日本復帰のすこし前のことであったが、こんなことを書いた。

「琉球の日本への同化の機会が、歴史上三回あったが、いずれも挫折した。第一の機会は十七世紀の薩摩の侵入。三百年の植民地支配のうちに文化の面でかなりの同化があった。ただ、政治支配の過酷さが真の同化を許さなかった。第二の機会は琉球処分とよばれる日本への併合で、その後に生じたのは差別とそれへの反応としての劣等感、僻みであった。第三の機会は沖縄の戦争で、学徒隊の悲痛な努力に見られるように、同化をめざして命がけでたたかったが、講和条約では同化を拒否されるように裏切られた。第四の機会が祖国復帰であるが、それが成功するかどうかは、これからの宿題である……」

祖国復帰——施政権返還の運動が燃えていたころ、私は右の宿題をかかげて、日本復帰にいろいろのデメリットもあるかもしれないが、と治外法権の撤廃だけに復帰の意義を賭けた。ところが今日なお治外法権は揺るぎがない。それと同趣旨のように、辺野古の押し付けがある。

引用文中カギカッコの部分は、エッセイ集『同化と異化のはざまに』（一九七二年刊）や自作解説と沖縄の歴史とを重ねた長編評論『光源を求めて——戦後五〇年と私』（一九九七年刊）などに繰り返し出てくる大城立裕の歴史観であるが、「治外法権の撤廃だけに復帰の意義を賭けた」というのは、辺野古の新基地建設が着々と進行しているこの時点でも、相変わらず本土復帰後の沖縄でも本土＝ヤマトと同様に「日米地位協定」がアメリカの圧倒的有利を保ちつつ維持されている現状を鑑みると、説得力に欠ける部分があるのではないか、と思わざるを得ない。とは言え、もう一つ、短いが、大城立裕の沖縄に対する「本音」が現れていると思われる最後の部分を引いておきたい。これぞ私小説の極意と言っていいのではないかと思えるほど「哀切」に満ちている。

それにしても、「祖国復帰」に燃えていたころは、まだ希望らしきものがあったな——と書きながら、思いだしたことに、いや、あのころでもあまり歴史に信頼できないという感じは持っていたなと思う。

——これだけを書いた上で、今日は眠るか。明日の朝を迎えられるかどうか分からないが……。

大城立裕は、最期まで「希望」を持ち続けていたのだろうか。しかし残念ながら、大城立裕の言葉からは以下のような同じ沖縄在住の芥川賞作家目取真俊が示す「歴史（政治）認識」とその裏に潜む「怒り」を感じることができない。

一九九五年九月に起こった米兵三名によるレイプ事件から一〇年、沖縄の施政権が日本に『返還』されてから三三年。沖縄戦が終わり米軍の占領と基地建設が始まってから六〇年。その間、沖縄人は米軍の支配と演習による被害、米兵の犯罪に苦しみ続けてきた。

いったいなぜ六〇年も苦しまねばならなかったのか。苦しめてきたのは誰なのか、沖縄人を苦しめ続けてきたのは米軍だけではない。日米安保体制の負担を押し付けてきた日本人、つまり貴方たちなのだ。（「辺野古が『日本』に問うもの——沖縄への『差別』自覚を」「信濃毎日新聞」二〇〇五年五月三十一日）

第二章　又吉栄喜の文学――〈原体験・原風景〉と向き合い、言葉を紡ぐ

〈1〉「原体験」――米軍基地とベトナム戦争

又吉栄喜の初期作品を集めた『パラシュート兵のプレゼント』（一九八八年　海風社刊）に収められた表題作は、自分たちが生活する島（離島）の大部分を占有している米軍基地内で遊んだり、砲弾の破片を拾い集めたりしていた少年たちが、目標の着地点から遠く離れて遊んでいた自分たちの近くに降下し負傷したパラシュート兵を基地内に帰還させる助けをしたという話である。このことから推測できるのは、子供たちが助けたパラシュート兵から何らかのプレゼントがあるのではないか、と期待するという作家自身が子供時代に体験したであろう「出来事」を基にした作品である。そこに、沖縄戦で自分たちの親や祖父母、兄弟姉妹、そして多くの本土＝ヤマトの将兵を殺傷したアメリカ軍（兵士）への「嫌悪感」や「違和感」を感じることはない。

小柄な米兵だと僕は思った。しかし、島の大人たちはもっと小さい。米兵は立ち尽くしている。僕らが近づくのをみつめているようだ。パラシュートはたたまっている。ヤッチーはあいさつをくりかえしながら近づいていく。ハーロー、ハーロー。滅多にみせない笑顔を崩さない。ヤッチーの顔かと瞬間、僕は疑う。僕らは慎重に近づく。米兵は何か小声で言う。顔はこわばっている。僕の顔も同じだ。一瞬、米兵の顔が変てこにゆがんだ。笑ったのかもしれない。ヤッチーは〈ハーロー〉を言い続け、右手をあげ、こころもち動かしたりする。いましがた、米兵には手をあげるなといったばかしなのに、僕はいっそう米兵の動きに気を付けた。米兵は腰のガンベルトに右手をわずかに近づけた。ヤッチーも気づいたらしい。ヤッチーは胸元やズボンのポケットを両手でしきりにたたく。何ももっていないというゼスチャーだ。逃げるなよお、逃げるなよお。ヤッチーは押し殺した声を出す。しきりに僕らを横目で見る。

「あれは二等兵でしかないろ、バッジみればわかるろ、肩や襟の」

二等兵だろうと将校だろうとどう違うんだと僕は漠然と思う。ヤッチーの目はみひらいている。何かぎこちない。しかし、胸を変てこりんに張り、米兵を見続ける。

招かざりし「隣人」であり、島の絶対的支配者であった「強者」のアメリカ軍所属のパラシュート兵に向かい、彼を「助けた」お礼にプレゼント（砲弾の欠片やスクラップなど金に換えられるもの）を要求する自分たちの兄貴分であり中学生の「ヤッチー」と「僕」ら子供たち、彼我の間にある「緊張感」と「親和」という矛盾した感情は、まさに広大な米軍基地（キャンプ・キンザー）を抱えた地域に生まれ育った作者又吉栄喜ならではの感覚であったと言っていいだろう。その感覚は、別な言い方をすれば、戦時下に青春を送った者や兵士予備軍として学校生活を送った者たち――文学者で言えば、吉本隆明や井上光晴等の皇国少年（戦中世代）――が得た感覚ではなく、進駐してきた連合軍（アメリカ軍）兵士に、「ギブ・ミー・チョコレート」や「ギブ・ミー・チューインガム」と叫び、飢えた顔を曝け出して「同情」を得ようとした戦後世代に共通した感覚であったと言っていいのではないだろうか。

短編集『パラシュート兵のプレゼント』には、表題作の他に占領軍兵士である米兵と奇妙な共感関係を維持していた沖縄人の「戦後」における在り様を描いた『カーニバル闘牛大会』（「琉球新報」一九七六年十一月　第四回「琉球新報短編小説賞」受賞作）と『憲兵闖入事件』（「沖縄公論」一九八一年五月）が収められているが、これらの初期短編も『パラシュート兵のプレゼント』と同じように、沖縄を占領していたアメリカ軍将兵や基地に対する「違和感」や「敵対心」は後景に退き、前面には占領軍（アメリカ軍将兵）や基地に対する「共生感＝親和力」が出てくるということに力点が置かれている、と読むことができる。例えば、『憲兵闖入事件』の次のような描写、これは沖縄文学の戦後世代を代表する作家又吉栄喜独特のものである。沖縄人が楽しみにしている闘牛大会に対して「動物虐待」だから止めろと迫るアメリカ軍の憲兵（通訳）とウチナーグチ（沖縄言葉）で堂々と抗議する闘牛大会の世話役との「すれ違う＝意思が通じない」会話が延々と続くこの短編は、強者（アメリカ）と被支配者（沖縄）との関係を戯画化していて、秀逸である。

「闘牛はすぐやめるようにいってますな」

金城は赤い花柄のアロハシャツを着ていた。こいつは味方じゃない、と蒲助は直感した。語気強くなった。

「ぬーんち、きょかあー、いいてぃちぇーぃんどぅ（どうしてだ？　許可はもらっているぞ）」

金城は上官に通訳した。上官は金城の言葉数の数倍は返した。金城は蒲助をみた。

「動物虐待はいかんと言ってますな」

「虐待？　虐待んりせーぬーやが（虐待？　虐待とはどんな意味か）」

「どういえばいいか……ええ……つまり、牛を闘わすのはいけないとでもいえば意味があいますかな」

「うーんち、うれーいんかしからあるくとぅるやる、ぬーがわっさが（どうしてだ！　昔からあるんだ、何が悪い！）」

「憲兵はいかんと言ってますよ」

「あんすくとぅ、ぬーんちならんがんちるちちょーんどぉ（だから、どうしていかんのかときいているんだ）」

金城はしばらく黙った。

この後「上官は一歩二歩蒲助に詰め寄り、裂けているような細い唇をひんぱんにゆがめ、わめきだした。明らかに怒っている。金城は蒲助のちょっとした表情も見逃さないように見つめている。蒲助はまばたきもせずに見上げていたが唾のしぶきがかおにかかるので、金城に向いた」と続くのだが、被支配者の言葉であるウチナーグチを駆使することで、意識せず闘牛場に集まった観客（沖縄人）を味方にして、支配者（占領軍憲兵）と堂々と渡り合うその沖縄人の在り様が自然に醸し出される「ユーモラス」な筆法、ここには肩肘張らず沖縄の「庶民＝普通の人」の姿を活写することで作家としての立ち位置を獲得してきた又吉栄喜の面目躍如たるものがある。言い方を換えれば、この初期作品の一つである『憲兵闖入事件』は、「政治＝被占領地沖縄の現実」を前面に押し出すことで、アメリカ（占領軍）の「支配」とそのような沖縄の在り様を甘受してきた日本＝ヤマトを鋭く告発（糾弾）した霜多正次の『沖縄島』（一九五七年）とも、また沖縄の知識人がどのように支配者であるアメリカ人と付き合ってきたかを炙り出した大城立裕の芥川賞受賞作『カクテル・パーティー』（一九六七年）とも、本質的に異なる文学世界が開陳されていたということである。大胆な言い方になるが、又吉栄喜の初期文学世界における米軍基地は、沖縄（人）と共に「共存・共生」するものであり、「敵対」するものではなかったということである。

又吉栄喜が『豚の報い』（一九九五年）で芥川賞を受賞した後の『日本の論点'97』（文藝春秋刊）に寄せた「沖縄の人々は基地問題について『理』と『人権』を第一義に行動した」というエッセイにおい

て、次のように書いたのも、子供の頃から米軍基地（アメリカ人）と共に生きてきたという経験があったからではなかったか。

小さい島には灼熱の陽が照りつけ、青年も子供も老人も女や犬や猫も木陰に寄り集まった。伝説を聞き、また伝え、恋が生まれ、助け合いの精神や仲間意識が（木の影のように）濃くなった。

このような共同体の精神と、寡黙だが闘いだすと脇目もふらず一目散に突進する闘牛のような力や、豚の頭の先から足の先まで食べてしまうエネルギーや、サバニという小舟に乗り遠く南洋までも漁に出る勇気や、中国という大国と対等に交易をした気概などに混じりあい、堂々とした気質を沖縄の人は養った。

ベトナム戦争におおわれていた時代、復帰闘争とか反戦とか基地撤去とかの闘いの最中でも沖縄の人々は髪を振り乱してばかりいたのではなく、女性は化粧も楽しんだし、男性は闘牛にうつつをぬかした。極言すると、公園の広場での総決起大会に五万人結集した翌日、闘牛場に五万人押し寄せるというゆとりとバイタリティーがあった。このバイタリティーとゆとりが闘いをさらに充実させ、中身を濃くし、反乱とか革命に流れていかなかった大きな原因のひとつではないだろうかと私は考えたりする。（「大国と堂々と向かい合う沖縄人気質」）

又吉栄喜の文壇（中央文壇）的処女作と言っていい『ジョージが射殺した猪』（第八回九州芸術文学賞

受賞「文学界」一九七八年三月号）が衝撃だったのは、この中編が沖縄の基地での訓練が終えればベトナム戦争へと派兵されることになっている若きアメリカ兵士が、自分はいずれベトナムで「見えない敵＝ベトコン」と戦わざるを得ないことに悩み、その挙句に砲弾の破片などを拾いに来ていた沖縄の老農夫を「猪」に見立てて射殺するという設定になっていたことである。福地曠昭の『沖縄における米軍の犯罪』（一九九五年　同時代社刊）によれば、この種の在沖米軍兵士による残忍な行為は沖縄では頻繁に起こっていたとのことだが、在日米軍兵士が日本人を「虫けら」のように殺害した事件として本土＝ヤマトの人々の記憶に残っているのは、〈序章〉でも触れたように一九五七年一月三十日、在日米軍相馬が原演習場で薬莢拾いに来ていた農家の主婦を「ここにたくさんあるよ」と言って基地内に誘い射殺した「ジラード事件」である。この「ジラード事件」で日本＝ヤマトの人間が知ったことは、連合軍による占領が終わってもなお、圧倒的な勝者であったアメリカ（軍）との間で結ばれた「日米安保条約（日米地位協定）」下では、ジラード兵士が受けた懲役三年・執行猶予四年（実質「無罪」）という軽い判決が象徴するように、農家の主婦など「虫けら」同然の扱いを受けるのだという敗戦国日本の現実であった。

『ジョージが射殺した猪』に読者が特別な思いを持ったのは、以上のような設定とは別に、作品の主眼が「ベトナム戦争に行かざるを得ない若き米軍兵士の苦悩」に置かれていたことによる、と言っていいだろう。言葉を換えれば、ベトナム戦争に行かざるを得ない若き米軍兵士に、ベトナム戦争の帰休兵や予備兵が落とす「ドル」によって「経済的な恩恵」を受けるアメリカ占領下に生きざるを得ない自分たち沖縄人の情況（境遇）を重ねることによって、単なる「反戦」や「基地反対」とは違う人間的苦悩を中心とした作品世界を形成していたからである。この中編の「魅力」は、まさにそこにあった。さらに言えば、戦争（ベトナム戦争、たぶん沖縄戦も含意している）＝殺人という行為がいかに「人間」をスポイルするか、又吉栄喜は次のような若き米軍兵士の姿を通して読者に訴える。

トイレの周辺で女たちがざわめいた。ワシントンがズボンのバンドをしめながら出てきた。マスターはすぐワシントンに近寄り、談合をはじめた。両目がとろんとしたワシントンはまともにマスターをみず、めざわりだといわんばかりにマスターの顔をグローブのような手で押した。マスターはよろめき、シートにつまずき、フロアに尻もちをついた。ワシントンは夢遊病者のようにドアをあけ、外に出た。ジョンが捨てゼリフをはいた。なんであんなに騒ぐんだ。たかがいたずらぐらいで。敗残の劣等者のくせに。ジョージはトイレを見た。仲間の女たちに囲まれ、強姦されたらしい女はうずくまっていた。無言だった。（中略）

ジョージはジョンたちの二、三歩後ろを歩いた。ジョンたちは沖縄人を殺したいと声を荒げている。本気か冗談かわからない。タクシーをやるか、スーパーをやるかとも言っている。強盗だとジョージはかんづいた。もっと狂暴なことをせねばはらの虫がおさまらないのか。いや、とりこし苦労だ。ジョンたちはただ、酒を飲む金が欲しいだけだ、女が欲しいだけだ。不意にガバッとスカートをまくるんだ。女たちは誰もパンティをはいてないぜ、〈グリーン〉よ、女たちはキャーキャー騒ぐんだ、喜んでいるんだぜ。〈オリエンタル〉はパンティに手をつっこませるぜ、なすがままによ、俺の指が疲れちまうまでな、お前にもか。

第二次世界大戦後の世界に生まれた分断国家の一つ「南ベトナム政府」への加担をやめればインドシナ半島全体が共産主義化してしまう、故に「自由主義国」の盟主アメリカはベトナムに大量の武器を供与すると同時に多数の将兵を送り込んで「戦争」を継続する必要があると思い込んだホワイトハウス（アメリカ政府）の「ドミノ理論」という「勝手な理屈」に振り回され、「死地＝ベトナム」へと赴かされた若きアメリカ兵士たち、又吉栄喜は「金」のため彼らの「暴力・レイプ」を受け入れざるを得なかった沖縄人女性への「同情」と共に、アメリカ人兵士の「苦悩」にも理解を示す。

その意味で、想像力を駆使して砲弾の破片や薬莢を拾いにきた老人を「猪」とみなして射殺する場面の若き米兵（ジョージ）の心理描写には、又吉栄喜の戦争観＝人間観が丸ごと詰まっていた。

地表近くに闇が沈んでいる。草むらにうずくまっている黒い固まりは不明だ。ジョージは立ち止まり、意識して仁王立ちになり、気を鎮めた。動かず、ジョージの小さい動きもみのがすまいと注意深く目をこらしているらしい黒い固まりと八、九メートルのへだたりがある。にらみ敗けてはならない。ジョージは目をこらした。顔がこわばった。よそものめというあの目。俺は知っている。そんな目でみるな。あんたたちがそんな目でみないでも俺はこんな所にいたくないんだよ、しかたなくいるんだよ。ジョージはわめきちらしたい衝動をおさえた。（中略）俺はだぶだぶのアロハシャツに隠した後ろポケットからマグナム五〇五をぬき、安全装置をはずした。カチ、ときみいい音がした。黒い影は心もち動いたようだ。銃口を向けた。この右人さし指に力を込める、それだけでいい、それですべてですむ。老人は永遠をかいまみる。日が暮れ、明け、暮れ、日常のようなくりかえしがなくなる。老人は不変になる。なあんだ、人間の命は簡単なんだ。いま一度、あの固まりが動いた瞬間に引き金を引こう、ジョージは決心した。

この後、小説はジョージが実際に引き金を引いて老人を殺害したところで終わるのだが、この作品について若き日に新川明や川満信一らとともに「琉大文学」を創刊した沖縄を代表する批評家・岡本恵徳（沖縄文学研究者・当時琉大教授）は、「ひよわな下級兵士の〝自己回復〟の殺人」をえがいたものとし、次のように書く。

ベトナム戦の出撃・兵站基地としてのこの時期の沖縄は、荒れすさんだ米兵の乱脈な生活、日常化した暴力行為などさまざまな事件を生んでいた。たとえば、コザ市（現・沖縄市――引用者注）で米兵が爆弾を住民の住宅に投げて二軒に被害が出る事件（一九六五年四月）があり、ワトソン高等弁務官が米兵の関係する事件が連発したため「軍紀粛正を各部隊に警告」（同年五月）するということもあった。むろん、米兵の住民に対する発砲事件はそれ以前からたびたびあって、一九六〇年十月には、本島南部の三和村でハンティング中に「獲物と間違え」て農夫を射殺する事件（「ジョージが射殺した猪」はこの事件をヒントにしたものだろうか）さえ起きている。

この作品は、いわばそういう状況下の沖縄を舞台に、ベトナム戦争の激しくなる中で前途に希望も持てず、そのうえ身体的なコンプレックスを抱く米国の下級兵士を主人公に設定することによって、普遍的な主題を作品化したものである。（「下級兵士の眼で捉えた沖縄」『現代文学にみる沖縄の自画像』一九九六年　高文研刊、「琉球新報」連載時の原題『戦後を読む』）

この『ジョージが射殺した猪』評は、まさにベトナム戦争下のアメリカ軍将兵と共に「日常＝生活」を送らねばならなかった沖縄県民の在り様を熟知していた者の言と言っていいだろう。ただ岡本恵徳の批評には、先の引用にもあるような沖縄人に対して米軍下級兵士の若者が「敗残の劣等者のくせに」とか「敗残の沖縄人のくせに」と発する言葉に込められていた「沖縄人（アジア人）差別」意識について、作者又吉栄喜の「嫌悪感」や「怒り」――それは、そのような沖縄における米軍の在り方を「日米地位協定」ゆえに仕方がないものとしてきた日本＝ヤマトに対する反意を内に秘めたものでもある――のさりげない表現を指摘していない点で、本土人と沖縄人では作品の「読み」が違うのかな、と思わざるを得なかった。

なお、又吉栄喜が『ギンネム屋敷』で第四回すばる文学賞を受賞するのは一九八〇年だが、『ジョージが射殺した猪』を含みこの時期から『豚の報い』（一九九五年）で芥川賞を受賞するまで、又吉栄喜が世界史的にはすでに終わった戦争であるベトナム戦争の帰休兵や出撃を待っている兵士たち、及び米軍基地を素材とした作品を精力的に書き継いでいたことは記憶しておいていいだろう。『窓に黒い虫が』（「文学界」一九七八年八月号）、『背中の夾竹桃』（原題『アーチスト上等兵』「すばる」一九八一年九月号）、『船上のパーティー』[注]（「すばる」一九八二年）、『牛を見ないハーニー』（「青春と読書」同）。『崖の上のハウス』（同　一九八三年）、『闘牛場のハーニー』（「沖縄公論」一九八三年）、『Xマスの夜の電話』（同　一九八九年）、等々、又吉栄喜はあくまでも自分が経験した範囲でベトナム戦争――それは具体的には米軍基地や米兵の在り様が示すわけだが――と沖縄との関係について淡々と小説世界において問い続けてきた。

例えば『背中の夾竹桃』で、語り手のミチコ（アメリカ人と沖縄人とのハーフ）と友人となった米兵ジャッキーが映画館に入り沖縄で行われたデモを映したニュース映画を見る、次のような場面の書き方にこそ、又吉栄喜のベトナム戦争観（戦争観）があった、と言っていいだろう。

　ニュース映画はデモの模様を映し出した。アナウンサーはB52反対デモ、自衛隊沖縄常駐反対デモだと説明した。この映画館から数キロメートル離れた米軍基地でひと月ほど前に起きたデモのようだ。金網のてっぺんに鉤のついた太い数本のロープがかけられ、何十人何百人ものデモ隊が引っぱった。金網は曲がり、傾いた。夾竹桃の枝葉が押しまげられた。米兵は金網の中から金網に指や紐をかけ懸命にささえた。そのような米兵をめがけてデモ隊の脇にいた男や女たちが石を投げた。

すると、沖縄人の機動隊員が盾を並べて押しかえした。

ジャッキーはじっとみている。どのような気持ちだろう。沖縄人たちはどのような気持ちでジャッキーや私をみるだろうか。映画は終った。ジャッキーに何もきかなかった。沖縄人たちの顔をみないようにして映画館を出た。ジャッキーに食事に誘われた。沖縄人の母の気持ちは今の私と同じだったかもしれない、とミチコはふと考えたが、ことわった。家まで送るという申し出もことわった。

又吉栄喜の数少ないエッセイの中に、上記の諸作品を次々と発表していた頃に書いた「人権に敏感な沖縄」（「琉球新報」一九九七年五月十五日号）というのがある。「昭和二十二年生まれの私は、四十七年の本土復帰の年を境に前後二十五年ずつを送ってきた。戦死した人々の魂が天に戻る三十三回忌の法要の時には何かしら終わったという感慨がわいたものだが、復帰二十五周年というのは諸々のものがいまだに私に迫っているような気がする」で始まるこのエッセイに、次のような文章がある。

前半の二十五年間、わたしは米兵の世界にとらわれた。黒人兵と山野に散在していた戦死者の遺骨を拾ったり、家の一間を貸していたハーニーと呼ばれていた米兵の恋人に映画に連れていってもらったり、貸し馬に乗っている白人兵の背中につかまり、集落内を駆け回ったりした。

同時に米兵の傍若無人の振る舞いも日常茶飯事に見た。近所の人が昼食のソーミンチャンプル（そうめんいため）を食べていたら、突然、黒人兵が軍靴のまま上がり込み、驚いた家族が外に逃げ出すと、ソーミンチャンプルをたいらげ、平然と引き上げた。また、民家の板塀を力まかせにはがし、燃やしたり、豚小屋の扉を壊し、中の豚を逃がしたりする米兵もいた。

米兵は婦女暴行事件も頻繁に起こした。戦前から昭和二十年代にかけ、琉球警察の警察官だった、私の父親はまる腰のまま、ピストルをぶっ放しながら暴れる米兵の制止に何度も行ったが、逮捕権もなく、危険極まりなかったという。

この後には、幼いころから米兵（米軍基地）を「隣人」のような身近な存在と接してきた経験が書かれているが、この感覚（感性）は一世代前の文学者である大城立裕や「琉大文学」の同人たちとも異なるものであった。つまり又吉栄喜少年にとって米兵や米軍基地はもはや「異人・異物」ではなかったということである。先に列挙した又吉栄喜の諸作品が伝えるのは、まさに又吉栄喜特有なこの米兵や米軍基地に対する「感覚」の存在である。このことを見誤ると、又吉栄喜文学が大城立裕や霜多正次らが切り開いた沖縄戦後文学において独自な位置を占めていることが理解できなくなるだろう。

なお、又吉栄喜は自分の米兵及び米軍基地体験について、次のように記してもいた。

私の原風景の人物はアメリカ人が占有している。米軍は私たちの学校に体育用具、楽器などを寄贈し、運動場の整地作業をした。崖の上のハウスに住んでいたアメリカ人少年と私たちはよく一緒に泳ぎ回った。水着姿のまぶしいアメリカ人の若い女性が、釣りをしている私たちの傍にニコニコしながら立っていた。

言葉も通じず、風貌もどこかマネキンに似ていたからか、私たちに劣等意識はなかった。むしろ、しょっちゅう先生に叱られている、落ち着きのない同級生たちがアメリカ人をこけにし、「自分の名前も書けないボンカスー米兵もいる」などとまことしやかに話題にした。中学一年の、琉米親善スポーツ大会の時、アメリカ代表の一八〇センチはゆうに超す白人少年と私は走高跳びを競い、勝った。この日以来、私もアメリカ人がいったん怒ったら何をしでかすかわからないという恐怖を感じながらも、一段と胸を張った。

アメリカ人体験は少年の頃は「感覚的」だったが、大学生の時には「認識的」になった。この二つの相克、裂目のなかから私の米兵をモチーフにした『ジョージが射殺した猪』などいくつかの小説が生まれた。認識はテーマをはっきりさせたが、しかし、小説の屋台骨は少年の頃の感覚から膨らんだ想像だと思われる。(『豚の報い』「沖縄タイムス」二〇〇四年六月九日号)

又吉栄喜が「復帰」(一九七二年五月十五日)前の沖縄におけるベトナム反戦運動を象徴する全軍労のストや「コザ暴動」(一九七〇年十二月二十日未明)などにどのようにかかわり、どう考えていたかについては定かではないが、少なくとも沖縄という土地及びそこで生活する人に多大な「影」を落としていたことは確かで、又吉栄喜の初期において「米軍兵士(基地)」や「ベトナム戦争」を素材とした作品が多いのは、先に指摘したとおりである。その意味で、否応なくベトナム戦争が沖縄にもたらす「金（財・富）」に頼って生活せざるを得ない沖縄人の「苦しみ」や「悲しさ」を描いた書下ろし長編『波の上のマリア』（映画『BEAT』の原作　一九九八年　角川書店刊）については、又吉栄喜のベトナム戦争観やアメリカ軍に対する考え方を探る上で見逃すことのできない長編である。一九六〇年代末のベトナム戦争が泥沼化しつつあった沖縄随一の歓楽街「波の上」を舞台に、沖縄人と台湾人との混血である「タケシ」を語り手（主人公）にして、黒人兵との間に生まれた「ミチ」を抱え必死に生きようとする「マリア」や、おのれの居場所が見つからない若者や娼婦たちの生きざまをリアルに描いたこの長編は、沖縄の「庶民＝普通の人」が「海の彼方」で行われているベトナム戦争によっていかにスポイルされていたか、それは黒人差別を温存しているアメリカ社会の鏡でもある米軍基地に依存している沖縄社会そのものを象徴していたのだが、『波の上のマリア』はまさにその被占領地＝沖縄の実態を踏まえて書かれた長編ということになる。

別な言い方をすれば、『波の上のマリア』は、又吉栄喜の「原風景」を基に創作された初期の米軍基地や米軍兵士に対する「親和」を隠そうとしない『カーニバル闘牛大会』などとは違って、沖縄人の生活を暴力的に侵食するベトナム戦争（米軍基地・米兵）に対する根源的な「違和感」を基にして成った作品、ということになるだろう。さらに言えば、この長編には「リー」という焼身自殺する元日本軍従軍慰安婦（朝鮮人）が登場するが、戦時中は「性奴隷」として日本軍にその人権を蹂躙され、戦後になっても歓楽街で「売春」して生きていくしかない彼女の存在は、沖縄が今もなお「戦争」のど真ん中に存在している現実を白日の下に引きずり出したと言っても過言ではない。

「……いいね、タケシ兄さん。照明弾て敵を殺そうと発見するためのものでしょう？　いいね」

「ちくしょう。何もかも明るくしてやるぞ。うごめいている暗闇人間どもをびっくりさせてやるんだ」

「びっくりするだろうね」

「戦争に敵、味方はないよ。第一、俺は何処の国が勝ってくれなどと一度も祈った覚えはないよ」

「殺しあいだもんね」

「人間なんて、一人一人説得しても無意味だよ。ママやミチを説得するだけでも百年はかかるよ」（中略）

次の日からタケシは昼間は自分の部屋にこもり、少年に照明弾の作り方を教えた。少年は夢中になった。（中略）

タケシと少年は「暗い夜空を明るくするんだ」「暗い夜空を明るくするんだよね」と言い合い、照明弾を作った。ジョーが軍から盗んできた、たくさんの部品が作業を非常に容易にした。

タケシと少年が造った「照明弾」は、打ち上げに失敗し、タケシが働いていたバー「SEKAI」を直撃し、そこを炎上させて、又吉栄喜の「ベトナム戦争」と沖縄との関係に対する考えが凝縮したこの物語は終わる。

（注）この『船上のパーティー』はじめ、『又吉栄喜小説コレクション1・2・3・4』（二〇二二年 コールサック社刊）所収の各作品は、初出誌紙と発表年は記載されているのだが、「発表月日」が明記されてなく、この書誌情報の「不正確」な記載は、せっかく「コレクション」として単行本未収録の作品を収録しているのに、今後の「又吉栄喜研究」に差しさわりが出てくるのではないか。解説者に琉大教授（日本近現代文学研究者）の大城貞俊や沖縄国際大学准教授村上陽子などが加わっていたのに、どうしてこういうことが起こったのか。

〈2〉原風景Ⅰ——沖縄の古層文化と『豚の報い』

第一一四回の芥川賞を受賞した『豚の報い』（「文学界」一九九五年十一月号）の主題に関して、又吉栄喜はこの作品の「原型」になったとされる『木登り豚』が掲載された「別冊カルチュア」（一九九六年六月二十五日刊）のインタビューの中で、次のように答えていた。

「豚の報い」も、神に助けてもらうという受動的な姿勢ではなくて、自分自身で回復してという主体的世界をねらいました。豚のせいでマブイを落としたホステスが、「真謝島に行かないとたいへんになる」と騒ぐんですが、何日かするともう治っているんです。それでもピクニック気分で島にいく。元気になっているからお互いに本音で告白しあったり、自分で自分を救っているという感じ。

神様のいる御嶽に行って救われることや魂が癒されることは問題外なんですね。これは、神による人間救済の物語ではなくて、人間同士による魂の回復の話なんです。だから結末は御嶽に行く途中で終わります。

『豚の報い』が沖縄独特の精神風土に根ざすもので、それがこの作品の文学的価値を高めるものだと評価したのは、当時芥川賞の選考委員であった池澤夏樹であった。周知のように、池澤はそれまでの沖縄通いが高じて一九九三年から沖縄に移住し、その間に『明るい旅情』（一九九七年　新潮社刊）や『沖縄式風力発言』（同　ボーダーインク刊）などのエッセイ集で沖縄独特の「文化」や「風土」について発言してきた作家である。その池澤が、『豚の報い』が一九九六年三月に単行本になった際（文藝春秋刊）に寄せた「帯文」（芥川賞の選評）には、この小説の特徴が余すところなく書かれていたと言っていいだろう。

又吉栄喜さんの「豚の報い」を推した。これはまずもって力に満ちた作品である。登場人物の一人一人が元気で、会話がはずみ、ストーリーの展開にも勢いがある。ユーモラスである点も大事で、このように哄笑を誘う文学は日本には珍しい。それがそのまま沖縄という地の力であり、元気であり、勢いとユーモアなのだろう。又吉さんにはそれを汲み出す優れた釣瓶がある。全体としてみればこれは一つの御嶽の縁起譚だから、当然民話的な要素がたっぷり含まれているが、それが日常生活の場へそのまま通底しているのが沖縄という土地の二重性であり、力の源泉である。

何故『豚の報い』という小説は「哄笑を誘う」のか。その理由の一つとして考えられるのは、この小説が醸し出す「ユーモア」の根っこのところに本土＝ヤマトには存在しない沖縄独特の「豚文化」、言い方を換えればインド・ネパールから東南アジア一帯に広がっている「豚と共生してきた」生活＝文化があるのではないか、ということである。例えば、「ミミンガー」と呼ばれる豚の耳の料理、あるいは剝ぎ取った豚の顔を調理する「チラガー」など、本土＝ヤマトの食堂では絶対目にすることない豚料理の数々は、豚の頭から足先まですべて食する沖縄独特の食文化を表徴するもので、沖縄人が「豚との共生」を当たり前のように思って生活してきたことの証左でもある。

そうでなければ、『豚の報い』で物語の発端となるスナックに乱入してきた豚によってホステスが「魂《マブイ》」を落とし、スナックの関係者全員でそのような「厄」を落とすために真謝島の「御願所（拝所）」へ行く、という設定のリアリティーが希薄となる。「豚」は沖縄人にとって単なる「食材」という意味以上の「精神性」を帯び、しかも「共に生きる」隣人としての役割も与えられていた。『豚の報い』の原型と言われる『木登り豚』には、主要な人物として豚を何十頭も飼っている父と豚肉料理だけを食堂のメニューに載せている娘（正子）の親子、そしてボリビア移民に失敗して帰国した八十五歳になる「カマドおばあ」が登場するが、物語の中心にはどんな災厄も「カミ」がもたらすものである以上、「御願《ウガン》」を真剣に行えば、何事も解決すると信じている沖縄の庶民の間に未だ存在する「アニミズム」と言っていい「土着信仰」――それは本土＝ヤマトの地方ではつい最近まで「祖霊信仰」などの形で残っていたものと言っていいだろう――が置かれていた。つまり、人との関係（人事）に左右される社会ではなく、現在もなお「神」との交通を基本とする「自然崇拝」を暗黙の了解事項としている沖縄の社会の在り様を活写したのが、『豚の報い』だったというわけである。

というのも、作者はそのことをよく知った上で『豚の報い』を書いたのではないかと思わせる箇所が作品の初めの方に出てくる。

正吉の目には遠くからくっきりと見えていた真謝島に船が近づくにしたがい、白い砂浜や桟橋に光が乱反射し、ぼやけた。

正吉が生まれた真謝島には御嶽《うたき》という霊場が方々にあり、俗に「神の島」と呼ばれている。沖縄でも珍しいのだが、風葬地もある。現在は風葬の習慣はなくなったが、正吉の父の骨はまだ風葬にされたままになっている。

更にもう一ヵ所。

マブイをこめるのは、沖縄ではユタと呼ばれる霊能者の仕事であるが、正吉は日頃からそのユタというものに非常に強い関心を抱いていた。ユタは、神がかりのような状態になり、占いや病気治療や人生相談まで行う。便利と言えば便利な存在である。正吉は大学の講義を受けずに、大学図書館にいりびたって、ユタの聞き取り調査集や、マブイこめの実例の本などを読み耽った。だが、今、どのように何をしたらいいのか、正吉はわからなかった。ユタの語りはつかまえどころがなく、簡潔ではないし、ストーリーも支離滅裂という気がした。とうてい正吉には真似はできなかった。

まるで、「観光パンフレット」のような説明である。作者は「御嶽」や「ユタ」に関する自分の認識を確かめるためにこのような「説明」をしたのかもしれないが、いいとか悪いとかに関係なく、あるいは作者が意識していたか否かに関係なく、『豚の報い』という作品が本土＝ヤマトの読者向けに書かれたものだということが、引用個所からはわかる。別な言い方をすれば、文学賞（芥川賞）の選考委員を含めて本土＝ヤマトの読者が、詩人の高良勉が「島々と神々の諸相」（『魂振り』二〇一一年未來社刊所収）の中で、次のように紹介する「御嶽」などの沖縄の習俗・文化を知っているのではないか（知っていてほしい）という前提で『豚の報い』は書かれたのではないかということである。

このニライ・カナイ（高良勉は「ニライ・カナイ」について、「海の彼方にある理想郷で、あらゆるものやエネルギーが生まれると同時に死んだあとに帰っていくところ」と説明している――引用者注）の神々が渡って来るところ、また祖先たちの霊が祀られているところが「ウガンジュ」とか「ウガン」、「オン」、「ウタキ（御嶽）」と呼ばれる聖域である。琉球弧の島ジマの古い村落ならば、だいたい二つ以上の御嶽を崇拝している。

そして、島ジマの年中行事である神祭りはこれらの御嶽を中心に執り行われている。また、村落共同体はこれらの御嶽をクサティ（腰当て）として守護され生活している。おまけに、御嶽には現在も男性が入ってはならないタブーの聖域をもっている所が多い。

それゆえ、島ジマには「ウタキからは草木一本、石ころ一つ持ち帰ってはならない」というタブーが生きているのである。もし、それを破ると必ずタタリの罰が当たると信じられている。四方を海に囲まれた島ジマでは、海の彼方にニライ・カナイの神々のクニがあると信じられている。そして、大きな島（ウフジー）のまわりに点在する小さな島ジマは、久高島や大神島のようにニライ・カナイの「神の島」としての信仰を集めているのである。

そして、離島のさらに離島へ行けば行くほど太古からの信仰と神祭りを守り続けている。それらの島ジマや御嶽、さらに神祭りに対する信仰やタブーが守られている限りはニライ・カナイ信仰や自然崇拝、祖先崇拝の信仰は二十一世紀になっても生き続けるであろう。美しい神謡や踊りとともに。（「八　御嶽」）

先の池澤夏樹の「選評」にあった「全体としてみればこれは一つの御嶽の縁起譚だから、当然民話的な要素がたっぷり含まれているが、それが日常生活の場へそのまま通底しているのが沖縄という土地の二重性であり、力の源泉である」の言葉も、引用のような高良勉の説明があって初めて可能だったのである。

〈3〉原風景Ⅱ――「時空超えた沖縄」

芥川賞作家としては珍しく評論やエッセイの類をあまり書かない又吉栄喜の唯一のエッセイ集『時空超えた沖縄』（二〇一五年　燦葉出版社刊）の冒頭に、「第一章　原風景Ⅰ」として「大通り」「賭け餅」「木登りサール」「女入道」「儀式」「林間学校」「放射能雨」「大晦日の爪」「山羊汁」「砂糖黍と旧正月」「おばあさんと犬」「競い合い」の一二編が収められ、「第二章　原風景Ⅱ」として「想像の浦添」「新年号」「月遅れ号」「豚の報い」「小説の風土」「処女作の競合」「何時間、書斎にこもっても飽きない」「想像力」「幻の女たち」の九編が収められている。この合わせて二一編という特別に「原風景」と題する様々なエッセイとは別に、「第三章　自然Ⅰ」以下、「第四章　自然Ⅱ」「第五章　戦争」「第六章　米軍基地」「第七章　祈りⅠ」「第八章　祈りⅡ」のいずれも、この『時空超えた沖縄』というエッセイ集の中核をなす文章のほとんどが、又吉栄喜の「原風景」に関する内容になっている。例えば、「ガジュマルと菩提樹」（「沖縄タイムス」二〇〇三年十一月十六日号）は、次のような文章から始まっている。

家の近くの御願所に広場をおおいかくすほどの一本のガジュマルが生えている。数十年前、私たち小学生は蟬《せみ》や木登りトカゲや小鳥を捕り、ターザンや猿の真似《まね》をし、枝と枝に渡した戸板にたむろした。

中学生の先輩が、居眠りしたらキジムナーが現れると言ったが、病葉や枯れ葉が地面を転がる音を聞きながらうつらうつらしても、ぐっすり寝入ってもキジムナーどころか夢さえ見なかった。

私はよく戸板に寝そべり、貸し本屋や友人から借りた雑誌や本を読んだ。ときおり木漏れ日が目にささったが、木の周りに集まる風や涼気は心地よく、物語が頭にしみこんだ。

（中略）

現在、このガジュマルは浦添市指定文化財（天然記念物）にもなっているが、少年少女は現れず、風景は昔とほとんど同じだが、妙に空っぽになっている。


又吉栄喜小説の熱心な読者なら、このガジュマルに関する「思い出」が、『豚の報い』の原型とされる『木登り豚』や長編『陸蟹《おかがに》たちの行進』（二〇〇〇年　新潮社刊）や「琉球新報」連載（二〇〇五年四月四日〜二〇〇六年十月二十六日）の長編『呼び寄せる島』（二〇〇八年　光文社刊）のモチーフの一つになっていることがわかるだろう。ちなみに、引用に出てくる「キジムナー」は、沖縄の各地に伝わる伝説的な「妖怪」で、私が教鞭をとっていた大学の沖縄出身の学生たちに聞くと、ほとんどの学生たちは「キジムナー」の存在を固く信じており、中には「おじいさんは三回キジムナーと遭遇した」などと言う学生もいた。又吉栄喜の「原風景」の一つに「キジムナー」が存在する、ということは、言い方を換えれば又吉栄喜に人間の英知を超えた存在を信じる心性があったということになる。

また又吉栄喜の「原風景」の一つに「闘牛」が存在することも、創作の原動力という観点から無視するわけにはいかない。又吉栄喜の初期の短編には『カーニバル闘牛大会』（「琉球新報」一九七六年十一月）を皮切りに、『憲兵闖入事件』（「沖縄公論」第七号　一九八一年五月）、『島袋君の闘牛』（「青い海」一一九号　一九八二年十二月）、『牛を見ないハーニー』（「青春と読書」一九八二年）、『闘牛場のハーニー』（「沖縄公論」一九八三年）、『少年の闘牛』（「沖縄パシフィックプレス」一九八四年）と、「闘牛」を素材としたものが多いが、作家には以下のような「闘牛」体験があった、と「闘牛賛歌」（「闘牛・沖縄ガイドブック」一九九二年三月）の中で書いていた。又吉栄喜にとって「闘牛」は確かに創作の原点となる「原風景」を代表するものの一つだったのである。

二十代前半、結核を患い、無力感に苛まれた私は、頻繁に闘牛を見に行った。太陽も雲も動かず、木から樹脂が、岩から水分が滴りおちる気がした。咽が渇いた。幼い頃、毎日のように泳いだ池を、闘牛を浴びせる池を思い出した。

うだった真昼の幻想を一トン近い猛牛の突進が破った。黒光りしている体表からぶるんと飛沫がはねとんだ。牛は内部から燃えあがってくる力を泰然と待ち、一瞬に燃え、大地を蹴り、一目散に走り、とどまらなかった。大ハンマーと大ハンマーをおもいきりたたきつけるような音が、私の度肝を抜いた。（中略）

なぜ牛は自分の力を信じられるのだろうか、と私は考える。角。無敵の象徴。弱い精神を突き刺す固い、陽に鈍く光る白い角。小山のような体が内蔵する全力を二本の角に集め、美しく戦う。目はますます澄む。遠くのなにか一点を見ている。〈武器はひとつだけでいいよ。ひとつのものをくりかえし磨きなさい〉と語りかける。

ふと、私は思う。神々が力くらべのために牛に化身したのではないだろうか。なぜなら、日頃は寡黙だが、いざというときに全力を出す牛は神々の気質に似ているのだから。

「闘牛」のただ「戦う」ためにだけ「力」を蓄えるその生き方に、又吉栄喜は魅せられてしまったのだろう。引用の最後のフレーズ「日頃は寡黙だが、いざというときに全力を出す牛は神々の気質に似ているのだから」は、図らずも又吉栄喜自身の生き方を暗示しているようにも思える。このエッセイを書いてからずっと後のことになるが、又吉栄喜は自分の創作(小説)と「原風景」との関係について、「うらぞえ文芸」第二二号(二〇一七年七月)の「又吉栄喜特集」の中で、インタビューに答えて次のように言っていた。

人から聞いたり、取材したりはほとんどしないですね。たまにはしますが……。たいていは原風景をデフォルムといいますか、変形に変形を重ねて、また原風景同士をぶつけて、大昔に小惑星がぶつかって少しずつ大きくなって地球ができたという話がありますが、私の作品も原風景がぶつかりあって、次第次第にイメージが膨らんで、ひとつのいわば統一された世界になるんです。

このような又吉栄喜の言が具体的に作品化された典型を先に列挙した「闘牛」を素材とした短編から見つけ出すならば、作家の「原風景」である「闘牛」と「米軍基地」とがぶつかり合ったところに成った「米軍カーニバルには万遍無く全島に巣くっている米軍基地の重い幾重ものゲイトが沖縄の住民に解放される」という一文から始まる『カーニバル闘牛大会』を挙げることができる。米軍基地内に設けられた闘牛場で、外国車に乗ってきた沖縄人と変わらぬ背丈の南米系らしい運転手（米兵）から「牛に車を傷つけられた」と難癖をつけられた牛の手綱を持った沖縄人、彼らは「言葉が通じぬまま」口論を続けるが、その争いを鎮めたのは米軍将校の「マンスフィールドさん」だった。

人々の輪が幾分、拡がってしまったように少年は感じた。チビ外人が気ちがいじみてきたと人々は恐れだしたのかも知れない。（中略）

このチビ外人は確かにしつこい。牛と外国車をしきりに指さし、同じ文句を何度も繰りかえしている。他のアメリカ人とあきらかに違う。少年は感じた。アメリカ人は、このような場合、激怒はする。しかし、弁償の事務手続きか、あきらめるかをすぐになす。このチビ外人は怒りたかったかもしれない。本当の怒りではないような気がする。いつもはいじめられているのではないだろうか。そのうっぷん晴らしではないか。

いつのまにか、巨大なマンスフィールドさんが人々をおしのけて、輪の中に出てきたのか、少年

は知らない。（中略）
マンスフィールドさんは大きな太鼓腹をチビ外人の鼻先にせり出し、英語で何やら言う。低く、力強い、はっきりした声だ。かん高いチビ外人の英語が急にたよりなくなった。マンスフィールドさんの顔を真上に見ながら、チビ外人は外国車と牛と手綱もちを指さす。（中略）
突然、「アキサミヨー」（「あれ、まあ」という意味——引用者注）とちぐはぐな、妙なイントネーションでマンスフィールドさんが叫んだので、人々は思い思いに大声で笑った。少年ははっとし、歯を見せたが、笑い声はすぐに出なかった。笑い声はうねりをもち、容易に静まらなかった。

ここには単なる闘牛＝「原風景」の一つと「もう一つの原風景」である「米軍基地」とがぶつかりあって「変形」を重ねながら、「統一された秩序ある世界」とは異なる、沖縄が歴史的・宿命的に背負ってきた「差別の重層化」という問題が、作者は明確に意識していなかったかもしれないが、自ずとわかるような仕組みがある。つまり、占領地沖縄の頂点には「アメリカ人（白人）」がいて、次には「黒人」や「南米系」などの「移民」系の将兵がいて、最底辺に沖縄人がいるという「差別の構造」に対する「否」が、この『カーニバル闘牛大会』には潜んでいたということである。このような又吉栄喜の「原風景」の使い方は、先ごろ亡くなった大城立裕や辺野古沖米軍新基地建設反対の運動に現在もなお力を注いでいる『水滴』（一九九七年）で第一一七回芥川賞を受賞した目取真俊にも見られないもので、又吉栄喜独特のものと言っていいだろう。

ところで、「原風景」という言葉であるが、この言葉を批評言語として最初に使ったのは確か『文学における原風景』（一九七二年　集英社刊）の著者・奥野健男である。創刊間もない季刊の文芸誌「すばる」の第二号（一九七〇年十月刊）から第六号（一九七一年十一月刊）まで五回に渡って連載された評論の第一回「漂う生活空間――なつかしい街――」において、島崎藤村における信州馬籠の宿、室生犀星の加賀金沢、佐藤春夫の紀州熊野、井上光晴の佐世保や炭鉱、大江健三郎の愛媛の山中、等を例に挙げ「これらの作家たちは、文学のライト・モチーフとも言うべき鮮烈で奥深い〝原風景〟を持っている。それは旅行者の眺める風土や風景ではなく、自己形成とからみあい血肉化した、深層意識ともいうべき風景なのだ。彼らはたえずそこにたち還り、そこを原点として作品を書いている」とし、第二回「造形力の源泉――原風景とは何か――」では、更に詳しく「原風景」について奥野は次のように説明していた。

〝原風景〟は作家によって説明的、直接的に描かれない。しかしその作家の書くものに〝原風景〟は色濃く投影されている。それは深層意識から作家の文学を決定している。ぼくたち読者は小説を読むとき、作家が無意識裡に規定されている〝原風景〟をその作品の奥底に探り見出すことにより、その作家の本質を知ると共に、その文学を真に理解することができる。そして〝原風景〟から発した文学のみがぼくたちを感動させる。それはバシュラールの言う、空気、火、水、大地の四要素の幻想とコンプレックス、あるいは東洋哲学の天、風、火、水、地の五原素にかかわる太古からの深層意識に根ざしてのみ、人を感動させる真の芸術作品が産まれるということと関連するかも知れない。

このような文学の母胎でもある〝原風景〟は、その作家の幼少期と思春期とに形成されるように思われる。生まれてから七、八歳頃までの父母や家の中や遊び場や家族や友達などの環境によって無意識のうちに形成され、深層意識の中に固着する〝原風景〟、それは後年になればなるほど不思議なつかしさを持って思い出され、若い頃にはわからなかった繰り返されるその風景やイメージの意味が次第にわかるようになってくる。いわば魂の故郷のようなその人間の神話時代にも相当する〝原風景〟である。

又吉栄喜の「原風景」は、まさにこの奥野の論を体現するものであった。

〈4〉原風景Ⅲ――沖縄の「自然」と庶民の暮らし

この奥野健男の「原風景」論に従ったわけではないだろうが、又吉栄喜も前記した初のエッセイ集『時空超えた沖縄』（前出）の中で「原風景」という言葉を繰り返し使い、『仏陀の小石』（二〇一九年コールサック社刊）では又吉栄喜の分身と言ってもいい登場人物の一人「老小説家」の口を借りて、次のような「原風景」論を開陳している。

老小説家は小説の原風景を明日十時に案内すると言った後、「原風景」論を述べた。少年期の遊びが自分の人生および小説のオモシになっている。人生の途上、生活や気持ちが大きく揺らぐ時も元に戻す作用がある。つまりモノの考え方、感じ方が包含されている。原風景がないと、人からどのような意義深い話を聞いても、思想、信条を社会に訴えなければならないと切実に思っても小説には結実しないという。（「第八章　双子の巨人」）

「老小説家」はこの後「仮に原風景が形も変わらずに今も残っていたら、わしは小説を書かなかっただろう」ともいうのだが、とりあえずこのような「原風景論」が又吉栄喜の考えに基づくものだとしても、この「老小説家」の「原風景論」と奥野健男のそれとはいかに似ているか。そのことを指摘した上で、では又吉栄喜の「原風景」を形成している主なものは何かを考えた時、それは「沖縄の自然」と「庶民の生活」ということになるのではないだろうか。例えば、「開発」という美名の下で展開されている「自然破壊」に対して、又吉栄喜は「朝の散策」（「うらぞえ文芸」二〇〇〇年四月）というエッセイの中で、淡々と次のように書いていた。

浦添市立図書館の近くに閑かに小川が流れていましたが、何年か前に底や側面をコンクリートで塗り固められ、しかも何カ所かは子供が落ちたら危ないと蓋までされてしまいました。好い雨が降ってもすぐ海に流れ込み、川岸の土にしみこんで、長く種々の植物を潤すという慈しみがありません。メダカやアメンボなどたくさんの小動物もいましたが、今はほとんど見かけません。
少年の頃貝拾いや釣りをしたカーミジ（亀岩）の浜に、何十年かぶりに下りたのですが、貝も珊瑚も足元にはありませんでした。海藻、熱帯魚、また見かけの悪かった海胆や海鼠もほとんど消えていました。砂利道を海水が覆っているのではないだろうか、と錯覚してしまうほど、生き物の気配が希薄になっていました。（中略）
少年の頃の遊び場だったムーチー（六つ穴）壕の近くの松林も消え、ムーチー（鬼餅）の前の日、寒風の中、仲間と連れだって胸をわくわくさせながらムーチーガーサー（月桃の葉）を取りに行った丘も消え、無機質な団地や店舗に代わっています。
戦争で焼かれた自然もようやく回復し、自然の寡黙な、しかし力強い生命力を目のあたりにして、心が豊かになる気がしていたのですが……

この又吉栄喜が嘆く古里の「自然破壊」は、「土建屋政治」を象徴すると言われた田中角栄が唱え実行に移された「日本列島改造論」（一九七二年）が、施政権返還が実現して「日本＝ヤマト」の一自治体となった沖縄に遅れて実施されるようになったことの結果であって、本土＝ヤマトのどこでもそうであったように、沖縄でも「開発＝善」という思想が社会の隅々まで浸透したことを意味していた、と言っていいだろう。その意味で、「開発」という見せかけの豊かさを求める行為は、結局人間生活における「真の豊かさ」とは無縁な「自然破壊」に繋がるものである、という確固たる思いを底意に潜めて書かれたのが長編『陸蟹たちの行進』（「新潮」二〇〇〇年三月号、単行本六月　新潮社刊）である。沖縄本島北部のさびれた漁村に突然降ってわいたように持ち込まれた海岸を埋め立てての火葬場建設の計画、村は賛成派と反対派に二分され、三十歳で自治会長になった主人公は両派の争いに翻弄される。物語は、昔ながらの自然を守ろうとする反対派と火葬場建設で落ちる多額の金が保証する（であろう）「豊かな生活」を願う賛成派の、狐と狸の化かしあいのような駆け引きが展開される。そのような両派の「争い」があって、若い自治会長は右往左往して疲弊していくのだが、作家はそのような境遇に陥った自治会長の揺れ動く心情に「開発」もまたやむを得ないと思う自分の思いをえぐり出し、それに対する「否」を表現しようとしているように思われる。つまり、又吉栄喜は「開発」を巡る賛成派と反対派の「争い」を描くことで、辺野古の米軍新基地建設などを巡って、日本政府やアメリカの極東戦略と対立せざるを得ない現在の沖縄が陥っている窮境を訴えようとしているのではないかということである。

「みなさん、村に何億という金が落ちますよ。これだけのもんが村が造るとなると五百年はかかりますよ。いま、県がやってくれるという。最大のチャンスだ。このチャンスをのがすと子々孫々に多大な悔いを残しますよ」

五百年というのはちょっと言い過ぎたかなと、ふと自治会長は思った。

「でも、五百年も前から村にあった海がなくなるんでしょう」

村役場に勤めている、自治会長の顔見知りの三十代の痩せた女が腕の中の赤ん坊をあやしながら言った。急に聞かれ、また原稿には書いていなかったから自治会長はとまどった。

「海はもう死んでいるよ。珊瑚も鬼海星に食われた」

運転席から細長い首を出し、会計（埋め立て賛成派——引用者注）が言った。

「海亀やジュゴンもいるという人もいますよ。ジュゴンは国際保護動物だし、神経質だから環境が変わると胃癌になるそうですよ」

赤ん坊を抱いた女は会計にではなく自治会長に言った。

「そんなもんはいないよ。県は人工衛星からの魚群探知機や大型のパヤオ（浮き漁礁）も設置しますと言っているよ。遭難もなくなるし、大漁になるよ」

会計がせいいっぱいの声を出した。（中略）

「村もちゃんと調査していますよ。そう聞いています。漁協に年間二千万円の保証金がおりるんです。埋め立てや海底の砂の採取などに対しての漁業補償はやりすぎるほどやると言っていますよ。あなたも知っているでしょう？　もともと海の仕事は金が貯まりませんよ。貯まったとおもったら、船の修理がたいへんでしょう？　網の買い替えにも金を使うでしょう？　あなたのおじいはいつまでも貧乏だったでしょう？　貧乏というのは言い過ぎだが……努力してもなお貧乏というのは恥ではありませんが……」

自治会長は調子にのり、しゃべったものの正確な金額なのか自信がなかった。

長い引用になったが、ここで展開されている「開発」を巡る住民同士の賛成・反対の論議を見ていると、例えば栃木県宇都宮市出身の立松和平の出世作『遠雷』（一九八〇年）と『春雷』（一九八三年）、『性的黙示録』（一九八五年）、『地霊』（一九九九年）とつながる『遠雷』四部作や都市と近郊の「境界」で起こる出来事に翻弄される人間を描いた『百雷』（一九九一年）などの「雷シリーズ」を思い出す。立松和平はそれらの『遠雷』四部作などで、廃れ行く農業に代表される第一次産業からＩＴや流通などの第三次、第四次産業への「転換」を促す強権（日本政府）に逆らうことの「虚しさ」を見事に描き出した。又吉栄喜が意識していたか否かは別に、立松和平の『遠雷』などの諸作で展開されていた「開発」の論理と、引用のような『陸蟹たちの行進』に見られる「開発」に関する論理は、見事に重なる。栃木県宇都宮市郊外の農村地区と沖縄の海浜部落が、「開発」という美名の下で展開される「自然破壊」において同じ状況にあるというのは、何とも面映ゆいものを感じる。はっきりしているのは、「郷愁」という甘い情緒にくるまれてであれ、又吉栄喜もまた声高にではないが、「開発＝自然破壊」に異を唱えていたのである。

というのも、又吉栄喜は、沖縄人に対してではなく明らかに「本土＝ヤマト」の読者を意識した上で書かれた作品と思われる、「サバニ」（小舟）で自家用の魚を釣るしか仕事が無いような入り婿の苦悩を描いた『果報は海から』（「文学界」一九九七年二月号）や、いつの時代の話なのかよくわからない「サバニ漁」を生きがいにしている若者の「恋愛」事情を中心に据えた『漁師と歌姫』(「潮」二〇〇七年十一月号〜二〇〇九年一月号、単行本二〇〇九年　潮出版社刊)などの作品を書いているからである。

小舟は藍色の外海から広い環礁《かんしょう》に入り、滑《すべ》るように進んだ。屹立《きつりつ》した岩が小舟に迫ってきた。断崖の岩肌にしがみつくように生えた灌木《かんぼく》がくっきりと見えだした。

正雄は父親から受け継いだ小舟に強い愛着を覚えながら漕ぎ続けた。長さ六メートル、幅九十センチ、深さ五十センチの小舟を父は若い頃、松の板を巧みに張り合わせ、作った。手漕ぎだと七ノット、帆かけだと十二ノットの速度が出る。正雄は漁師仲間によく自慢している。

昔、諸見《もろみ》集落の人たちが珊瑚礁の大きい裂け目に手を加えた水路を進んだ。

正雄は小舟を砂に乗り上げ、ロープを人の背丈ほどの岩にくくりつけた。

真夏の昼下がりの潮の音は豊かな白い砂が吸い取り、海浜植物の枝葉の騒ぎは風が海のかなたに吹き飛ばし、静まり返っている。いつも海岸をうろつく犬もアダンの木陰に寝そべっている。

鮫《さめ》を担《かつ》いだ正雄の素足が乾いた砂を踏んだ。キュッキュッと小さい音が出た。

『漁師と歌姫』の冒頭部分である。現在、大木を刳り貫いたり松の板を張り合わせて造った「サバニ(鮫漁用の小舟)」を使った漁は沖縄でほとんど使われておらず、沖縄における漁は今やエンジン付きのプラスチック船によるものが主だという。そのことは、この長編の時代が「昭和三十六（一九六一）年」に設定されていることからもわかる。だが、又吉栄喜は何故この『漁師と歌姫』の時代を「現代」ではなく、この長編の連載が始まった二〇〇七年から数えても約五十年もさかのぼった時代に設定したのか。

そこで思い出すのが、先に引用した「朝の散歩」というエッセイを書いたのが二〇〇〇年四月で、次のような「失われていく沖縄の自然」を嘆いた『変わらぬ自然』を」というエッセイを書いたのが二〇〇二年六月四日の「琉球新報」であったということである。

島の「改造」に拍車がかかったのは「海洋博」ではないだろうか。くぼみは埋め、隆起は削り、正面にある木は切り、岩は砕き、立派なアスファルト道路が小さい島の縦横にのびた。このような道路に吸い寄せられた建造物はあっというまに膨らんだ。

私はこの頃から急速に沖縄が小さく、窮屈になったように思う。

昔は曲がりくねった海岸線の道は先が見えないから、「長さ」がたっぷりと漂っていた。

陸と海の間にある珊瑚《さんご》礁の原は水平線を「遠ざけ」、「空間」が無限に広がっていた。

陸なのか海なのかわからない浜には波が引いた時は人が寝そべり、満ちた時には大きな魚が泳いだ。

海岸から引き潮の時にしか渡れない大岩を見つめ、私たちは待つという悠長な、しかし、至福の

時を過ごした。（中略）
もはや小さい沖縄での開発は「自然に配慮する」どころではないだろう。配慮では自然の崩壊は防げないから、「残す」か「壊す」かの二者択一しかないのではないだろうか。ラスコーの洞窟（フランス西南部にある後期旧石器時代のクロマニョン人が描いた壁画がある——引用者注）はレプリカを近くに造り、本物は密封し、後世の人に永久に残すという。秦の始皇帝陵の発掘も遠い未来の人たちのために手をつけないという。
わたしは「なぜ今生きている人が享受できないんだ」と不可解に思っていたが、少年の頃、魂をふるわした珊瑚礁などが消えた今、フランスや中国の人の「手をつけない」理由がわかりかけてきた。

又吉栄喜は、この「『変わらぬ自然』を」の最後を「『変わらぬ自然』は人生になくてはならないのではないだろうか」の一文で結んでいる。ここに、又吉栄喜が『漁師と歌姫』のような「古き良き時代」の沖縄人の暮らしを描いた理由の全てがある、と言えるのではないだろうか。又吉栄喜は、「開発」によっておのれを育んだ「沖縄の自然」がどんどんなくなってしまう現実に苛立ち、「怒り」を隠そうとしないように見えるからである。
さらに言えば、又吉栄喜は「開発」に伴う「金」によって生き方が狂わされてしまった人間の悲喜劇を描くことで、「開発」とは何か、「自然」とは何かを改めて問おうとしているようにも思われる。「梅雨が明け、連日強い陽が照りつけている。／七月初旬のある日、諒太郎に第十五回曙脚本賞落選通知のはがきが届いた。諒太郎はマンションの部屋のクーラーを強めた」で始まる、一三〇〇枚を超える又吉栄喜最大の長編『呼び寄せる島』（原題『脚本家の民宿』「琉球新報」夕刊二〇〇五年四月四日～二〇〇六年十月二十六日、単行本二〇〇八年　光文社刊）の初めの方に、母一人息子（諒太郎）一人の家族が、いかにして収入を得ているかが書かれている。

ヤンバル（沖縄本島北部）出身の祖父の山や畑が道路やつぶれ地にかかり、莫大な金が転がり込んだ。生真面目な祖父は全額貯金し、全く手をつけなかった。十年前に祖父が亡くなった時、動産不動産が全部一人っ子の諒太郎の母親に残された。

湧田島出身の、ハンサムだが、病気がちの父親は自転車屋を経営していたが、諒太郎が中学二年の時、病死した。

父親が亡くなった半年後、母親は那覇に九階建てのマンションを建てた。那覇の高校に合格した諒太郎と湧田島から引っ越した。

マンションの運営は不動産屋に委託し、管理人を雇った。母親は最上階の一室を諒太郎の住居に、向かいの部屋を自分の住居にした。

「琉球大学在学中、暗中模索しながら脚本創作に目覚めた」諒太郎は、大学卒業後も「脚本家になれるという自負」を失わず、ひたすら構想を練り脚本を書き続けるが、応募した脚本賞はことごとく落選の憂き目に会い、それでもめげずに入賞を目指す日々を送っている。そんな諒太郎に故郷湧田島の民宿を一五〇〇万円で買わないかという話が舞い込む。諒太郎は、そこを書斎代わりの別荘にしてもいいと考え、母親に金を出してもらい、民宿のある湧田島に移り住む。湧田島には作家を夢見る役場勤めの同級生「修徳」がいる。修徳とは那覇にいる時から「文学論」を戦わす中であったが、諒太郎の湧田島への移住で物語が動き出すのはいいのだが、ヤンバルの「開発」で手に入れたお金（不労所得）に頼り、構想だけでいっこうに脚本の執筆にとりかからず「遊び暮らす」諒太郎の湧田島での生活を見、併せて諒太郎と修徳との間に交わされる「幼稚な（としか思えない）文学談義」を聞かされると、沖縄における「開発＝自然破壊」を告発しているように見えたこの小説の意図とは違って、この長編は「駄目な沖縄（人）」を告発する作品なのではないか、というような錯覚を起こすような仕組みになっている、とさえ考えてしまう。

「諒太郎、沖縄の小説家は基地小説や戦争小説を書くべしと社会から無言の圧力をかけられているよ。ビシビシ感じる」

「……修徳は恋愛小説を書いているのか？」

「まだ完成した小説はないが」

「こんなに早くから社会の圧力を感じなくていいよ。好きなものを思う存分書いて、まずは一編完成させろよ」

「僕が思うに、君の脚本がしょっちゅう落選するのは基地や戦争を書かないからだ」

誰にも原稿を見せた憶えがないが……文学少女（涌田島役場で働いている少女、那覇に脚本賞の下読みをしている友人がいる――引用者注）は落選原稿の内容も話したのだろうか。

「題材には関係ないよ。今回の当選作は女子高校生が洞窟に潜る話だった」

「その洞窟は戦争中住民が避難したガマなんだ」

「いや、洞窟の中で仲間とシンナーを吸う不良少女が主人公だ」

「そのシンナーが戦争中の爆薬や自殺用の毒薬のシンボルになっているんだ」

諒太郎は腕を組み、天井を見上げた。このようなロジックは堂々巡りになると思った。

「とにかく諒太郎、シンボルや暗喩を駆使して、審査員の度肝をぬく、分析不可能な作品をめざすべきだ」


このような「意味不明」な「幼稚な」（と私には思える）文学談義が作品のいたるところで展開されているのだが、何よりも読んでいて鼻白んでしまうのは、脚本家を目指す諒太郎も、また作家志望の修徳も、未だ「完成した作品」が公にされたことがないにもかかわらず、いっぱしの脚本家、小説家気取りになっているように、設定されていることである。また、物語は「島の振興」を目的とした芝居の脚本を諒太郎と修徳が共同で書くことを巡って展開するのだが、ついに物語の最後になっても脚本が完成しないという顚末は、作家又吉栄喜のどんな意図を体現しているのか。随所で展開される「幼稚な文学談義」と共に、作家の意図が非常にわかりづらい物語になっている。

余談になるが、「沖縄の小説家は基地小説や戦争小説を書くべしと社会から無言で圧力をかけられている」という批評に対して、「基地小説」の一種である『カクテル・パーティー』で芥川賞を受賞した大城立裕や、「戦争小説」の『水滴』で同じく芥川賞を受賞した目取真俊は、地元紙である「琉球新報」に連載されたこの『呼び寄せる島』の当該箇所を目にしたとき、何も思わなかったのだろうか。言い方を換えれば、諒太郎と修徳が交わす「幼稚な文学談義」に大城立裕たちは何らかの「異議申し立て」をしなかったのだろうか、ということである。それとも、同じ沖縄で現代文学の一翼を担う者同志として「惻隠の情」を発揮したということか。

また、又吉栄喜は、沖縄という土地（地域・共同体）、あるいはそこで生活する人々の在り様を変えたものは、先に「〈1〉「原体験」――米軍基地とベトナム戦争」のところで見てきたように、米軍の戦後占領に伴って出現した広大な基地はもちろんだが、その基地とセットのようにして存在してきた多額の税金を投入される「軍用地料」である、と考えてきたように思われる。「不労所得」である軍用地料を目当てに東京や那覇からやってくる有象無象の男や女によって共同体（村）が分断され、そこで暮らす人々の心がズタズタに引き裂かれる様を喜劇的（ユーモラス）に描いたのが『鯨岩』（書下ろし　二〇〇三年　光文社刊）である。この長編の終わりの方に、東京からやってきた女（美佐子）と米軍基地内の「黙認耕作地」にハブセンターを計画し、ハブを集め出した主人公（語り手）の「邦博」

が次のようにつぶやく場面がある。

就労や起業の気力がない軍用地主はしまいにはだめになるといつの間にか邦博はおもうようになっている。毎日のように飲み屋や賭け事に時間をつぶし、女や男の誘惑から逃げ、身内が誰かの保証人にならないかいつもビクビクせざるをえない人間が幸せと言えるだろうか。

これは、軍用地料（不労所得）で暮らす人々への明らかな批判である。

ところで、その「軍用地料」についてである。先に大城立裕の「戦争と文化」三部作の第三作目『恋を売る家』（一九九八年）を論じた際に触れたが、米軍基地と自衛隊基地の借地料として日本政府が支払うもので、昨年（二〇二二年）の例だと、米軍基地用（八七〇億円）と自衛隊基地用（約一二八億円）を合わせて年間一〇〇〇億円が地主に支払われている。貸している土地の広さにもよるが、現在地主一人当たり数十万円から数千万円の「軍用地料＝不労所得」を得ていると言われている。

そのような「軍用地料」は地主たちに必ずしも「幸福」をもたらさないのではないかということを、又吉栄喜は『鯨岩』よりはさらに踏み込んだ形の最新書下ろし長編『亀岩奇談』（二〇二一年　燦葉出版社刊）で問うている。この『亀岩奇談』は、「軍用地料」に翻弄される二十一歳の若者（和真）が父母の死をきっかけに母の故郷の赤嶺島に移住するところから物語が始まる。母の故郷に移住した和真を待っていたのは、「年間約三千万円」という和真が手にする軍用地料に期待を寄せる島民たちの要請に従って「自治会長選挙」に立候補することであった。高校に進学せず、かといって就職もしないで、日がな一日パチンコ台の前で過ごしてきた和真は、母の故郷に帰ったのを機に何とか「自立」しようとする。その「自立」への第一歩が「亀岩」や珊瑚礁の海岸に象徴される島の「自然」を破壊して「開発」を目論む保守派の自治会長候補として選挙に出ることだったとは……。潤沢な選挙資金を持つ和真は、従妹の咲子や村の「ボス」の指示で、「自然保護＝珊瑚礁の埋め立て反対」を訴える革新系候補に対して圧倒的に有利な選挙戦を展開するのだが、この自治会長選挙に勝利することが、父母の死からずっと考え続けてきた「自立」に果たして繋がるのか、和真の「苦悩」は果てしなく続く。物語は、選挙の結果が分からないまま「亀岩」に特別な思いを抱く痴呆症を患っている九十歳になろうとしている老人の、自治会長選挙などとは全く関係ない次のような「昔」を懐かしむ思いで終わる。

景子は本当にこの世に生きていただろうか。亀岩に伸びている、すぐ目の前の砂の中から私の思春期にふっと現れ出ただけではないだろうか。色は白く、肌艶がよく、顎もふんわりと細く、澄んだ大きい目や額にかかる豊かな黒髪が神々しさを醸し出していた景子はカーミージー（「亀瀬」のこと――引用者注）の仙女ではなかっただろうか。

私の目は……自分でもよくわかるのだが……美しい夢を見ているような和みをおび、視線はカーミージーを超え、はるか遠くに注がれている。今誰とどこにいるのかわからなくなり、私の顔はかすかにふるえだした。介護士の女は私の耳元に顔を近づけ、「この世に光一郎さんと景子さんしか

いませんでした」と言った。（中略）
いつもと違う高いびきが続いていた私は車椅子に座ったまま、小さく首をかしげた。永久に静かになったが、私は楽しい夢を見ているのか、笑みがまだ口元に漂っている。頬にほんのりと赤みが差し、目の縁はきれいな若々しい色になっている。夏の砂浜を覆った、珍しい白い大気の中から亀の形をした大岩が姿を現した。

この『亀岩奇譚』が何故このような「死」を目前にしている老人の「回想」で終わっているのか、その理由はよく理解できないのだが、作中に、現在もなお進行中の辺野古沖の米軍新基地建設がいかに理不尽であるかが示され、赤嶺島で計画されている珊瑚礁の埋め立てに対しても「反対」の意思表明が、和真や「開発」反対派の言動として何度か登場してくる。何の定見（考え）も持たない和真がそのような「開発」に「悩み」「苦しむ」姿を通して、作者は「沖縄振興策」の美名の下で県民の大半が反対の意思を表明しているにもかかわらず、名護市辺野古沖に米軍の新基地やヤンバル（北部の山地）の高江にヘリパッド（オスプレイの訓練基地）を建設しようとしている日本政府＝ヤマトの、戦前から続く沖縄に対する「差別」や「蔑視」を暗喩し、批判しているのかもしれない。しかし、主人公の和真が亡くなった母の故郷である「赤嶺島」に移住したとたん、「年間約三千万円」という高額の軍用地料に群がってきた親戚や島民に村の自治会長選挙への立候補を勧められるという物語の設定は、いかにも「安易」で「不自然」な感じを読者に与えるのではないか。それとも、そのような「不自然さ」は沖縄の離島ではよく起こりえることなのだろうか。その意味で、『亀岩奇談』の次のような大城貞俊の「解説」は、贔屓の引き倒しなのではないか、と思わざるを得ない。

和真は軍用地主である。働かなくとも多額の収入がある。働く意欲も生きる意欲も喪失した若者だ。和真は周りの人々に言い寄られ利用され翻弄される。ところが、やがて軍用地主という枷を外れて輪郭があいまいになり孤独な一個の人間として浮かび上がってくる。和真を利用する側も利用される和真も、何が目的か、何が正義か、何が嘘か真実か分からなくなる。いくつもの世界や価値観が重畳して現れる。自然と人間、開発と未来、辺野古と沖縄戦、政治とカネ、聖なるものと俗なるもの、等々複雑な世界がデフォルムされて、小さな架空の島、赤嶺島で展開されるのだ。シンプルに戯画化された物語や人物には多様な物語や多様な人物が凝縮されている。それゆえに深く広い物語を象徴するのだ。

私たちは和真と共に悩み、和真と共に漂流する。生きる意味を見失った和真を主人公にして赤嶺島で展開される自治会選挙を作品のプロットにしたこの物語は、いつしか沖縄の有する土着の信仰や文化と、それを破壊する外部の力の衝突と拮抗を描いた世界を象徴する。

この「深読み＝褒め過ぎ」としか思えない「解説」中で、特に「誤読」ではないかと思われるのは、特に「いつしか沖縄の有する土着の信仰や文化と、それを破壊する外部の力の衝突と拮抗を描いた世界」との言い分である。『亀岩奇談』をどう読んでも、「沖縄の有する土着の信仰や文化」を破壊しようとしているのは共同体内部の人間（島民）としか思えない。つまり、沖縄人（島民）を「堕落」させているのは、もちろん不労所得の「軍用地料」でもあるが、そのような不労所得の「おこぼれ」にあずかって「働くこと＝労働」の意味を忘れてしまった島民自身なのではないか。『亀岩奇談』を読んで感じるのは、そのような状況への作家の批判精神が不十分であり、不徹底なのではないかということである。この書下ろし長編の状況設定が「甘い」と思う所以である。

〈5〉「進化（深化）」の標か、それとも「停滞」の証か

「琉球新報」に連載され、二〇一九年三月にコールサック社から単行本が刊行された『仏陀の小石』は、読み手を惑わす「奇妙」な小説である。まず、冒頭に示される登場人物紹介で「安岡義治……主人公の沖縄の小説家。小説のテーマを思い悩み、また娘の供養のため（インド聖跡巡りツアー）に参加する」と書かれている人物に関して、「小説家」と紹介され、作中でも自分は小説家としてふるまっているのだが、十年以上前に『疎隔された鶏』という短編が沖縄の雑誌社が主催している文学賞に入選したきりで、その後は構想は多々あれど一作も発表しておらず、生活は今は亡き親から引き継いだ年間約一千万円の「軍用地料」に頼って就労もせず、日がな一日「自作」のことだけを考えて暮らしている人物である。なお、先にも指摘したが又吉栄喜の小説には、多額の「軍用地料」に頼って就労せ

ず「安穏」と暮らす若者がこの『仏陀の小石』の他に『亀岩奇談』にも登場するが、「軍用地料」というのは米軍が沖縄占領に伴って「勝手」に沖縄住民から奪った土地（基地・米軍施設）に対して、日米安保条約（日米地位協定）に基づいて「安全保障」上の問題から、「思いやり予算」と同様にすべて国民の税金でまかなわれているものである。しかし、「軍用地料」が「不労所得」であり、アメリカ軍基地の存続を前提とする「税金の無駄遣い」（と私は思う）に対して、又吉栄喜は「政治」を避けるためか、どんな考えも示していない。これは沖縄在住の作家として、また米軍基地の存在を「原風景」の一つとしてきた作家としては不思議なことである。

さらに言っておきたいのは、この『仏陀の小石』は沖縄が舞台の長編であるが、沖縄では地元の雑誌社が主催する文学賞に一度入選しただけで「小説家」を名乗ることができるのか、また「世間」もそのように認知するのか、といった素朴な疑問に対する答えが最後まで得ることができなかったことである。また、もう一人の重要な登場人物である「老小説家」についても同じである。本名が「金城太郎」という作家自身に重なる一九四七年生まれのこの老人も、作家としては処女作の『海と女子大生』があり、また『黒人兵とマングース』（この短編の構造は又吉栄喜の『ジョージが射殺した猪』に酷似している）、『双子の巨人』というタイトルと構想が示されただけの作品があるようだが、作中に「家族もなく、正式に小説を発表したこともない」と書かれており、であるならば何故自ら自分を「老小説家」と称し、小説家にとって重要なのは「原体験」であると繰り返し言い募り、安岡に自らの「原体験」が何であるかを説明し、「原体験」を育んだ場所（戦後間もなくの自分が生活していた米軍設置の避難民収容所跡や、子供時代に防空壕や不発弾、鉄兜、沖縄戦で死んだ人間の頭蓋骨を見た場所、等）を案内したりするのか、という疑問が残る。

さらに言えば、この「老小説家」に関して何よりも不可解なのは、時たま大学などで小さな講演会をするだけで、どのような方法で収入（生活費）を得ているのか全く説明がないことである。具体的には、安岡たちと行を共にした決して安くないであろう「インド聖跡巡りツアー」の費用を、この「老小説家」はどのようにして工面したのだろうか。作中には、全く説明がない。この長編は、又吉栄喜の「インド旅行」体験を基に書かれたものと推測されるが、作品にリアリティが感じられないのは、「インド人のほとんどが菜食主義者である」――実際は、全人口の四割程度が菜食主義者で、確かにインド人（その大半を占めるヒンズー教徒）は、「聖なる」牛の肉や豚肉は食べないが、インド料理に有名な「タンドリー・チキン」や「チキン・マサラ」、「マトン・カレー」があるように、鶏肉や羊肉は常用に近いほど食べられている――と決めつけたり、ベナレスはじめ多くの仏跡やヒンズー教の聖地で経験したであろうインド特有の「カースト制度」がもたらす「差別」について一言も言及していないからに他ならない。又吉栄喜ならずとも、沖縄文学の書き手たちが日本＝ヤマトやアメリカによる「沖縄差別」、あるいは「加害―被害」の関係について、その小説作品やエッセイなどで触れていることを考えると、「インド聖跡巡り」の旅で参加者それぞれが抱えた「悩み」や「悲しみ」の根源に存在するのではないかと思われる「差別」の問題に誰も触れないのは、不自然な感を免れない。

さらに、この長編が醸し出す「違和感」について言うならば、安岡についてインド旅行中に同行した「太った律子」が妻（希代）に「旦那さんは夢追い人よ」と言ったのに対して、希代が「夫は何の欲もないのよ。まるで乞食《こじき》行をしているような、仏のような人なの。軍用地料があるから人に恵んでもらったりはしないけど」というような箇所について、である。年収約一千万円の軍用地料の上に胡坐をかいて「原体験のない（と思っている）自分に小説が書けるのか」と悩み続けている安岡の生き様は、どう考えても「乞食行」とは言えないと思うが、又吉栄喜はそのようなことに全く気にしないように見える。あるいは、「老小説家」が安岡に向かって「若い頃は公務員、政治家、会社員、教員を馬鹿にした。今も馬鹿にしている。小説家だけが世界を変える。わしは身を削るように小説修行に励んだ。だが、世の中は小説家に冷淡だ」と言い放つことなどもまた、作家になってすばる文学賞や芥川賞まで受賞した又吉栄喜はどのような経験や考えに基づいて発語しているのか、と思わざるを得ない。また安岡が「第十九章　竹林精舎」の中で小説の中身を次のように想像（妄想）すること、等々、この長編には疑問を呈する記述が余りにも多すぎる。

安岡は霊鷲山や竹林精舎の絹子のおもかげと重なるような少年少女を思いおこした。

生命力にあふれた主人公を小説に書きたいと常々思っている。昨日今日出あった子供たちは、理想的な登場人物が本の中から抜け出してきたように思える。つまり、あの少年少女を写実的にしっかり書けたら、特に筋や物語を作らなくても一編の価値のある小説ができあがるだろう。

今の日本は超近代化し、人間の本質が覆い隠されている。インドの少年少女には原初の人間性があふれている。小説は苦の中から生まれるとするなら、目のキラキラした、純真な少年少女の背後の闇を探し出さないといけないだろう。しかし、安岡はこのような少年少女の背後は追求したくなかった。

この部分を引用していて苛立ちを覚えざるを得なかったのは、作家又吉栄喜の分身の一人である安岡の「ナイーヴ」過ぎる（ということは、「甘い」と言ってもいいのだが）感受性についてであり、インドに関する知識の「浅さ」についてである。つまり、安岡が「生命力あふれるインドの少年少女」とか「目のキラキラした、純真な少年少女」と形容したインドの子供たちの大半（全部と言ってもいい）が、学校にも行けず、路上生活者として元締めの下で観光客相手に「物乞い」や「物品販売」の仕事に従事することで生き長らえている現実を、又吉栄喜は知らなかったのか、ということである。このような子供たちの現実がインドの宿痾と言っていい「カースト制度」と「貧困」に起因していることは、どんな安直なガイドブックにも記載されていると思うが、このようなインドの現実に対する認識不足は、創作に当たって余り「調査」や「資料探索」を行わないと言ってきた又吉栄喜に思わぬ「陥穽」があったことの証左になっている。

なお、安岡（又吉栄喜）は観光客に群がるインドの少年少女に接して、彼らは「純真」で「原初の人間性にあふれている」と思うので、彼らを主人公にした小説を書きたいと思ったようだが、又吉栄喜はこの長編を書いている時、おのれの「原風景」の一つである米軍基地と基地周辺の子供たちとの交流（交歓）経験を基に書いた初期作品の一つ『パラシュート兵のプレゼント』（「沖縄タイムス」一九七八年六月、短編集『パラシュート兵のプレゼント』一九八八年　海風社刊）等の自作品類を思い出さなかったのだろうか。本章の最初のところで触れたように、又吉栄喜の子供時代の経験（これが「原風景」というものである）を基にした、短編集『パラシュート兵のプレゼント』所収の『カーニバル闘牛大会』（一九七六年作）や『憲兵闖入事件』（一九八一年作）などに登場する子供たちは、「目のキラキラした」「原初の人間性にあふれている」と思えるのだが、『仏陀の小石』で『ジョージが射殺した猪』の「脱構築」を試みた又吉栄喜は、そのことに気づかなかったのだろうか。

ということを踏まえて、「救いへの挑戦、或いは自立への模索――「海は蒼く」から「仏陀の小石」まで」の副題を持つ大城貞俊の「又吉栄喜の文学と特質」（「コールサック」九九号　二〇一九年九月）の「2『仏陀の小石』の世界」の余りにもオマージュに満ちた文章を読むと、どこからそのような言説が生じてくるのか、疑問に思わざるを得ない。大城貞俊は、地元の新聞二社（「沖縄タイムス」と「琉球新報」）に載った伊野波優美と佐藤モニカの書評――伊野波優美の『仏陀の小石』は「自身の沖縄文学論を世に晒す又吉氏自身の覚悟」を示した長編であり、佐藤モニカのものは「魂の救済の旅、これこそが著者が描きたかったもの」と断じている――を紹介した後、次のように書いているが、先に指摘したように、ところどころにあってはならないような「瑕疵」が散見されるこの長編は果たして大城貞俊の言うように「沖縄文学の王道」を歩くような作品であるのか否か。大城貞俊の評が贔屓の引き倒しでなければいいのだが。

伊野波優美や佐藤モニカの指摘は、なるほどと肯われる。私の感慨もほぼ重なるのだがあえて私の言葉を述べれば、本作品は大別して三つの特質を有している。一つは「救いへの挑戦、あるいは自立への模索の深化と広がり」であり、二つめは「なぜ書くかと問い続ける又吉文学の姿勢の堅持と展開」であり、三つめは「半径二キロの原風景の揺さぶり」である。

以後、ここで言われている「又吉文学の三つの特質」について、それぞれ「異論」がないわけではないが、この長編でも繰り返し登場してくる又吉栄喜文学解読のキーワードの一つと言っていい「原風景」なる言葉と概念について、大城貞俊の「半径二キロの原風景の揺さぶり」ということについてであるが、「だれもが一読すれば分かることだが、作品の舞台は沖縄とインドを往還する。これまでの又吉文学には海外を舞台にした作品はなかったように思う。それゆえに極めて異例のことだ。この作品が異例のままで終わるのか。あるいは沖縄から普遍的な作品世界の構築を目指す又吉文学が舞台を海外にまで拡大していくのか。新しい展開の萌芽を示しているようにも思えるのだ」と言われても、確かに『仏陀の小石』で「インド聖跡巡りの旅」体験が作品の半ばを占めていたとしても、総体として又吉栄喜が参加した「インド聖跡巡り」はよくある「インド・精神世界の旅」の類の一種のように思われ、「観光旅行」の域を出ていないのではないか。それで、果たしてインド旅行は又吉栄喜の「原風景」になっているのだろうか、疑念は消えない。その証拠に、『仏陀の小石』の後の長編は、知る限り、親が遺してくれた「軍用地料」で暮らす若者が亡くなった母親の故郷（離島）に帰り、自治会長選挙に巻き込まれるという『亀岩奇談』（二〇二一年）しかなく、インド旅行の体験を基にした「続編」は書かれていない。そのことを考えると、「インドの旅」体験は、又吉栄喜の「原風景」になっていないのではないか。

さらに、『仏陀の小石』に関わって大城貞俊が「又吉栄喜文学の特質」の一つという「半径二キロの原風景の揺さぶり」に関して次のように言うとき、大城貞俊もまた又吉栄喜も「基地（米軍・自衛隊）の島」沖縄の「現実」を捨象してしまっているのではないか、と思わざるを得ない。

沖縄を舞台にした又吉栄喜の作品にアジアや世界への視点が導入されていることを考えるのは痛快なことだ。戦後七十四年、「軍事基地の要石」と称されてきた沖縄が「文化の要石」として機能し、アジアのみならず世界平和へ貢献する未来を夢見るのは、又吉栄喜一人のみではないはずだ。（「おわりに」）

沖縄が「文化の要石」になるためには、琉球処分（一八七九年）以前の薩摩藩支配に始まって、戦後も七十五年以上にわたって「日本＝ヤマト」による徹底した「差別」と「抑圧」下に呻吟してきた沖縄の「現実」を見つめることが重要で、そこからしか「現代の（沖縄）文化」は始まらないのではないか。さらに又吉栄喜の先導者の一人であったと言っていい大城立裕が生涯おのれを苦しめた「（日本＝ヤマトとの）同化と異化」ということに関して言えば、又吉栄喜はおのれの「原風景」にこだわってきた割に、「半径二キロの原風景」を破壊してきたのが、日本政府の資本と結託した沖縄の土木業者や開発勢力であることの認識が希薄なのではないか、ということがある。言い方を変えれば、又吉栄喜には「異化」意識が希薄であるが故に、その作品から珊瑚礁が埋め立てられたり、名護市辺野古沖に米軍の新基地が建設されている「沖縄の現実」に対する「違和感」や「怒り」が余り感じられないのであるが、それは私だけの感想だろうか。

第三章　目取真俊の文学——永遠の〈異〉で在り続ける

〈1〉終わらない戦争（沖縄戦）1——『水滴』へ

先行する大城立裕や又吉栄喜、あるいは『オキナワの少年』（一九七一年）の東峰夫とは違った方法で「沖縄の現実」を描き続けてきた目取真俊《めどるましゅん》は、ある日突然右足が冬瓜《すぶい》のように膨れ上がった徳正《とくしょう》のもとに、夜ごと沖縄戦で無念の死を迎えた日本軍兵士や、「鉄血勤皇隊」として戦場に駆り出された師範学校の同級生石嶺が訪れるようになったその様を「奇譚」の手法を駆使して描き出した『水滴』（「文学界」一九九七年四月号）で、第一一七回芥川賞と第二七回九州芸術祭文学賞をダブル受賞する。その目取真俊は、生まれ故郷の沖縄本島北部の今帰仁村で祖父母や両親が沖縄戦でどのような体験を強いられたか、という言わば創作に向かう「原点」を手放すことなく、今日まで数多くの作品を残してきた。その創作の「原点」に関しては、「沖縄に『戦後』はあったのか」の刺激的な惹句を付した『沖縄「戦後」ゼロ年』（二〇〇五年　「生活人新書」NHK出版刊）や、時評的な文章を集めた『沖縄／草の声・根の意志』（二〇〇一年　世織書房刊）や『沖縄／地を読む　時を見る』（二〇〇六年　同）、『ヤンバルの深き森と海より』（二〇二〇年　影書房刊）等で、繰り返し書き記してきたが、例えば『沖縄「戦後」ゼロ年』の第一部「沖縄戦と基地問題を考える」の「Ⅱ　私にとっての沖縄戦」において「父の戦争体験」を次のように語っていた。

父は、一九三〇年の九月生まれですので、沖縄戦当時十四歳です。国民学校六年生のとき中学を受験して合格し、県立第三中学校（現在の名護高校）に在学していました。沖縄戦が間近に迫り、三中の学生達も鉄血勤皇隊《きんのう》として戦争に動員されます。父もその一員として、銃を手にします。（中略）

三中の鉄血勤皇隊は、通信の補助や伝令、飯上げ、弾薬の運搬などをにない、切り込み隊に参加して死んでいった生徒もいます。父の話では、米軍上陸の直前には海岸部に隠れて、上陸する米軍に体当たりするため、爆弾を持って待ち構えていたといいます。明日は死ぬんだ、と思いながら一晩明かしたときの気持ちは何とも言えなかった、と話していました。

その後「友軍」である日本兵と共に「敗残兵」としてヤンバルの山中を逃げ惑うことになった目取真の父は、次のような体験をしたとされる。

ある日、ゴミ捨て場で父は煙草を見つけます。もしかして祖父が生きていたら吸わせてあげたい、と思い日本兵達には隠していたそうです。それが見つかってしまい、寝ているところを叩き起こされて、秘密を持ったということで日本兵から厳しい追及を受けます。どんなに弁解しても許してもらえず、悔しさの余り涙を流したといいます。

そういう目に遭っても、日本兵のために毎日食糧を探して運んでいたのですが、ある夜、父がふと目を覚ますと、日本兵の話し声が聞こえたそうです。父によって自分達がここにいることが米軍に知られるのではないか、と疑い、父を殺す話をしていたそうです。毎日飯を食わせてもらっていながら、日本の腐れ兵隊《やまとうぬくさりびーたい》どもは父のことをそういうふうにしか見ていなかったわけです。一人の日本兵が「そんなことはできない」と反対したおかげで、父は殺されずにすみました。

さらに目取真俊は、沖縄戦において米軍が最初に上陸した慶良間諸島の渡嘉敷島等で日本軍守備隊の強制による「集団自決」が起こったことを取り上げ、沖縄戦における「もう一つの悲劇」について次のように記す。

米軍は三月二十六日に慶良間《けらま》諸島に上陸します。渡嘉敷《とかしき》島や座間味《ざまみ》島、慶留間《げるま》島、屋嘉比《やかび》島では、日本軍による強制や誘導によって、住民の「集団自決」が起こります。住民が米軍の捕虜となって軍事機密を漏らすことを恐れた日本軍は、捕虜となることへの恐怖心を住民に植え付け、捕虜とならずにみずから命を絶つことを指示します。そのため、米軍の上陸を知ってパニック状態になった住民は、日本軍から渡された手榴弾や鎌や鋤などの農具、縄、石などを使い、あるいは素手で、肉親同士が互いに殺し合うという「集団自決」を起こします。そうやって四〇〇人以上の住民が犠牲になっています。沖縄戦の最初から、日本軍は住民を守るどころか、死に追いやっているのです。

四月一日には沖縄島中部西海岸に米軍が無血上陸します。以後、米軍は沖縄島を南北に分断し、首里の日本軍司令部を目指して進撃していきます。敗走を重ね追いつめられた日本軍は、住民を壕から追い出して艦砲射撃の中にさらし、食糧を強奪し、スパイの嫌疑をかけた住民の殺害を各地で行っています。そのような沖縄戦の実相を見れば、いざ地上戦となった時、軍隊が国民を守る、ということが虚妄でしかないことが分かります。

このような沖縄戦の実相及び日本軍の行いを知ることによって、目取真俊の「沖縄戦＝戦争」観、さらには「軍隊」がどのような本質を持つ武装集団であるかの考えが形成されたことは、間違いないだろう。「『軍が守ってくれる』は幻想」（「朝日新聞」二〇〇二年五月四日号『沖縄／地を読む　時を見る』所収）の、次のような「有事法制」に関わって展開された前記引用と同様な「軍隊論」は、まさに目取真俊の戦争観から導き出されたものと言っていいのではないか。

有事関連法案が国会に提出され、その推進論者たちが勇ましい言葉を口にしている。テロの脅威や「備えあれば憂いなし」などという分かりやすい単純化された言葉を並べ、軍（自衛隊）の力で国民を守って見せます、と吹聴する。

おそらくは、五十有余年前もそうだったんだろうな、と思う。国内の政治・経済の矛盾、腐敗が深まり、国民の不満が高まったとき、共同体の外部に「敵」をしつらえて「愛国主義」と「排外主義」で国民を統合していくのは、権力者の常套手段だ。（中略）

それでは、政府や軍（自衛隊）の命令に従っていれば安全は守られるのか。私たちは、地上戦が戦われた沖縄で何が起こったかを、今こそ歴史の教訓として熟考する必要がある。友軍（日本軍）による食糧強奪（徴発）や壕からの追い出し。スパイの嫌疑をかけられて虐殺された住民。沖縄戦の記録で語られるのは、米軍に対する恐怖よりも、むしろ日本軍に対する恐怖なのだ。

いざ有事（戦争）となったとき、軍（自衛隊）が自分を守ってくれる、等という幻想を私はひとかけらも持たない。沖縄を「捨て石」にして本土決戦を回避した日本人たちは、今度は本気で「本土決戦」を戦うつもりか。

ここにあるのは、徹底した「軍＝日本軍・自衛隊」に対する不信であり、「怒り」を伴った嫌悪である。この目取真俊の「怒り」が腹の底から発せられた「本心」であることは、先の引用にある慶良間諸島の渡嘉敷島や座間味島で起こった住民の「集団自決」――最近ではこの悲惨な出来事に日本軍が深く関与していたことが明らかになったことを踏まえて、「強制的な集団死」という言い方をするようにもなっている――に対する大城立裕や『椎の川』（一九九三年　朝日新聞社刊）で具志川市文学賞を受賞した大城貞俊の対応と比べてみれば、歴然とする。大城立裕が『神島』（一九七四年）において、慶良間諸島の「集団自決」について「外側」から取材する者の心理に重点を置いて小説化したことの意味については、すでに第一章で詳述しているのでそちらを参照していただくとして、大城貞俊の未発表作品を集めた『島影――慶良間や見いゆしが』（大城貞俊作品集　上　二〇一三年　人文書館刊）所収の慶良間諸島における「集団自決」をテーマとする『慶良間や見いゆしが』、あるいは『樹響――でいご村から』（大城貞俊作品集　下　二〇一四年　同）所収の『鎮魂　別れてぃどいちゅる』を読むと、確かにそこには沖縄戦における住民の「集団自決」が作品の中心に据えられているのだが、読み手の側に目取真俊のような「必死の思い」が伝わってこないのである。

何故なのか。理由ははっきりしている。大城貞俊の作品からは、沖縄戦において慶良間諸島や沖縄島南部の激戦地で住民＝沖縄人に「集団自決」を強いた日本（軍）に対する作家の「批判＝怒り」が感じられず、作家が意識していたかどうかとは別に、「集団自決」を戦争に伴う「悲劇」の一部に矮小化しているように思われるからである。例えば、『慶良間や見いゆしが』は、戦時中の「集団自決」の生き残りである祖父が自殺するところから始まり、物語はその祖父が遺した「手記」を巡って展開するのだが、物語の終章で中学で国語教師している自殺した祖父の孫である物語の語り手が、次のような言葉や思いを吐露することに対して、慶良間諸島の「集団自決」について「沖縄『集団自決』裁判」（記録：二〇一二年　岩波書店刊）などを手掛かりにその実相にいくらかでも触れてきた者には、「違和感」を払拭することができないのである。

「……実は、私の祖父は、自殺したのです」

教室が、一気に鎮まりかえる。清志は、歯を食いしばって話し続けた。

「祖父は、慶良間で起こった集団自決の生き残りだったのです。祖父は、このことを六十年間も考え続けて苦しんでいたのです。自ら手に掛けた家族へ謝りながら生き続けてきて……、そして今年、六十年前と同じ三月二十八日、自ら死を選んだのです。戦争って、なんて残酷なんだろう。戦後六十年経っても、人間を殺すのです……」

話し続ける清志の目の前で、ハンカチを取り出す生徒の姿が目に入ってきた。顔をうつ伏して、視線を落としたままの生徒も出てきた。（中略）

頑張れ！　……清志は生徒たちと、自分自身を励ました。そして読む箇所と決めていた祖父と祖母ウタとの出会いの場面を、ノートを広げて読み始めた。祖父の声で読みたいと思った……。

『慶良間や見いゆしが』は、全編このような思い入れたっぷりな「情緒」過多と言っていい表現で埋まっているのだが、物語の途中で挿入される次のような語り手を通して披瀝される「集団自決」に対する作者の認識は、果たして「正当／正統」なものなのかという疑念が最後まで消えなかったということがある。

しかし、今考えてみると、島に軍隊が駐屯したことが、島を守ることになったのかどうかは疑問に思う。軍隊が駐屯したことで、私たちの島は戦場になり、多く犠牲者を出すことになったのではなかろうか。軍隊に協力し、国家の大義に殉ずることが、島を守ることに繋がり、家族を守ることに繋がったのだろうか……。いまでは、不遜なことだと叱責を受けるかも知れないが、そんな疑問さえ湧いてくる。軍隊の駐屯しなかった島では、集団自決は起こらなかったのだから。

戦後、残された私の家族は、私と弟の二人だけになった。兄は、戦死し、父は、玉砕という名目に殉じて母と二人の妹の首を切り、自らの首を切った。私もまた、弟の目前で最愛の妻の首を切り、弟の首に刃を当てたのだ……。

ここには、島に駐屯した日本軍の沖縄人（島民）に対する「差別」についても、あるいは慶良間諸島に大量に送り込まれたという朝鮮人軍夫や従軍慰安婦の存在についても、また「集団自決」が日本軍守備隊の「強制」によって行われたという認識（批判）もない。つまり、沖縄戦に関する多くの「記録」や「証言」、あるいは目取真俊のエッセイなどでは必ず触れている「集団自決」には日本軍駐屯部隊による「強制＝関与」が存在し、またそのような日本軍の横暴の裏側には「島民＝沖縄人差別」があったという認識が、この作品から読み取ることができないということである。また、この『慶良間や見いゆしが』がいつ書かれた作品なのかは詳らかではないが、この短編が収録されている『大城貞俊作品集　上』が二〇一三年十二月に刊行されていることを考えると、作者の大城貞俊は、「二〇〇五年の夏」に突然戦時中渡嘉敷島の守備隊長であった者の遺族らが『沖縄ノート』（岩波新書　一九七〇年刊）の著者大江健三郎と版元の岩波書店を訴えたことに始まり、二〇一一年春に大江たちの「勝訴」で幕を閉じた「沖縄『集団自決』裁判」について一言も言及していないのは何故なのか、ということもある。慶良間諸島の渡嘉敷島や座間味島における「集団自決」をめぐる保守論客に促されての日本軍兵士の遺族たちによる大江や岩波書店に対する理不尽な告訴については、中央紙はもちろん地元の「琉球新報」や「沖縄タイムス」が大きく取り上げたから大城貞俊が知らなかったはずがないのに、その「裁判」に関する情報が作品に全く反映されていないのは、沖縄在住の作家＝知識人としておかしいのではないか、ということである。

また、「集団自決」に関してさらに言えば、大城貞俊は琉球大学教授に就任する前、長い間中学校や高等学校の国語教師をしていたようだが、一九九〇年代半ばから国粋主義的な保守思想を隠そうとしない「新しい歴史教科書をつくる会」の元東京大学・拓殖大学教授で教育学者の藤岡信勝や漫画家の小林よしのり等が高校の歴史教科書から「集団自決」の項を削除させようとする動きを活発化させてきたことに対して、何の言及もせずアパシーをきめこんできたのも、理解に苦しむところである。

さらに言えば、本土決戦に備えた「捨て石」であると同時に「唯一の地上戦」であった沖縄戦がもたらしたものは、膨大な死傷者と被災者および「破壊」であったが、先の引用部分などが典型なのだが、『慶良間や見いゆしが』からはその死者や被災者たちの「呻き」や「恨み・つらみ」、「怒り」、総じて言えば『水滴』の徳正が夜ごと右足の親指から滴り落ちる水を飲みにやってくる砲弾を受けて死んだ同級生や敗残兵に向かって言う、「この五十年の哀れ、お前が分かるか」のような「哀れ・哀しみ」が伝わってこないのである。

なお、大城貞俊の上下二冊の「作品集」について、もう一点「疑義（不満）」を言っておけば、「集団自決」問題と同じように、例えば『ペットの葬儀屋』（上巻所収）に米軍普天間基地の「軍用地主」が登場するのに、何故普天間基地の移転＝辺野古沖新基地建設問題に全く触れていないのかということがある。いくら大城貞俊が「政治嫌い」であるからと言って、沖縄で生まれ琉球大学の教授も務めた作家として、果たしてそのような態度で沖縄戦や米軍基地問題と向き合うのは正当／正統なのか、そしてそのような彼の創作態度は、「沖縄問題は文化問題である」と言って憚らなかった大城立裕に引きずられ過ぎての言ではないのか、と思わざるを得ない。

さらに、目取真俊が『水滴』で、「この十年来、六月二十三日の『沖縄戦戦没者慰霊の日』の前になると、近隣の小・中学校や高校で、戦争体験を講演するようになっていた」徳正の心内に、講演の後「拍手を受け、花束をもらい、子供たちからやさしい言葉をかけられると正直うれしかった。子供や孫が居たらこんな気持ちになるのかと、涙が流れることさえあった。それに家に帰って謝礼金を確かめるのも楽しみだった」というような、沖縄戦を食い物にしているような疚しい思いが湧出していたことに対して、徳正の妻ウシに「嘘物言《ゆくしむね》いして戦場《いくさば》の哀れ事語てぃ銭儲《じんもう》けしよって、今に罰被《ばちかぶ》るよ」

と言わせていることとの意味は何なのか、ということもある。また、この徳正が沖縄戦体験を子供たちに話すことで「謝礼金」をもらう行為は、徳正の従兄弟の清裕が徳正の腫れた足から流れ出る水を「奇跡の水」として売り出し大儲けしたこととどう違うのか。そのような「疑い」の念が作品中に書き込まれているのではないかと思うのも、この二つの沖縄戦の「真実」から相当隔たったような行為を『水滴』で描かなければならなかった目取真俊の底意に、戦後の沖縄が本土＝ヤマトと同じように「金権主義＝経済優先主義」に塗《まみ》れていることに対する根源的な批判があったからではなかったか、と思うからである。言い換えれば、繰り返すことになるが、徳正が夜毎足指から流れる水を飲みに来る師範学校の同級生石嶺に対して「この五十年の哀れ、お前が分かるか」と本音を言い放つことで、沖縄戦の「呪縛＝傷（トラウマ）」から解放されるのではないか思いを強くするのは、それこそ沖縄戦が「終わらない戦争」そのものであることを、作者が強く主張しようとした結果だったのではないか、ということである。

〈2〉終わらない戦争（沖縄戦）2――『風音』論

目取真俊が「終わらない戦争」である沖縄戦にこだわり続けていることは、『目取真俊短編小説選集1　魚群記』（二〇一三年三月　影書房刊）に収録の『風音』（「沖縄タイムス」一九八五年十二月二十六日～八六年二月五日）や『同2　赤い椰子の葉』（同年七月　同）収録の第四回木山捷平文学賞・第二六回川端康成賞を受賞した『魂込め《まぶいぐみ》』（「小説トリッパー」一九九八年夏季号）、あるいは『同3　面影と連れて《うむかとうちりて》』（同年十一月　同）収録の『平和通りと名付けられた街を歩いて』（「新沖縄文学」七〇号　一九八六年十二月）、さらに言えば最新刊の「沖縄戦の記憶をめぐる5つの物語」と帯文にある『魂魄《こんぱく》の道』（二〇二三年影書房刊）の表題作をはじめとする諸編、また先に挙げた『沖縄／草の声・根の意志』等の時評集所収のエッセイに明らかである。中でも、『風音』と題する二つの作品は、先に論じた『水滴』よりさらに鮮明に「終わらない戦争」に対する目取真俊のこだわりが鮮明に刻印された作品と言ってよく、「終わらない戦争（沖縄戦）」が目取真俊の生涯にわたる変わらぬテーマとして存在し続けていることの証にもなっている。

では、『風音』と題された二つの小説にはどのような形で「終わらない戦争」が刻印されているのか。まず、この二つの『風音』はいずれも沖縄戦の最中に神風特攻隊員として沖縄の海で戦死した「加納真一」という学徒兵の白骨化した頭蓋骨を通り抜ける「物悲しい」風の音を巡って展開するのだが、一つ目の『風音』（この中編を便宜的に『原・風音』とする）は、目取真俊の最初の単行本である『水滴』に『オキナワン・ブック・レヴュー』（「文学界」一九九七年十月号）と共に収録されたもので、ここには神風特攻隊の生き残りで、テレビ局員となってからは「可能な限り全国を駆け巡って『戦争』の遺した傷をドキュメンタリーとして撮り続けてきた」藤井という男が登場する。藤井にとって先のアジア太平洋戦争、就中《なかんずく》沖縄戦は自分が特攻隊員として米艦に対当たりして戦死するはずだった戦争であり、「戦争の遺した傷」の最たるものとして、まさに「終わらない戦争」として存在し続けてきたのである。

一方『原・風音』の映画化に伴って脚本を担当することになった目取真俊が新たに書き下した長編『風音――The Crying Wind』（これを『長編・風音』とする）であるが、ここには特攻隊員として沖縄で戦死したとされる「将来を約束された従兄弟」の最期がどんなものであったのかが知りたくて、「沖縄の旅」――それは自分がどのような思いを抱いて「戦後」を過ごしてきたのかを確かめる旅でもあったが――を繰り返している藤野志保という女性が登場する。さらに、『長編・風音』には新たに本土＝ヤマトと沖縄の「分かりあえない関係」を象徴するような物語の舞台である僻村出身の和江とマサシという親子（と和江の別れた夫である久秋）が登場し、物語を重層化する役割を果たす。

両者は、いつの頃からか聞こえてくるようになった風音――それは、沖縄戦の最中に片腕が不自由であったために村に残っていた清吉の父と清吉によって、風葬場＝墓に葬られた特攻隊員の頭蓋骨を通り抜ける音であったが――をめぐって物語が展開する点は同じだが、『原・風音』に特攻隊員の生き残りで現在はテレビ局のディレクターをしている藤井が、『長編・風音』には藤井と同期の特攻隊員で戦死した加納真一の従妹（暗黙の許嫁）である藤野が登場する。両者がこの二つの『風音』においてどのような役割を担っていたかを考えると、『風音』と題する二つの中長編が目取真俊文学において如何なる意味を持っていたのかが、自ずと判明するように思われる。つまり、戦死した特攻隊員加納真一の存在は、「終わらない戦争」を象徴するものとして二つの『風音』の中で存在し続けていたということである。さらに言えば、目取真俊は、清吉が風葬場に葬った特攻隊員の死骸が白骨化し、その頭蓋骨に開いた穴を通る風の音を、村人たちが「泣き御頭《うんかみ》」と呼んで特別な思いを抱いてきた戦後の歴史を配することで、沖縄の古層文化と現代（沖縄戦）が今もなお結節している現実を浮かび上がらせ、独特な小説世界を形成することに成功しているということでもある。

では、風葬場の頭蓋骨が発する「風音」とはどのようなものなのか。また奄美群島や琉球諸島の一部地域では近代以降も残っていた「風葬（場）」という葬制について、目取真俊は作品の中でどのように描いていたのか。物語の中にその具体を探ってみよう。先にも記したように、『原・風音』は沖縄戦の実相を全国の人に知ってもらうために「泣き御頭」を取材したいというテレビ局の人間が村を訪れたことから、そのテレビ局の取材を受け入れるか否か、つまり「遅れた風習＝風葬」を利用して（世に知らしめることで）「寂れた村」に観光客を呼び込み活性化させようと目論む村の幹部と、沖縄戦の「記憶」と結びつく風音を発する特攻隊員の頭蓋骨に「特別な感情＝死に対する畏敬心」を持つ村人とで村が二分される事態を招来するが、苛烈かつ悲惨であった沖縄戦を忘れることのできない村人たち（語り手の清吉ら）の、以下のような「泣き御頭」に対する畏敬と言っていい思いの中に、この一編のモチーフは凝縮されていたと考えられる。

まずいことになったさー。徳一（テレビ取材の受け入れを積極的に進めようとする地区の区長で沖縄戦では鉄血勤皇隊員として動員されていた人物――引用者注）の家からの帰途、入神川の下流につづく新道をゆっくりと歩きながら清吉はつぶやいた。

これまで泣き御頭のことを村の外の者に積極的に知らせようとは誰もしなかった。それは戦死者のことをむやみに口にすることは、負い目のような感情を生き残った者が感じていたからだし、何よりもあのものがなしい風音を耳にする時に、誰の胸にも犯すことのできない畏れが生じるからだった。墓を指差すことさえ良くないことが起こると禁じられている村の中では、風葬場の跡で海を見つづけている泣き御頭を正視することさえ避ける人もいた。それを見せ物にしようというのは初めてだった。(傍点引用者)

沖縄戦がいかに多くの無辜の民を巻き込んだ悲惨な戦争であったか、それは目取真俊が前出の『沖縄「戦後」ゼロ年』などで繰り返し語ってきたことだが、『原・風音』に藤井を、『長編・風音』に藤野志保を登場させたこととの意味を探るならば、その答えは「戦争の傷跡」を深く刻んできたのは沖縄(人)だけではなく、実は日本=ヤマトの人々も日清戦争(一八九四年開戦)からアジア太平洋戦争まで続いた対外侵略戦争によって胸底に「深い傷」を刻んできたはずではないのか、との目取真俊の「思い=問い」が潜流していたからだと考えられる。『長編・風音』に、アジア太平洋戦争時に中国戦線に従軍し「深い傷」を負った藤野の夫達郎が登場する。

結婚する前、藤野は達郎の母親から、以前は快活でいつも冗談ばかり言っていたのに、中国大陸に従軍して戻ってきてからは生活が一変してしまった、と聞かされていた。戦争中いったい何を経験したのか。三十年余り連れ添っている間、達郎は戦争体験を一言も語らなかった。語れない何かがあるのだなと思い、藤野も聞かなかった。

そういう達郎がただ一度、戦争につながることを話したのは、昭和天皇が死んだときだった。最初の手術を受ける直前で、病室に置いた小型テレビが一日中昭和天皇の死を報じていた。ふと、画面を見つめたまま達郎がつぶやいた。

「この人はこういう死に方をすべきではなかった」

本を読んでいた藤野が顔を上げると、達郎はテレビを消すように言い、ベッドに伏せた。その日は一日中機嫌が悪かった。達郎が心の奥に深い裂け目を持ったまま生きてきたことに気づいてはいたが、それをはっきりと目にしたのはそのときくらいだった。

達郎が抱いていた「心の奥の深い裂け目」について、具体的には何も書いていないが、日本軍が中国大陸で「殺し尽くす・焼き尽くす・奪い尽くす」の「三光作戦」（別名「燼滅作戦」）を行ってきたことは、南京大虐殺などの事例を見れば歴史的に明らかなことと言っていい。目取真俊は、『長編・風音』に登場する藤野の夫達郎が「一生沈黙を通すほどの過酷な体験」を持っていたことを記すことで、沖縄を含む日本（人）全体が先のアジア太平洋戦争において「加害責任」を負っていることを再度確認すべきだと言いたかったのだろう。目取真俊は、辺見庸との対談を収めた『沖縄と国家』（角川新書二〇一七年刊）の「第三章　沖縄戦と天皇制」における「加害と被害の二重性」の中で、戦争における「加害—被害」の関係について、次のように語っていた。

日清戦争以降、沖縄にも徴兵制が敷かれて従軍するわけですよ。沖縄の人は熊本の第六師団で初年兵教育を受けて、南京攻略戦に参加した人もいる。南京大虐殺の場に沖縄の人もいたんです。しかし、そういうことは多くは語られない。沖縄戦の被害のことはたくさん語られますけど。そこに至るまでの中国戦線に、沖縄からも数多く従軍しているんだけど、その体験はあまり語られていない。沖縄が抱えている二重性というのがあって、ベトナム戦争もそうだけど、自分たちがいかに加害者だったかということを自覚しないといけない。アジアに対して、沖縄は決して無垢じゃないわけです。沖縄の人たちも皇軍兵士として殺してきたわけですからね。父親は港湾で働いていましたが、仕事が終わって酒を飲んでいて、その場で聞いた話を私に話したことがあります。『1★9★3★7』(辺見庸著　二〇一五年　金曜日刊——引用者注)にも出てきますけど、息子に母親を犯させたとか、父親に自分の娘を犯させようとして、やらなかったから刺し殺したとか、こういった話を父親から間接的に聞いたわけです。私がガードマンのアルバイトをしている時も、たまたま一緒になった年配の人が、中国で戦った話をするわけです。行軍中、仲間がばたばた倒れていく。舌を引きずり出して、つばをこすりつけ、少しでも水分を与えると立ち上がる。それでも立ち上がれない時は見捨てていったと。池や井戸には毒が入れられているから飲み水がなくて、ばたばたと死んでいくわけです。おそらく、そうやって溜まっていく怒りが、住民に向けられたんだろうと想像するわけですね。そういった体験を直接、間接に自分たちの世代はまだ聞けたんですよね。

沖縄の人たちが中国で何をしてきたか、ということを掘り起こさなければいけないと思いますよ。


更に、「加害と被害の二重性」に関する目取真俊のもう一つの発言を見てみよう。「風流無談」と題する「琉球新報」（二〇〇八年七月五日号）の連載に、目取真俊は次のような文章を寄せていた。


沖縄戦はけっして「ある日、海の向こうから戦がやってきた」のではない。そこに至る歴史を見れば、アジア各地の人々に対する沖縄人の加害責任の問題が問われる。

沖縄戦について考えるとき、日本軍による住民虐殺や「集団自決」の軍による命令・強制、米軍の住民への無差別的な攻撃など、沖縄人の戦争被害の実態を押さえることは、言うまでもなく大切なことである。しかし、同時に、沖縄戦はなぜ起こったのか、沖縄人はどのように「十五年戦争」に関わったのか、沖縄人の加害責任はどのようなものか、という問いと検証を忘れてはならない。

最近は沖縄人の加害責任を強調することで、沖縄戦の住民被害を相対化し、ひいては日本軍による住民への加害行為を曖昧にしようという動きも見られる。そのような政治的策動は論外だが、沖縄人の加害責任を私たちが自ら検証することは、沖縄戦をより広い視野からとらえ返す上で不可欠なことだろう。

もう一つ、「四年前の県知事選挙で、現職の大田昌秀知事が進めていた平和政策に対抗するため、泥縄式に作られた『選挙公約』である『沖縄平和賞』が、稲嶺恵一知事の任期切れを前にやっと第一回の受賞者を出した」という「沖縄平和賞」に関わる目取真俊の以下のような発言（「沖縄平和賞の虚実――必要な自己検証と反省」「沖縄タイムス」二〇〇二年八月二十五日号）は、沖縄がいかにアジア・太平洋諸地域に対して「加害責任」を持っているかを明らかにするものとして、沖縄文学や目取真俊文学を論じる者として看過できないものになっている。

日露戦争以降、沖縄人も皇軍兵士として銃を取り、アジア・太平洋地域の住民を殺戮していったはずである。それだけではない。植民地の役人や警察、教員、開拓移民として、日本帝国主義による支配の末端を担ったのではなかったか。あるいは、沖縄に強制連行されてきて労役を強いられ、軍夫や慰安婦とされた朝鮮の人たちに、沖縄人はどのような仕打ちをしたのか。平和の礎に親族の名を刻銘されることを拒否した韓国の遺族のことを、私たちはどれだけ考えたか。チョーシナー、タイワナー、フィリピナーという言葉は、私たちの中で今でも生き続けているのではないか。

正当／正統なアジア太平洋戦争における「加害―被害」関係に対する認識だと思うが、それとは別に、何故目取真俊はここまで徹底して先の中国大陸をはじめとするアジア各地における日本の侵略行為に伴う沖縄人の「加害」について追及しようとしているのだろうか。そこで思い出すのが、沖縄戦後文学の先達であった芥川賞作家大城立裕が、太平洋戦争下において沖縄県費生として中国侵略の文化的拠点であったと言われる東亜同文書院大学で学んだ体験を基にして書き下した『朝、上海に立ちつくす　小説東亜同文書院』（前出）のことである。この長編に示されていた大城立裕の戦争観及び大城自身の中国戦線における「加害者」意識の希薄さについては既に第一章で詳述したのでここでは繰り返さないが、『朝、上海に立ちつくす』を読んで目取真俊もまた大城立裕の「加害者」意識の希薄さに苛立っていたのではないか。「被害」ばかりを強調して「加害」のことを疎かにした戦争観では思想化されないというのは、ヒロシマ・ナガサキの惨劇をいかに捉えるかを典型的な事例として、戦後から今日まで教訓めいたものとしてよく言われてきたことだが、『朝、上海に立ち尽くす』の中国戦線におけるおのれ自身（沖縄人）の「加害者」意識の希薄さに苛立っていたからこそ、前記したようなアジア太平洋戦争における日本人（沖縄人）の「加害責任」について、目取真俊は言及したのだろう。

なお、目取真俊文学における二つの『風音』の重要性に着目しながら、村上陽子の論考「音の回帰――目取真俊『風音』」（『出来事の残響――原爆文学と沖縄文学』二〇一五年　インパクト出版会刊所収）にも、尾西康允の「『風音――死と性をめぐる記憶の葛藤』（『沖縄――記憶と告発の文学』二〇一九年　大月書店刊所収）にも、『長編・風音』に「藤野志保」とその夫達郎が登場する意味について、また達郎が中国戦線に従軍して帰還した後「別人のようになってしまった」ことについても全く論及していないのは、何故なのだろうか。更に付け加えれば、尾西康允の「目取真俊の描く支配と暴力」とのキャッチ・コピーが付された『沖縄――記憶と告発の文学』において、戦争における「加害―被害」の関係に関して生々しい言葉で言及している辺見庸と目取真俊の対談『沖縄と国家』に、何故触れていないのか、不思議に思うところである。

更に言えば、『長編・風音』に登場する「藤野」（死んだ特攻隊員「加納」の恋人）が海岸を散歩しながら口ずさむ「早春賦」について、目取真俊がエッセイ「『声を立てる』時が来る――早春賦の歌に」（「沖縄タイムス」二〇〇四年三月二日号）の中で、「早春賦」が一九一〇年に起こった天皇暗殺未遂事件である「大逆事件」の三年後に作られ、「社会変革をめざす当時の人々が、弾圧下に生きる自ずからの思いを込めて『早春賦』を歌っていた、という文章を目にした」と書いていたにもかかわらず、『長編・風音』における「早春賦」を意味について、村上陽子も尾西康允も、また他の『風を読む　水に書く――マイノリティー文学論』（二〇〇〇年　講談社刊）の川村湊をはじめ、先の大城貞俊も、また『眼の奥に突き立てられた言葉の森』（二〇一三年　晶文社刊）という目取真俊論を著した鈴木智之も触れていないのは何故なのか、ということもある。

〈3〉終わらない戦争（沖縄戦）3――『魂魄の道』

帯文に「沖縄戦の記憶をめぐる5つの物語」のキャッチフレーズを持つ最新刊の『魂魄《こんぱく》の道』（二〇二三年　影書房刊）には、表題作（「文學界」二〇一四年三月号）の他『露』（「三田文学」二〇一六年秋季号）、

『神ウナギ』（同　二〇一七年秋季号）、『闘魚《とーいゆー》』（「世界」二〇一九年一月号）、『斥候《せっこう》』（同　二〇二二年五月号）の五編が収められているが、結論を先に言ってしまえば、いずれの作品もこれまでの戦争文学や沖縄戦を描いた作品がほとんど取り上げてこなかった、戦争（沖縄戦）においては「被害者」であった者が実は他の「被害者」に対して「加害者」になってしまう酷薄な事実を、読者に突き付ける作品になっているということである。言葉を換えれば、目取真俊は『魂魄の道』以下の諸編で、何故沖縄戦が「終わらない戦争」なのか、沖縄戦における「加害と被害」の複雑な関係にさらに踏み込んで描くことで、読者に戦争の酷薄さ突き付けたということである。

例えば、「沖縄戦当時十八歳だった私は、沖縄島北部の村で父とともに農業をやっていた。同年代の多くの者が護郷隊に入るなか、私は体が大きかったせいか防衛隊に回され、中部戦線で米軍と正面から対峙する友軍の部隊と行動を共にし」ていた『魂魄の道』の語り手は、「南風原《はえばる》にあった陸軍病院壕から南部へ撤退するさなか」「艦砲弾の破片を側面から右膝の上に受け、病院壕に運び込まれる」が、南部への部隊の撤退と行を共にすることができず、一人で戦場を彷徨い歩いていた時、次のような経験をする。

殺して……。
そう聞こえた。他人のことなどかまうな。反射的にそう思った。数秒の間を置いて声は再びした。
殺して……。女の声は今にも消え入りそうだった。しかし、無視できぬほどの強い意志が伝わってくる。頭を起こし、目を開けてあたりを見回すと、照明弾の明かりに照らされ、四、五メートルほど離れた草むらに仰向けに倒れている若い女の姿が見えた。（中略）

殺してほしいのか？

遠くで絶え間なく上がる照明弾の光が、私を見つめる女の目に反射する。すぐにうなずくのかと思っていたら、女は右手を胸の前にあげ人差し指を立てて右に倒した。（中略）

殺して……。

女は前より力のこもった声で言い、ゆっくりと眼差しを指で示した方にやった。三メートルほど離れた草むらに、小さな人影があった。（中略）

殺して……。

女は譫言《うわごと》のように同じ言葉をくり返す。（中略）

殺していいのか？

女はうなずいた、ように見えた。右足を投げ出して座ると、腰のゴボウ剣を抜いて逆手に持ち、切っ先を幼児の胸骨の上に当てた。（中略）

殺すぞ。

女と自分に声をかけ、握りしめた剣の柄に体を乗せ、体重をあずけた。骨が折れ、切っ先が背中を貫いて地面に刺さる感触が掌に伝わる。その刹那、幼児の目が大きく見開かれた。（中略）

殺してやったぞ。

女はかすかにうなずいた、ように見えた。半開きの目は光を失われかけている。

女（母親）に懇願されたからとは言え、戦場を逃げ回り大怪我を負って力尽き倒れていた「私」は、避難民（被害者）の赤ん坊を刺し殺す。その後、「私」は膝の傷が悪化して洞窟《がま》で横たわっているところを米軍に捕まり収容所に入れられ、生き延びることができた。そんな語り手（私）は、戦後は戦時中の「忌まわしい思い出」を胸に秘め必死に生きてきたが、八十七歳になった今日、時折あの南部戦線での逃亡中に犯した出来事（幼児殺人）のことを思い出さざるを得ない。この被害者が加害者にならざるを得ない戦争の現実は、もちろん戦後生まれの目取真俊が実際に経験したことではない。沖縄戦の資料を読み、また沖縄戦の経験者から話を聞き、豊かな想像力と確かな思想によって目取真俊が創り上げた戦争物語、それが『魂魄の道』なのである。そして思うのは、いかに戦争が惨たらしい光景を人々の前に作り出すか、という酷薄な事実についてである。

「大学を卒業してからの半年の間、沖縄島北部の小さな港で荷揚げ作業のアルバイトをやった」で始まる『露』には、「熊本で初年兵教育を受けた時、上官から名前を聞かれ、宮城《みやぎ》であります、と答えたら、どういう字を書くのか、と訊く。お宮の宮に、お城の城であります、と答えたら、貴様、恐れ多くも宮城《きゅうじょう》という名字を名乗るとは何事か、と思いきりびんたを張られ、以来ヤマトゥンチューが大嫌いになった」、と日本人兵士の「沖縄人差別」について語った宮城さんが、中国戦線で「三光作戦」を行っていたことを語る場面が出てくる。

（何十キロという行軍を続けた後）そうやって《あんちしち》歩いて《あっち》、歩いて《あっち》、次の村に着《ち》きねー、なー収《うさ》まらんよ。わじわじーしちぶしがらん。シナ人を見つけしだい殺《くる》さんねー気がすまん、男《ゐきが》や逃げてぃ、年寄《とうしゆい》、女子、童《わらび》しか居らんてぃん、見境は《や》無《ねー》いらん、片っ端から皆殺してー。女子は強姦して、陰部《ぼー》んかい棒を突《ち》っ込《く》んでぃ蹴《き》り殺《くる》ち、童《わらびや》は母親の目《みーぬ》の前《めーじ》で切《き》り殺《くるち》し、足《びき》を摑まえてぃ振《ぶん》り巡《みぐ》らち頭を石で叩き割った者《もの》も居ったさ。泣ちゅぬ親《うやん》も強姦しち、家《やー》に火《びーち》着《き》けて《てぃ》生きたまま焼き殺《くるち》した《や》んてー。今考えりねー狂《ぶり》てぃ居《うい》りたんでぃる思《う》われ《まりー》しが、（中略）今《なま》やれー自分《どぅー》の国を侵略さってぃ、自分の村襲わりてぃ、シナ人の怒《わじ》るしや当たり前《めー》んでぃ思いしが、その時はやさやー、冷静にものも考えられぬ。我達《わったー》も沢山《ちやっきん》死んで居るから。戦場で水飲《みじぬ》まらぬ苦しさ、当たてーぬ人《ちゅー》しか分からんさ、これのどこが良い思いが？

沖縄島北部の港湾でアルバイトしていた時に聞いたこの「沖縄人差別」と沖縄人が中国戦線で行った「三光作戦」の話は、よほど目取真俊にとって印象深かったようで、時評集『ヤンバルの深き森と海より』所収の「沖縄の戦争体験」（「三田文学」二〇一七年夏季号）にも書いているし、辺見庸との対談『沖縄と国家』の「第三章　沖縄戦と天皇制」のところでも、大きく取り上げていた。恐らく、目取真俊にとって本土＝ヤマトで進行しつつあった「歴史修正主義」――沖縄との関係でこのことを象徴するのが、結果的には原告側（保守派）の敗訴で終わった「沖縄『集団自決』裁判」であった。繰り返すが、この二〇〇五年の夏に始まり二〇一一年春に終わった大江健三郎の『沖縄ノート』に記載された慶良間諸島の座間味島や渡嘉敷島で起こった「集団自決」の記述を「虚偽」と主張する原告側の訴えは、戦時中の日本軍および日本＝ヤマトの「沖縄差別」が戦後になってもずっと存続していたことを炙り出す結果になった――。

なお『魂魄の道』には、この「沖縄『集団自決』裁判」であからさまになった日本軍および日本＝ヤマトの「沖縄（人）差別」を象徴する慶良間諸島や座間味島における日本軍の強制による「集団自決」事件を逆手に取った『神ウナギ』（「三田文学」二〇一七年秋季号）という中編が収められている。『神ウナギ』の語り手「安里文安」は、出稼ぎにきた神奈川県の自動車工場近くで沖縄料理を看板にしている居酒屋に通ううち、忘れもしない父親を戦時中「米軍のスパイ」ということで斬殺した「赤崎隊長」（この「赤崎」名が「沖縄『集団自決』裁判」の原告である渡嘉敷島の守備隊長「赤松」と座間味島の同じく守備隊長「梅澤」とから借りてきたものであることは明白である）を目撃する。そして、いつか赤崎老人（元守備隊長）に「スパイ」の嫌疑を掛けられ斬殺された父親（勝栄）への「謝罪」を願おうと何度もその機会を窺う。しかし、沖縄戦における自分たちの「正義」を信じて戦後を生きてきた赤崎老人には文安の要求が理解できない。文安は、子供の頃に以下のような戦時下の日本軍の振る舞いを見ていた。

一九四四年の夏だった。村に友軍の部隊がやってきた。村に三つある国民学校の校舎が各部隊の本部や宿舎になった。教室だけで足りず、周辺の民家にも兵隊が数人ずつ寝泊まりしていた。授業

はほとんど行われなくなり、文安たちは連日、塹壕や防空壕掘り、農作業の手伝いに駆り出された。（中略）

子どもだから相手は油断する。間諜摘発に君たちが果たす役割は大きい。担任の教師はそう激励し、文安たちもその気になった。

防諜を徹底することは部隊が村に入った翌日、校庭に並んだ文安たちに、赤崎という隊長が強調したことだった。真新しい軍服に艶やかな軍靴、黒鞘の軍刀を吊った赤崎は演壇に上がると、文安たちは全身が硬直し、ため息をつきながらその姿に見入った。（中略）

赤崎隊長は、軍は死力を尽くして米軍の上陸を阻止すると言明し、島民も老若男女を問わず護国のために献身、奮闘することを求めた。文安たちも少国民として、自分の島を自分の手で守るよう叱咤された。（中略）

わが軍は必ず勝つ。米英連合軍を撃滅して、皇土を守り抜く。諸君も自分たちの生まれ育った郷土を守り抜け。この島は皇土防衛の前線である。赤崎はそう言うと、直立不動の姿勢をとった。

天皇陛下の大御心に従い、忠節を尽くせ。

赤崎隊長はそう締めくくって演壇を下りた。

そんな日本軍守備隊（赤崎隊長）が島民たちに行ったことと言えば、米軍と戦うではなく、島民から食料を調達し、「スパイ狩り」に精を出し、集落にとって「命の泉」である「産泉《うぶがー》」の主として住民から祟められていた「神ウナギ」を摑まえて食してしまうことであった。赤崎隊長らが行った「スパイ狩り」について、作者（目取真俊）は次のように書く。

その日、友軍に殺されたのは勝栄だけではなかった。村役場の兵事主任をしている嘉陽とその弟も夜、家から連れ出されて芋畑で斬殺されていた。その二日後にも、防衛隊から離れて家に戻っていた金城という教員が、深夜に友軍に連れ出され、銃剣で刺殺された。友軍は間諜と疑った者の名簿を作り、片っ端から捕まえて尋問し、殺そうとしている。そういう話が広がり、村の主だった男たちは夜になると家を出て逃げ回った。

こういう話を読むと、本土＝ヤマトに生まれ戦後の建前とは言いながら「平和と民主主義」思想の下で生きてきた日本人の私たちは、沖縄戦についてその実態をほとんど知らずに過ごしてきたんだな、と否が応でも思わないわけにはいかない。その意味で、戦後民主主義の申し子と言われながらも、若干三十五歳の若さで慶良間諸島（渡嘉敷島や座間味島）で戦時中に起こった日本軍の強制による「集団自決」の存在を指摘し、しかもその上で「集団自決」の裏側には明治初期の「琉球処分」（一八七九年）以降顕著となった沖縄への「差別」意識があると見抜き、そしてそれが日本軍の住民（沖縄人）に対する理不尽としか言いようがない「スパイ狩り」などという非人間な所業となって現れたことを糾弾した大江健三郎の『沖縄ノート』（一九七〇年刊）を前にして、私たちは改めて大江の慧眼について思い至らないわけにはいかない。
更に、『魂魄の道』所収の短中編から、沖縄戦に関わって被害者が加害者、加害者が被害者になる戦争の酷薄さを探るならば、日本軍に操られて上陸した米軍への協力者を同じ部落の住民から見つけ出す役目を嬉々としてやってしまった男の、戦後までずっと続いた苦悩（後悔・葛藤）を描いた『斥候』（「世界」二〇二二年五月号）という作品に、それは見事なまでに形象化されていると言っていいだろう。「金城勝造の死を知らせる電話が届いたのは二か月ほど前のことだった。電話の相手は国民学校の同級生で、護郷隊で一緒に戦った伊良波盛安だった」で始まる『斥候』は、語り手（勝昭）が「同級生で、護郷隊で一緒に戦った」金城の父親と共に、もう一人料亭の経営者で部落の中心人物とを「米軍の協力者」として山中に逃げた日本軍守備隊に報告し、その二人が処刑されるのを手伝ったというトラウマを抱えたまま、戦後を生き続けざるを得なかった者の苦悩をよく描き出している。勝昭は、ある日「沖縄戦の証言を集めた映像」を見て、次のような思いを抱く。

話が進むにつれ老女（亡くなった金城勝造の姉――引用者注）の口調は激しくなり、最後は吐き捨てるように、腐れ者が……、と言ってカメラを睨みつけた。その眼差しが自分に向けられているようで、勝昭は思わず胸を押さえた。動悸が収まらず、最後の一人の証言は耳に入らなかった。

上映が終わり、明かりがついた。
体調《あんまさる》が悪いの《あんな》？

妻が聞いた。無言のまま席を立ち、妻の車椅子を押して玄関に向かった。（中略）
友軍のスパイ……、密告……。
老女が発した言葉が胸の奥に突き刺さっていた。その目は今も怒りと憎しみに満ちていた。背中や首筋、脇腹を流れ続ける汗が気持ち悪かった。あの時、母が目にした光景の背後には、証言に出てきた理由（その実際は、勝造の父と料亭の経営者が米軍のジープの乗せてもらい勝造たちの遺体を山に探しに行ったのであった――引用者注）があった。勝造の姉からすれば、勝昭と母こそがスパイであり、密告者だった。（中略）
村にいた頃、母は勝造の姉が話した内容を知ったかもしれなかった。そう考えた時、自分よりも母の方がずっと苦しかったかもしれないと思い、母の最後の笑いとチラシの束を思い出した。どういう思いで母は、勝造の母や姉と接していたのか。それは語られることもなく、自分も聞こうとしなかった。燃えたチラシの黒い灰が風に舞う様が目に浮かんだ。そこに書かれていた言葉は今はもう思い出せなかった。
あんな戦争さえなければ……。
車いすを押しながら、胸の中でつぶやかずにはいられなかった。

ヒロシマを描いた漫画『はだしのゲン』（中沢啓二）に、「反戦」思想を持っていたゲンの父親が在郷軍人や隣組の面々から「非国民」呼ばわりされるという場面が出てくるが、戦争（戦時下）の恐ろしさは、戦場に駆り出された将兵が「狂気」としか思えない振る舞いを平気で行うということもあるが、それと同じ程度に封建遺制の残存する共同体（生活空間）を「分断」し、そこで生きる普通の人々＝庶民を疑心暗鬼（相互不信）に陥らせ、共同体を破壊してしまうところにもあった。目取真俊が『斥候』において描き出したのは、まさにそのような戦争が普通の人々（住民・庶民）の心に深い傷を刻み、生涯にわたって苦しみをもたらす事実であった。

さらに目取真俊は語られなかった戦争（沖縄戦）体験に関して、『沖縄「戦後」ゼロ年』の中で、次のように書いていた。

語られなかったことは、誰かの目撃例を除けば、証言として残りません。しかし、私達はそのような語られなかった言葉、沈黙の奥にある言葉に耳をすます努力をしなければならないと思います。米軍の捕虜になるよりは、とみずからの肉親の手をかけた人。傷つき、衰弱して動けなくなった肉親や友人を見捨てなければならなかった人。泣き止まない赤ん坊をまわりの脅しで窒息《ちっそく》させた人。日本兵や米兵の性暴力にさらされた人。沖縄戦の中で、人に語れない体験をした人達が数知れずいます。そして、死者は何も語らないし、絶対の沈黙のかなたに置かれています。せめて、彼らがどう生き、どのように死んでいったかを知ることで、彼らの語られなかった言葉を考え続けることが大切だと思います。

目取真俊は、使命感を持って、沖縄戦の死者たち、あるいは生き残った人たちの「口寄せ（イタコ）＝代弁者」になろうとしてきたのではないだろうか。言うまでもなく、そのような使命感を持って小説やエッセイ・評論を書き続けることがいかに困難を伴うことであるか、それは例えば『沖縄文学選――日本文学のエッジからの問い』（高橋敏夫・岡本恵徳編　二〇〇三年　勉誠出版刊）の「第二部　アメリカ統治下の沖縄文学」所収の『カクテル・パーティー』（大城立裕　一九六七年）以下、「第四部　沖縄文学の挑戦（九〇年代以降の沖縄文学）」所収の『風水譚』（崎山多美　一九九七年）などの作品、及び「巻末付録　沖縄文学略年表」を見れば、それはよくわかる。そこに収録された「沖縄文学」はそれぞれすぐれた作品と書き手だと思うが、残念ながら目取真俊のような「戦争（沖縄戦）」を描くことへの執拗さは無いように思われる。

では、何故目取真俊は『魂魄の道』所収の二〇一〇年代半ばに書いた諸編で、加害者が被害者になり、被害者が加害者となった沖縄戦の実際を描き出そうとしたのか。その理由として一つ考えられるのは、沖縄戦を描いた先行する例えば大城立裕の『亀甲墓』、あるいは渡嘉敷島の「集団自決」を描いた『神島』をはじめ、又吉栄喜の沖縄戦と朝鮮人との戦後の関係を描いた『ギンネム屋敷』や『収骨』、さらには大城貞俊の『慶良間や見いゆしが』（この作家の「甘い認識」については、すでに指摘した）などが「沖縄戦の現実（本質）」を描き出していないのではないか、といった「不満」が目取真俊の胸内に湧出し続けてきたということがあるのではないか。辺見庸との対談『沖縄と国家』の「第三章　沖縄戦と天皇制」の「同化と上意下達の強制」の項に、次のような目取真俊の発言がある。

座間味島とか慶良間諸島では、「集団自決」が起こってますけど、現地に駐留した日本軍の部隊の命令、強制だけじゃなくして、地域の在郷軍人が果たした役割も大きいわけです。教師や村長、兵事主任など村のリーダーが軍に協力して、住民を組織化したわけです。座間味島で生き残った梅澤と言う隊長が、岩波書店と大江健三郎さんを訴えた裁判がありました。毎回大阪まで傍聴に行ったのですが、梅澤隊長の下で働いていた村の兵事主任が、日本軍と住民の間をとりもって「集団自決」に導く中心人物になった。彼も久留米の師団から中国戦線に行き戻ってきたという。とうぜん、軍人精神をたたき込まれている。上官の命令に忠実に従うのが当たり前なわけだから、梅澤隊長の下にいて、いろいろ命令を受けるわけですよ。中国戦線で戦った沖縄の男たちが村に帰って在郷軍人となり、沖縄戦で駆り出されて日本軍との協力体制を作る。その構造の中で、当時は玉砕と言われた「集団自決」、強制集団死が起こっているんですね。日本軍の命令や指揮、軍とのかかわりがないところで、住民が勝手に考えた行動ではないわけですよ。生き残った人、家族に手をかけた人は、心の奥に深い傷を隠して生きざるを得なかった。慶良間諸島の戦争は、沖縄戦の中でもたいへんきつい体験として、取材することもなかなかできなかった。

もう一つ、目取真俊が『魂魄の道』所収の諸編を書いた理由を推測すれば、本土＝ヤマトの保守派の政治家（例えば故安倍晋三）や言論人（同じく石原慎太郎や桜井よし子）らが、先のアジア太平洋戦争における日本帝国主義の侵略性を否定する「南京大虐殺は幻である」とか「強制連行された朝鮮人従軍慰安婦はいなかった」等々を盛んに公言する「歴史修正主義」者が跋扈していることに対して、日本＝ヤマトの反応が余りに「鈍い」ことに苛立ちを覚えたからではなかったか。特に、沖縄（人）も本土人と同じようにアジア太平洋の「被害者」であったが、中国や朝鮮、アジア諸地域に対しては「加害者」であったという目取真俊の冷厳な歴史認識、これは先にも指摘したように『朝、上海に立ちつくす――小説東亜同文書院』で戦時下（青春時代）の中国体験を書いた大城立裕にもなかったものであった。

〈4〉「反日本（ヤマト）・反天皇制」の彼方へ――『平和通りと名付けられた街を歩いて』論

沖縄文学や沖縄の作家たちを論じる研究者や批評家が暗黙の裡に避けてきたのではないかと思われることに、日本（ヤマト）の「沖縄差別」をより具体的に描いた作品の意味するものと、その「沖縄差別」と深い関係がある沖縄人が潜在的に抱いてきた「反日本」意識を言語化することへの言及がある。更に言えば、そのような沖縄人の感情の根っこにある本土＝ヤマトでも「タブー」となりつつ「反天皇制」についての議論である。そんな沖縄人の「反日本」意識、あるいは「反天皇制」意識について、臆することなく繰り返し言及してきたのが、『沖縄「戦後」ゼロ年』や辺見庸との対談『沖縄と国家』を著した目取真俊である。例えば、『沖縄「戦後」ゼロ年』の「第一部　沖縄戦と基地問題を考える」の「Ⅱ　私にとっての沖縄戦」において、目取真俊の父親は目取真が子供の頃「教育は人間の心をどうにでも変えることができる。子ども達には平和教育をしっかりやって、永遠に戦争のない国にしてほしい」と言っていたと書いた後、天皇（昭和天皇）に対して次のような「不快感」を示したことがあった、と記す。

天皇に対して父が、不快感を口にしたことがあります。あるとき、父と一緒にテレビを見ていたのですが、天皇誕生日の映像が流れ、祝いの参賀に訪れた人々に昭和天皇が防弾ガラスの向こうから「祝ってくれて、ありがとう」と言いました。「ございますんでぃ言え（ございますと言え）」といきなり父が言ったので驚くと、「くったーや国民かい向かてぃや絶対に、ございますでぃ言らんどーやー（こやつらは国民に向かっては絶対に、ございますとは言わないよな）」と苛立たしげに言っていました。

天皇の使う日本語に敬語はありません。敬語の体系の頂点にいるから、国民に向かって、「ありがとう」とは言っても、「ありがとうございます」と言わない。そのことを知った上で、父は不快感を露わにしていました。

戦争中、自分達は天皇のために死のうと本気で思っていた。同時に、もし日本が戦争に負けることがあったら、天皇も軍の指導者も自決すると信じていた、と父は話していました。しかし、昭和天皇も軍の指導者の大半も、自決しないで生き延びた。自分が天皇のために命をかけて戦い、天皇のために命を落とした仲間もいるのに、彼らは生き延びた。天皇は誰のために生き延びることができたのか。自分のために死んでいった国民、自分を生かしてくれた国民に、天皇は敬意を持って「ございます」とどうして言えないのか。そういう怒りや苛立ちを父は抱いていたのだと思います。

このような目取真俊の父親に代表される沖縄人の「反天皇」意識を小説として形象化したのが『平和通りと名付けられた街を歩いて』（「新沖縄文学」一九八六年　第十一回新沖縄文学賞受賞）であった、と言っていいだろう。この作品に対する目取真俊の「思い入れ」は相当なものであったと言ってよく、『沖縄「戦後」ゼロ年』にはこの作品がどのような意図で書かれたものか、なまじの解説など不必要なほど、作品の背景などを含めて詳細に説明がなされていた。

『平和通りと名付けられた街を歩いて』は一九八六年に書いた小説ですが、その基になったエピソードの一つは、先に挙げた親戚のおばあさんの話（認知症となり徘徊するようになったおばあさんは、探しに来た家族の者に「ぴーたいぬすんど〈兵隊が来るぞ〉」と言って畑で怯えていたという――引用者注）です。認知症になった老女が那覇市の平和通りを徘徊していて、孫のマサシが見つけて近寄ると逃げ出します。桜坂の坂道を上り、公園の木の影に隠れた老女ウタは、「静かに。兵隊《ぴーたい》ぬ来《す》んど」と怯え失禁します。そのような形で、老女の心の底にある沖縄戦の記憶を描いています。

小説の舞台に平和通りを選んだのは、戦争で夫を失った女性達が、魚や野菜、日用雑貨を売って

金を稼ぎ、子どもを育てたという話を聞いたことがあり、そういう女性達が平和通りにもいただろう、と思ったからです。（中略）

小説の主人公であるウタは、その平和通りで商売をやって子どもを育て、今は認知症になって徘徊を繰り返し、通りの人達に迷惑がられています。そのウタを親のように慕っているフミという魚売りの女性がいます。ウタへの強い思いを抱く彼女は、ウタの体験が自分の体験であったかのように思うくらい、戦争体験を共有しています。フミが想い出すその体験は、私が父方の祖母から聞いた話をほとんどそのまま使っています。

さらに、目取真俊は『平和通りと名付けられた街を歩いて』には、次のような「もう一つのモチーフ」があったと断じる。

『平和通りと名付けられた街を歩いて』という小説は、このような沖縄戦の問題とあわせて、現在の天皇である昭仁（現在は「上皇」――引用者注）の皇太子時代の来沖問題を扱っています。いままでも天皇をはじめとした「皇族」が来沖するたびに過剰警備が問題となりますが、一九八三年の献血推進運動全国大会で皇太子が来沖した際には、「精神障害者は表に出すな」という差別意識丸出しの指示が警備当局から出されました。この小説はそのような社会状況を背景にして書かれています。皇太子来沖の様子をテレビや新聞で見ながら、沖縄戦と昭和天皇、皇族の戦争責任を不問に付すことはできないと私は考えていました。

沖縄では一九七五年の国際海洋博覧会のときに、皇太子昭仁が来沖して、ひめゆりの塔で火炎瓶を投げられるということがありました。そのような激しい反天皇感情や行動に怖じ気づいたのか、あるいは、みずからの地位を守るために十万余の沖縄人を死なせた責任を問われるのが嫌だったのか、「日本復帰」後も昭和天皇が沖縄に来ることはありませんでした。

「反天皇制」小説の白眉とも言っていい『平和通りと名付けられた街を歩いて』の骨格は、以上のような二つの引用でほとんど言い尽くされているのではないかと考えるが、目取真俊がいかに優れた小説の書き手かを証明する描写を「反天皇制」思想の表現という観点から本文に探ると、以下の二点に集約される。

（その1）男（刑事――引用者注）は興奮したフミの矛先を逸らすように、傍らで仕事をしている振りをして二人の会話に耳をそばだてている他の魚売りの女たちに呼びかけた。

「おばさんたちもほら、美智子妃殿下は好きでしょう。あんなきれいな美智子妃殿下に何かあったりしたら、沖縄の恥ですよ」

「何て、あんた私たちがミ、チ、コ、ヒ、デ、ン、カ、に何かするとでも言うのね？」

フミはいまにも摑みかからんばかりにたらいの上に身を乗りだす。

「いえ、まさかおばさんたちがそんなことをするとは言いませんよ。私が心配しているのはですね。ほら前の海洋博の時に、ひめゆりの塔で皇太子殿下と美智子妃殿下に火炎ビンが投げられて、やがて大変しよったことありましたでしょう。沖縄にはおばさんなんかと違って悪考《やな》えする人たちもいますからね。もしかしてですよ、そういう連中がおばさんたちのその包丁奪ってですよ、突っかかったりなんかしたらですね……」

フミは唖然とした。

「いやー如《ぐと》くーる者《むん》や、何て」

あまりの話の馬鹿らしさに怒りが込みあげて、思わずまな板の上の刺身包丁を振り上げると、男は「うわっ」と尻餅をついて両手で顔を守った。傍らの女たちが急いでフミを押さえ、なだめすかす。フミは包丁を金だらいの中に投げ捨てて、鼻でせせら笑った。

「フン、狂《ふ》り物《むぬ》言いばかりして、そんなことを言うんだったら、那覇中の包丁みんな警察に持っていって金庫に入れて番しときなさい」（傍点原文）

ここには、戦後の「象徴天皇制」が戦前の「絶対主義天皇制＝現人神」信仰に変じてきたことに対する根強い作者の「不満」と、そのような天皇制を許容してきた本土＝ヤマト（沖縄人を含むと考えていいだろう）への「不信」が露わになっていると言えるだろう。つまり、『平和通りと名付けられた街を歩いて』が一九八六年の作であることを考えると、戦後四十年余りのうちに沖縄を含む日本＝ヤマト全体で「象徴天皇制」が変質してきた現実を、目取真俊はこの作品で撃とうとしていたということである。もちろんその裏側には、沖縄が歴史的に見て「本土＝ヤマト」とは「異なる」ものであったとする確固たる目取真俊の歴史認識があったと考えるべきである。だからこそ、次のようなことも『平和通りと名付けられた街を歩いて』には書き込めることができたのだと思われる。

（その２）「おばー」

それはウタだった。車のドアに体当たりし、二人の前のガラスを平手で音高く叩いている、白と銀の髪を振り乱した猿のような老女はウタだった。前後の車から屈強な男たちが飛び出し、ウタを引きはがすと、あっという間に皇太子夫婦の乗った車をとり囲んで身構えた。路上に投げ出され、帯がはだけて着物の前もはだけたウタの上に、サファリジャケットの男やさっき公園でラジオを聴いていた浮浪者風の男が襲いかかる。両側から腕をとられながらも、ウタは老女とは思えない力で暴れまくる。カジュは口から血と涎を流して立ちつくし、泣き喚きながら抵抗するウタを見た。蛙のようにひろげてバタバタさせている肉のそげた足の奥に、黄褐色の汚物にまみれた薄い陰毛があり、赤くただれた性器があった。

「あがー」

サファリジャケットの男が、手の甲を嚙みつかれて悲鳴を上げた。アスファルトに落ちた入れ歯が踏み砕かれる。ウタは男にしがみついて放そうとしない。男の拳がウタの顔を打つ。

「ウタ姐さんに何するね」
制止する警官を振りほどいて、フミが刑事どもに体当たりを喰らわせる。フミの力強い怒号やけたたましい悲鳴があたりを揺るがせ、くもった空に一直線に放たれた火の矢のように人垣の中で高らかに指笛が上がる。同時にカジュの背後で目の前の混乱とは不似合いな淫靡な笑いが漏れた。それは低いささやきの胞子をまき散らし、たちまちあたりに感染していく。誰かが車を指差す。停車していた二人の乗った車があわてて発進する。カジュは、笑い顔をつくることも忘れて、怯えたようにウタを見ている二人の顔の前に、二つの黄褐色の手形があるのに気付いた。それは二人の頬にぺったりと張り付いたようだった。人々の失笑を不審に思ったのか。助手席に居た老人がスピードの落ちた車から降りると窓を見て青ざめ、大あわてでハンカチで窓を拭いた。

長い引用になったが、ここには先の引用と合わせて、目取真俊の沖縄戦や天皇制に関する思いのたけが表現されていると言っていいだろう。換言すれば、『平和通りと名付けられた街を歩いて』は、反体制デモの民衆が皇居に乱入して昭和天皇はじめ皇族らを殺傷する話を「夢の話」として書いた深沢七郎の『風流夢譚』(一九六〇年)や、「天皇暗殺」の可能性を問うた小説を発表したことによって出版社ともども右翼から「不敬である」として攻撃された桐山襲の『パルチザン伝説』(一九八三年)とはいささか異なり、目取真俊自身のものはや「怨念」とも言っていい「反天皇制」思想を、主要な登場人物「ウタ」の言動が象徴するような沖縄人独特の「ユーモア」や「したたかさ」に託して表現したものということになる。

ところで、不思議なことに、本土＝ヤマトにおける目取真俊文学の研究者、例えば「原爆文学と沖縄文学」という副題を持つ『出来事の残響』（二〇一五年　インパクト出版会刊）で、精密な『風音』分析を行った村上陽子からも、また「目取真俊の描く支配と暴力」との副題を持つ『沖縄──記憶と告発の文学』（二〇一九年　大月書店刊）で『水滴』や『風音』などの目取真俊の主要な作品を分析・批評した尾西康充からも、彼らの論文や著書から目取真俊の「反天皇制」思想についての論評を見つけることはできないことである。さらに言えば、目取真俊自身が『沖縄「戦後」ゼロ年』の「第一部　沖縄戦と基地問題を考える」で、次のように書いているにもかかわらず、である。

大学に入って沖縄基地の実態を目にして、そこからあらためて両親や祖父母から聞いた沖縄戦の問題を考えるようになったこともあり、それを基にしていくつか小説を書きました。

大学一年の時に、大学祭で国文科の同級生で文集を出そうという話が持ち上がって、『うた』という十六枚の短編小説を書いて載せました。私がきちんと書いた初めての小説です。その中で先に記した、鉄血勤皇隊に動員される前に父が家に帰され、爪と髪を切って祖母に渡したことや、祖母が「行くな」と止めたことなどを小説の場面として使っています。

その頃から、漠然とした形であれ、小説を書くことを通して沖縄戦のことを考えてみようという考えがあったのだと思います。その後も『平和通りと名付けられた街を歩いて』や『風音《ふうおん》』など、沖縄戦とそれがもたらした人々への影響、記憶の問題などを小説に書きました。

まさか文学研究者や批評家までが昨今その強度を高めてきた「天皇（制）タブー」を過度に意識したというわけではないだろうが、目取真俊の「反ヤマト・反天皇制」思想の裏側に、連合国による日本占領が始まって二年経った一九四七年九月十九日、新しく制定された日本国憲法の下で「象徴」となって何の権限も持たなくなったはずの昭和天皇が、沖縄の軍事占領に関して以下のようなメッセージを連合国最高司令官ダグラス・マッカーサーに伝えたという事実があり、そのような昭和天皇の言葉＝考え方に対する「消せない怒り」が存在してしたこと――そのことは辺見庸との対談『沖縄と国家』の「第三章　沖縄戦と天皇制」に明確に語られている――は、明白である。

（一）　米国による琉球諸島の軍事占領の継続を望む。
（二）　上記（一）の占領は、日本の主権を残したままで長期租借によるべき。
（三）　上記（一）の手続きは、米国と日本の二国間条約によるべき。

なお、この「天皇メッセージ」と戦後の天皇制に関して、目取真俊が以下のように語っていることも、忘れてはならない。

近衛上奏文――敗戦の年（一九四五年）の二月十四日に、日中戦争が始まったときの総理大臣であった近衛文麿が、「敗戦は遺憾ながらもはや必至なり。故に、国体護持の建前より最も憂うべきは、敗戦よりも、敗戦に伴って起こることあるべき共産革命に候」といった主旨のことを昭和天皇に進言した文章――の問題は、三十年近く前に、沖縄のテレビが「遅すぎた聖断」というドキュメンタリー番組をつくって取り上げていました。戦後の天皇メッセージの問題も含めて、昭和天皇が戦後の米軍統治で果たした役割はずっと問題にされてきましたから、沖縄では割と多くの人が知っていると思うんですね。天皇昭仁は外間守善という法政大学の教授から琉歌を習ったりして、沖縄に深く関わってきた。父親に代わって沖縄に対する贖罪意識を前面に出してきたと思います。秋篠宮もよく沖縄に来ている。これに対して好意的な沖縄の人は多いと思いますよ。そして搦め捕らわれている。沖縄を日本の中に組み込んで、うまく丸め込んでいくのも天皇制のひとつの力です。

そもそも沖縄は一八七九年に「琉球処分」という形で武力併合された地域です。日本が近代で新たに手に入れた領土なわけですよ。元々は琉球国なわけですから。韓国や台湾といっしょで、歴史的にみても天皇がかかわり始めたのは明治以降です。江戸時代は薩摩の支配下にあったといっても、天皇が沖縄に影響を及ぼしたわけではない。ましてやそれ以前の時代なんて全く関係ないわけですからね。にもかかわらず、最初から沖縄が日本の中に位置づけられていて、あたかも日本人として共通の歴史を持っているかのような幻想を作り出すための装置として、天皇はうまく使われていますよ。現代でも。日本人という一体感をつくりだすために。

さらに、「初めて靖国神社に行ったのは、二年前の八月十五日だった。その二日前に宜野湾市の沖縄国際大学に米軍のヘリコプターが墜落し、爆発炎上するという事故が起こっていた」で始まる「天皇陛下万歳！　感傷で覆い隠す呪詛の声」（「週刊金曜日」二〇〇六年八月十一日号）の次のような後半の文章にこそ、目取真俊の「反戦・反天皇制」の思いが集約されていたと読むべきであろう。

軍服を着て行進している老人や茶店で酒を飲みながら『海ゆかば』を合唱して涙ぐんでいる老人たち。「大東亜戦争」を賛美してやまない遊就館。どこを見てもナルシシズムに浸りきった有り様が気持ち悪くてならなかった。（中略）

しかし、米軍の砲弾に吹き飛ばされ、火炎放射器で焼かれ、手榴弾や日本刀で自決を試みたもののすぐに死ねずにのたうち回り、暗い壕の中で血と糞小便にまみれ、ウジ虫に食われたあげくに置き去りにされ、青酸カリを飲まされる。そうやって沖縄戦で死んでいった日本兵たちが、靖国神社に祀られて浮かばれているだろうか。

沖縄に限らず、サイパンで、ガダルカナルで、インパールで、飢えと病気で死んでいった皇軍兵士たちの無残な死を「玉砕」という言葉で美化し、靖国神社の桜の花の下で会おうと感傷で覆い隠す。だが、実際の戦場での死がそんなきれい事で片づけられるはずがない。桜の木の下には死体が埋まっている。だからあんなに狂ったように美しく咲くのだ。そんな言葉を思い出せば、天皇を呪《じゅ》詛《そ》する声が木々の根本から聞こえてきそうだ。
天皇陛下万罪！という声が。（傍点引用者）

あの無謀なアジア太平洋戦争の最高責任者である「昭和天皇」には、「万死に値する罪がある」とするという言葉（考え）は、戦後間もなくの頃あちこちのメディアで見られたものであるが、近ごろではとんと見かけなくなった。時代が変わったのか、それとも人間が変わったのか。「天皇陛下万罪！」には、目取真俊の「本音」が透けて見える。

〈5〉刻印された反軍・反米軍（基地）の思想

目取真俊が文筆活動と並行して沖縄島北部のヤンバルの森「高江」に建設された「ヘリパッド（オスプレイの訓練基地）」建設や、普天間基地の返還と引き換えに名護市辺野古沖に建設中の米軍新基地に、文字通り身体を張って「反対」し続けてきたことは、『ヤンバルの深き森と海より』所収の二〇〇六年から二〇一九年までに書いた「時評」類、あるいは『沖縄「戦後」ゼロ年』の例えば「第一部　沖縄戦と基地問題を考える」の「Ⅳ　基地問題」などを読めば、目取真俊のその「反軍・反基地」思想――この「反軍・反基地」には一九四五年以来ずっと沖縄を占領し続けてきた米軍だけでなく、一九七二年の「本土復帰」以来日米安全保障条約の下南西諸島中心に着々と基地を整備拡充してきた自衛隊も含まれていることを忘れてはならない——がどこから生まれてきたのかがすぐに理解できる。例えば、目取真俊は沖縄における米軍の在り様を次のような本土＝ヤマトの人間がほとんど経験することのない体験をすることで、その「反軍・反基地思想」がおのれの身体に刻印されてきたことを、記している。

封鎖された県道一〇四号線に早朝から座り込んでいると、八時過ぎに榴弾砲の発射音が聞こえだし、自分の頭の上を、しゅるしゅると音を立てて実弾が飛んでいきます。数秒後に着弾地の山に土煙が上がり、ががーんという音と振動が地面を通して体にまで響く。そのときはじめて、実弾が飛ぶ下にいるという体験をしました。砲弾が空気を切って飛んでいくしゅるしゅるという音が、今もはっきり残っています。何とも薄気味の悪い音です。

何十回と繰り返される砲音と頭上を飛ぶ実弾の音を聞いていると、父や母の戦争体験を思い出さずにはいられませんでした。艦砲射撃や空襲の中を逃げまどった戦争体験者の味わった恐怖が、私のそれと比較にならないのは言うまでもありません。ただ、そうやって実弾の飛ぶ音を聞き、今でも戦争さながらの演習が行われているのを目にすることによって、沖縄戦について改めて考えていく契機となりました。

沖縄戦とは何だったのか、それはなぜ起こり、そこでは何が行われたのか。戦争によって沖縄が米軍に占領され、今もこうして軍事演習が行われている。果たして戦争は、占領は終わったと言えるのか。今でも形を変えて、戦争も占領も続いているのではないか。自分の中で湧き上がってくるそのような問いについて考えていくことを、学生時代に行っていました。

ここでいう基地問題には、米軍だけでなく自衛隊基地も含まれます。（「米軍演習の実態を見る」『沖縄「戦後」ゼロ年』）

さらに、同じ本の「生活の中の米軍基地」の中で、目取真俊は次のように記していた。


一九八八年に短期間ですが、名護市の辺野古にある中学校で補充教員をやりました。辺野古にアパートを借りて生活すると、それまで暮らした今帰仁や那覇、宜野湾との違いに驚きの連続でした。キャンプ・シュワブという海兵隊基地のすぐそばにアパートがありましたが、朝六時頃になると基地の松林の向こうからジョギングする兵士達の独特のリズムのかけ声が聞こえてきます。

そうやって一日が始まり、学校に行くと朝礼をやっているグランドに、射撃訓練の銃声が聞こえてきます。それは授業中も続いて、時々は戦車が移動しながら砲撃するキャタピラの音や砲撃音も聞こえてきました。かなりうるさい音なのですが、驚いている私に生徒達は「いつもこんなだよ」と言って平気な様子で、慣れてしまっていました。

今はどうか知りませんが、当時はヘリコプターに大砲や数人の兵士をロープでぶら下げて移動する訓練をやっていました。アパートの窓から外を眺めていて、目の前をヘリに吊り下げられた米兵が横切っていくのを目にしたときには唖然としました。

これらの引用文で目取真俊が問うているのは、米軍基地（あるいは自衛隊基地）が自分たちの「生活圏」に隣接していることから生じる「苦」を、一九四五年の六月（沖縄戦が終結した時）以来ずっと受け入れて来ざるを得なかった沖縄（人）は、何処にその「不満・憤懣」をぶつければいいのか、そしてそのような内在化した「苛立ち」が向かう先は、そんな米軍の訓練基地（前線基地・兵站基地）と化した沖縄を保守政治家と一緒になって受け入れてきた、つまり日米安保条約とそれに付随する日米地位協定を当たり前のように受け入れ、米軍の存在を「必要不可欠」な存在として許容・認知してきた本土＝ヤマトの日本人の在り様について、である。具体的には、例えば沖縄県が「米軍基地に起因する事件や事故について教えてください」という質問に対する次のような少し古い「答え」について、私たちはどう受け止めるべきなのか、そのことを目取真俊は先の引用で読者に突き付けているということである。

一歩間違えば人命、財産にかかわる重大な事故につながりかねない航空機関連の事故は、沖縄の本土復帰（昭和四十七年）から平成二十八年末までの間に七〇九件発生しています。

昭和三十四年（一九五九年）には、沖縄本島中部の石川市（現うるま市）にある宮森小学校に米軍戦闘機が墜落し、一一人の児童を含む一七人が死亡、二一〇人の重軽傷者を出しました。また、平成十六年（二〇〇四年）八月には、米海兵隊所属の大型ヘリコプターが沖縄国際大学の本館建物に接触し、墜落、炎上しました。そして、平成二十八年十二月には、県民が配備に強く反対してきたオスプレイが、名護市の集落の近くに墜落しました。

また、米軍人・軍属等による刑法犯罪は、復帰（昭和四十七年）から平成二十八年末までの間に五九一九件発生し、うち殺人・強盗・強姦などの凶悪犯が五七六件となっています。平成七年（一九九五年）には、小学生の少女が米兵三人に暴行される事件が発生し、敗戦から半世紀、基地被害と米兵の犯罪に苦しんできた沖縄県民の怒りが爆発しました。そして、平成二十八年にも、女性が遺体で発見された事件で、米軍属の男が死体遺棄、強姦致死及び殺人の容疑で逮捕・起訴され、県民の強い憤りが再燃しました。国土面積の約〇・六％しかない沖縄県に、全国の米軍専用施設面積の約七〇・六％に及ぶ広大な米軍基地があるがゆえに、長年にわたり事件・事故が繰り返されています。沖縄県としては、引き続き日米両政府に対し、米軍基地の整理縮小や日米地位協定の見直しなど、過重な基地負担の軽減を求めていきたいと考えています。（沖縄県の「報告」）

まさに「戦後」に始まった「占領」が現在もなお続いている沖縄にあって、一人の作家として何ができるのか。目取真俊が用意したその「答」の一つが、「朝日新聞」に連載した『コザ／『街物語』より』の一つ『希望』（一九九九年六月二十六日号掲載）なのではないか。「六時のニュースのトップは、コザの市街地からさほど離れていない森の中で、行方不明になっていた米兵の幼児が死体で発見されたというものだった」で始まるこの掌編には、**「今オキナワに必要なのは、数千人のデモでもなければ、数万人の集会でもなく、一人のアメリカ人の幼児の死なのだ」**（ゴシック原文）という声明文を新聞社に送った（と思しき）人物の、目取真俊の思想をあたかも代弁しているかのように見える次のような「基地の町・沖縄」に対する「呪詛」が書き付けられている。

ヘリから撮影された森とコザ市街の映像の後に、県知事や日米の政府高官のコメントが続く、いたいけな幼児を狙った犯行への怒りと憎しみ。笑いをこらえてカレーライスを口に運ぶ。高ぶった口調の裏にある憔悴《しょうすい》や戸惑いを隠せはしない。奴らは従順で腑抜けな沖縄人がこういう手を使うとは、考えたこともなかったのだ。反戦だの反基地だの言ったところで、せいぜいが集会を開き、お行儀のいいデモをやってお茶を濁すだけのおとなしい民族。左翼や過激派といったところで実害のないゲリラをやるのがせいぜいで、要人へのテロや誘拐をやるわけでもなければ、銃で武装するわけでもない。軍用地料だの補助金だの基地がひり落とす糞のような金に群がる蛆虫のような沖縄人。平和を愛する癒しの島。反吐《へど》が出る。

この後、「犯人」は一九九五年九月四日に起こった「米兵三人による十二歳処女暴行殺害事件」に抗議して八万人余りの人が集まった宜野湾市の海浜公園で、ガソリンをかぶって焼身自殺する。そして、この掌編『希望』について、『沖縄と国家』の中で「今や、沖縄はどうか知らないけれど、ヤマトゥは怒りも憤りも、たぶん恥や記憶さえなくしています。安保に本気で反対する層というのは、ホンドの、〇・一%もいないんじゃないかと思うんですよ。本気で反対するというのは、身を賭すというか、大変なことです。無傷じゃできない」と断じた対談相手の辺見庸は、「文芸史上でも思想史上でも衝撃的な作品です」と高く評価している。その理由は、高村光太郎が米軍沖縄上陸に際して一九四五年四月二日「朝日新聞」に発表した詩『琉球決戦』の一部を引いた後に書いた、次のような日本＝ヤマトの「精神風土」を批判した文章に明らかにされていると言っていいだろう。

琉球やまことに日本の頸動脈、
万事ここにかかり万端ここに経絡す。
琉球を守れ、琉球に於て勝て。
全日本の全日本人よ。琉球のために全力をあげよ。
敵すでに犠牲を惜しまず、
これ吾が神機の到来なり。
全日本の全日本人よ、
起《た》って琉球に血液を送れ。
ああ恩納《おんな》ナビの末孫熱血の同胞等よ、
蒲葵《くば》の葉かげに身を伏して

弾雨を凌ぎ兵火を抑え、
猛然出でて賊敵を誅戮《ちゆうりく》し尽せよ。

全日本の全日本人よ、これもまた、残酷無比な「なんちゃって詩」であったことはその後の歴史がよくおしえているにもかかわらず、全日本の全日本人は、ここからなにをまなんだというのだろうか。対談のさいちゅうに、わたしはそのようなことも、くさぐさかんがえた。「熱血の同胞等」に「猛然出でて賊敵を誅戮し尽せよ」と呼号した先達らは、一方で、ホンドに「絶対禁忌圏」とでも言うべき、すめろぎとその一族の、ただたんに生物の類型でしかないつまらぬ肉体と精神を、仮構の聖域に閉じ込めて祭りあげて利用する時空間を、戦後もいっかんしてこしらえ維持しつづけた。

If I were you……ここにどうしても赦しがたく、いかがわしい、思考の凝《こご》りをみるだろう。

なお、『琉球決戦』は辺見庸が引いた詩行の前に「神聖オモロ草子の国琉球、／つひに大東亜戦最大の決戦場となる。／敵は獅子の一撃を期して総力を集め、／この珠玉の島うるはしの山原谷茶《やんばるたんちゃ》／万《まん》座《ざ》毛《もう》の緑野《りよくや》、梯梧《でいご》の花の紅《くれなゐ》に、／あらゆる暴力を傾け注がんとす。」の詩行を持つ。この『琉球決戦』の詩について、吉本隆明が『高村光太郎〈決定版〉』（一九六六年　春秋社刊）の中で次のように書き、沖縄戦の悲惨さや過酷さについて全く関心を寄せず、高村光太郎の「戦争協力詩」を「高村の庶民的善意によるもの」とし是認してしまっていることには違和感を覚えるのだが……。がしかし、それもみな「皇国少年」として戦中を過ごしてきた世代の解釈だと思うと、何やら薄ら寒い思いも禁じ得ない。

年少のわたしは、高村が敗戦と運命をともにするつもりだな、とかんがえ当時この詩にかなり感動したのを記憶している。敗戦期の高村は、眼前にひかえた死の決断をまえにあきらかに思想上の転機にたった。この「琉球決戦」にもあらわれているように、徹底した庶民的な意識から庶民の指導者としての意識にかわった。おそらく、この高村の転機に影響をあたえたのは、敗戦直前の焼けただれて機能をマヒした都市の現実と、傷めつけられて沈没してゆく庶民の動向であった。もう敗色はあきらかで、大衆は空爆に傷めつけられて気力をうしなっていた。高村は、この時期になって次のように書いている。

「罹災とは災厄によつて、最悪の場合には生命を失ひ、生命に異状ない場合でも、衣食住の突発的喪失による物的停滞を意味する。罹災とはあくまでも物の関係であって精神の問題ではない。物が罹災するのは眼前の事実であるが、精神の罹災といふのは元来他動的にはあり得ないのである。いかなる時にも自律的に自動性を堅持しながら消長するのが精神の特質である。」（「戦災者の心理」）

文学者が、戦争が引き起こす「悲劇」を眼前にして人間（精神）の「脆さ」を痛切に自覚しなければならない経験を基に書かれた作品として、私たちは石川達三の『生きてゐる兵隊』（「中央公論」一九三八年三月号に掲載、同誌は即日発売禁止。単行本は一九四五年十二月に刊行される）を持っているが、吉本隆明の「琉球決戦」論も高村光太郎の「戦災者の心理」も、戦争では「無辜の民（兵士を含む）」が真っ先に死傷するという事実を表現（文学）の彼方へ追いやっている点で、同じ過ちを犯している。小田実が言う「難死＝理不尽な死」を強いられるのは、詩人や知識人だけではなく「無辜の民」だと言う戦争の現実を、私たちはもう一度かみしめる必要があるのではないか。

　ところで、目取真俊の沖縄戦に対する思い（怨念）が凝縮された結果と考えられる『希望』から十年、作家は満を持したように『眼の奥の森』（「前夜」二〇〇四年秋号〜二〇〇七年夏号　十二回連載、単行本二〇〇九年　影書房刊）を刊行する。沖縄戦が開始されて間もなく、沖縄本島中南部では米軍と日本軍との間で激しい戦闘が繰り広げられていたが、北部の周囲一〇キロ余りの小さな島では駐留していた日本軍守備隊が壊滅状態で投降し、米軍が実質的に支配する状態にあった。そんな「平穏」を取り戻しつつあった島に、島の対岸から駐留していた米軍の若い兵士が泳いできて、子供たちと海岸で貝拾いをしていた十七歳になる「小夜子」を凌辱《レイプ》する。その後、ジープでやってきた米軍の武装兵たちは女性たちをレイプするために家々を襲い、島の部落は皆暗澹たる思いで日々を過ごすことになる。そのうち、小夜子が妊娠したという話が部落に伝わり――父親は米兵でなく、部落の男の誰かではないかとの噂が広がる――、小夜子を密かに「恋慕」していた海人《ウミンチュー》の「盛治」は小夜子を弄んだ（レイプした）四人の米兵たちに復讐すべく、彼らが泳いで島に渡って来るのを待って、海中で漁に使っていた銛を一人の米兵の腹に突き刺す。島人（盛治）の「復讐」を認めることのできない米軍は、若い米兵たちの「犯罪」（レイプ）は不問に付し、村人の協力を要請し、総力を挙げて盛治の行方を追う。追い詰められた盛治は、隠れていた壕から出て日本軍が遺していった手榴弾で自爆を試みるが、手榴弾は不発に終わり、盛治は米軍の放った催涙弾で目を傷め、その後は盲人として一生を送ることになる。また一方、小夜子は「狂者」となって奥座敷の部屋に閉じ込められるが、島の青年たちに弄ばれ、孕まされ、病院に入院させられる。

このような沖縄戦の最中から戦後にかけて沖縄各地で起こった（と言われる）米軍の占領に伴う「暴力＝事件」を素材にして、目取真俊の「知識」と「想像力」を駆使して創り上げたこの『眼の奥の森』は、まさに『希望』で試みた支配者（アメリカ軍）への「反意」や「抵抗」は、どのようにしたら「物語＝虚構」の中で実現することができるのか、を実験的に試みた作品であった。言い方を換えれば、目取真俊が作家を志した大学時代から思い続けてきた「沖縄戦をどう描くか」、「アメリカ軍の占領（支配）に対して沖縄人は果たしてどのような対抗軸を持ちうるのか」、更に言えば「沖縄人は、どうしてこれほどまでに支配者（アメリカおよび日本＝ヤマト）に対して従順なのか（弱いのか）」といった、祖父母や両親あるいは記録や資料から伝えられた沖縄戦の体験から得た、作家としての「命題＝主題」の可能性を問うた長編ということができる。

例えば、米軍の攻撃で負傷し米軍が設置した収容所内の病院で治療を受けた後、部落に戻った盛治に去来した次のような思いは、まさに沖縄戦の歴史（在り様）について思考を巡らし続けてきた目取真俊の、「反日本＝反ヤマト」と「反戦思想」を具現するものだった、と言っていいのではないだろうか。

　戦争はもう終わりぞしたがや《やなーうわーいるしちゃ》？　天皇陛下はどんなに《やちゃんち》なったがや？　その問いに答えられる者が部落にいるとも思えず、浜の対岸に造られたアメリカ軍の港に輸送艦が頻繁に出入りし、米兵達が忙しく動き回っているのを見て、戦争はまだ終わってはおらん《やなまうわってぃやうらん》……、別の《びちぬ》場所では《じゃ》戦闘が続いている《やちじちょーん》……と思った。だが、島の収容所に入れられた日本兵達は、腑抜けのように地面に座り込み、薄笑いを浮かべてアメリカ兵に煙草をねだっていて、武器を奪い取って戦おうという気概は微塵もなかった。友軍が戦うのならば我《わん》も一緒に《まじゅん》戦うん……、と盛治は思ったが、その機会はなく、今日、明日の食べ物をまずは考えなければならなかった。友軍に徴発されたサバニはアメリカ軍の攻撃で破壊されていたので、珊瑚礁の浅瀬を歩いて貝やタコを捕り、魚を突き、荒れた畑を耕すことに日々追われた。

　なぜ盛治は沖縄戦が終わったかどうかを気にし、その終戦に伴う天皇の在り様を知りたがったのか。その盛治の心理の拠って来る理由について、目取真俊は周到に次のような理由を用意する。島から中学へ進学し、戦争に伴って鉄血勤皇隊に入った同級生に「我《わん》は部落《しま》を守るため戦うからよ」と自分の決意を告げたところ、「我《わん》、我《わん》ってお前は犬か？　早く標準語を覚えろよ、日本人なんだから……」、と嘲笑された盛治の次のような「思い＝決意」に、その答えはあった。

思い通りに標準語は話せなくても、日本のために、天皇陛下のために、戦争に勝つために、自分が出来ることは何でもやるつもりで、防衛隊の一員として、島に配置された友軍とともにアメリカーと戦って死ぬつもりだった。昼は陣地構築や壍壕掘りの作業を行ない、夜は許可を得て海に出ると魚やタコを捕ってきて部隊に提供し、兵隊達に喜ばれた。我《わん》が出来ることはこんなことくらいだから……、まだ二十代半ばの坂口という少尉から礼を言われて、何も言えず棒のように突っ立った盛治は心の内でそう呟き、アメリカ軍が上陸したら一人でも多く殺して最後は爆弾を抱えて戦車に体当たりする決意を打ち固めた。何を言われても気をつけをして、はい、はい、と敬礼する盛治を笑う日本兵もいたが、うまく物を言いきれないぶん行動で示そうとし、不器用だが手を抜くことを知らない盛治を褒める日本兵もいて、学校でも家でも叱られてばかりいた盛治は嬉しくて日本軍に心酔した。自分のような海歩き《うみあっちゃー》しか出来ん人間が、友軍と一緒に天皇陛下のために戦えることが有り難くて、死んだ後に、あの男は不言実行の大和男子《おのこ》だった、と言われることを願った。

このような盛治の「思い・考え」が琉球処分以来「日本人」として「皇国教育」を強制された沖縄人に共通するものであった。故に、次のような小夜子が若い米兵達に暴行された現場を見ていた「フミ」の、老後における「語り＝回想」における「沖縄人批判」を必然としたのではなかったか。

フミは洞窟《がま》の奥に目をやったまま、久子や洋一（フミの幼馴染とその息子――引用者注）の方は見ないで話し続けた。

小夜子姉さんがアメリカー達《たー》に乱暴されても部落の《しまぬ》男達《いきがたー》は何もしーきれなかった。アメリカー達《たー》がいない前では叩き殺《たっくる》してやると言っていても、アメリカー達《たー》が来ると、叩き殺《たっくる》すどころか何も言いきれもしないで、あの《あね》輩達《ひゃーたー》に言われるままに盛治を捕まえると言って山狩りの手伝いまでやっていた。あの時代は抵抗したら殺されたんだから、仕方がないと言えばそれまでだけどね。だけど私は、棒切れを持って部落の男達と一緒《まじゅん》に森に向かう父親を見て、イヤでイヤでたまらなかったさ。父親だけでなく村の《ぬ》男達《いきがたー》みんながイヤでイヤでたまらなかった。たった一人でアメリカー達《たー》に向かっていった盛治のことを、部落の《しまぬ》男達《いきがたー》はどう思っていたのかね。盛治のために自分達が勇気がないのがはっきりさせられて、恥をかかされたと思って腹が立っていたのかね。でも、私はそういう部《し》落の《まぬ》男達《いきがたー》に腹が立ってならなかった。盛治がアメリカーを銛で刺したと聞いて、私は嬉しくてならなかったさ。本当に嬉しかった。小夜子姉さんをあんな酷い目に遭わせたアメリカーは死ねばいいと思って、あとで生き延びたと聞いて悔しかったくらいさ。

フミは「沖縄は五十年経っても何も変わっていない」と嘆息するが、そのフミの部落の人達が占領軍（アメリカ軍）に対してどのような態度で接したかという「回想」と、先の盛治の日本軍に対する「思い違い」の吐露とを合わせたその先に露頭してくるのは、作家目取真俊が内部で醸成させてきた沖縄戦を中核とする日本＝ヤマト（軍）への「絶望」——目取真俊の小説やエッセイにしばしば出てくる「友軍＝日本軍」という言い方に、目取真の日本（軍）への根源からの「皮肉」と「怒り」が込められていた、と考えられる――と、日本軍と同じようにアメリカ軍（占領軍）に対してどんな「反攻（抵抗）」も戦後行うことができなかった自分たち沖縄人への「絶望」である、と言っていいだろう。そして、そのような「絶望」の積み重なりから生まれてきたのが、例えば『希望』はどのようなモチーフで書かれたのかを語った『沖縄と国家』の、次のような「真情」ではなかったか。この目取真俊の「真情」は、また『眼の奥の森』の通奏低音になっている目取真俊の「思い」だと考えられるので、長くなるが全文引く。

二〇〇〇年夏に開かれた沖縄サミットの前にぜひ書きたいと思って「希望」を書いたのです。当時の沖縄では、基地の県外移設、あるいは全面撤去とかは理想論であり、本来そうあるべきだがそういったベストの選択はできない、だから県内移設という現実的な選択をしましょう、という議論が交わされていて、稲嶺恵一知事や名護市の岸本建男市長が辺野古「移設」を進めていたわけです。ベストな選択かベターかという議論をしているのだけど、なぜ、最悪の選択という発想をしないのか。ワーストの選択だって起こりうるんだよということを問いたかったわけです。じゃあ、何が最悪の事態かといったら、今の日本では組織的に国家にたてつくとか、あえて殺害するような暴力を持った運動というのは、もう起こりえないのではないかと。だけど、孤独な一匹狼というか、内に抱えた怒りを悶々として発散し得ない人間が出てきて、その人間が本気でやろうとすればできるわけですよ、簡単に。沖縄にはそこらへんに米兵がいて、その家族が歩いているわけだから、拉致してやろうと思えば簡単なわけです。どんなに集会やっても耳を傾けてもらえない、どんなにゲート前に座り込んでも、一切無視して工事をどんどん進める。選挙で圧勝して民意を示しても無視される。残された最後の手段は、暴力に訴えてでも、アメリカ国民に精神的な打撃を与えて、沖縄に軍隊を駐留させたらこんなことが起こりうるんだということを、知らしめることじゃないか。そうしない限り、実際基地というのは動かない。あとは、それを実行するかしないかだ。そう考えて行動する一匹狼が出たらどうするか。民主的な形で行われている基地の撤去運動を無視して、機動隊とか海保とかの暴力装置を使ってつぶしていけば、最悪こういった形が出てくる可能性がある、ということです。

この部分を読むと、目取真俊は民衆の正統（正当）な権利として「テロリズム」を全面的に肯定しているように見えるが、作家の「反体制＝反基地・反戦」思想はそれほどに単純ではなく、この引用の後、「小説の主人公は一番インパクトがある方法として最も卑劣なやり方を、自覚的にやっているわけですけれど。でも、そんな人間を出さない、出したくないからこそ、『希望』という作品を書いたわけです。今のままならこんなことだって起こりうるんだと、想像しなきゃいけないということで。」、と書き添えることを忘れない。あくまでも自分は小説家としての「規《のり》」を超えないという自覚の下で、それでも米軍（基地）や保守県政（日本政府）の「まやかし」を根底から批判していくという姿勢を崩さず、虚構《フィクション》の世界でその反権力的姿勢を続けていくことがどこまで可能かを自らの課題として問い詰めていく。長編の『眼の奥の森』は、まさにそのような試みを目指して書かれたものであった、と言っていいのではないだろうか。

その意味で、「民衆の暴力」を肯定的にとらえながらも、作者が大学時代の友人「M」の口を借りて次のように書かざるを得なかった「虚無」すれすれの「苦渋」について思わないわけにはいかない。同じく、『沖縄と国家』での目取真俊の発言。

最後に少しだけ付け加えたいことがあって、J（Mがニューヨーク滞在中に知り合った祖父が沖縄戦に参加したアメリカ人、「九・一一」イスラム過激派アルカイダによる同時多発テロに巻き込まれて死亡——引用者注）の死は残念だけど、俺には九・一一のあの事件が、やはり完全には否定できないんだな。無差別テロはいけないとか、暴力の連鎖は許されないとか、そんなきれい事を言ってもしょうがないだろうという気がしてね。日本という豊かな国に住んでいて、アメリカさんに頼って平和を享受している俺たちが何を言ったって、世界中のあちこちで第二、第三の九・一一を起こそうと狙っている連中には何の意味もないだろう。

ただ、繰り返すようだが、目取真俊が心底のどこかにテロリズムを肯定する考えを潜ませ続けているのではないかと思えることも否定できない。というのも、沖縄の「腐った現実」を暴き出した長編

『虹の鳥』(「小説トリッパー」二〇〇四年冬季号、単行本二〇〇六年　朝日新聞社刊)に、若い女性を食い物にし「暴力」で不良グループを支配している「比嘉」という沖縄の陰画的存在を象徴するような若者が、米兵による少女暴行事件に抗議して八万五千人もの人が集まった集会とその後のデモのテレビニュースを見て、「(本気で米軍を叩き出そうと思うんなら)吊るしてやればいいんだよ。米兵の子供をさらって、裸にして、五八号線のヤシの木に針金で吊るしてやればいい」と呟く場面を用意していたからである。

〈6〉「暴力」と「報復」の連鎖——「反基地」思想の行方

中学生の時から「暴力」によっておのれの「欲望」をほしいままにしてきた「比嘉」に支配され、美人局のような仕事を嫌々ながらやらされている「カツヤ」の、方途の見いだせない葛藤を軸に『虹の鳥』は物語が展開する。この長編は、「癒しの島」ならぬ「基地の島」である沖縄に対する権力(アメリカおよび日本政府)による「アメとムチ」政策の「陥穽」を白日の下に曝け出す意図で書かれたと思われる「異色」の長編である。言い方を換えれば、『虹の鳥』は沖縄戦に関わる様々な出来事や占領下の沖縄(人)の在り様を中心に物語を構築してきた従来の目取真俊作品に、「反基地」「反日本＝反ヤマト」という点で繋がりながら、潤沢な軍用地料を得て「豊かな生活」を維持している沖縄人が日常的にいかに「内部崩壊」の危機を抱えているか、を描いた長編ある。目取真俊は、自らの中学や高校の教師経験から得た知識や見聞を基に、その現実に鋭くメスを入れいく。この長編が問題作だという所以である。

中学に入ってすぐ、「琉誠会」という暴力団と関係を持つ「比嘉」をリーダーとする三年生の不良グループから「呼び出し」を受け、一万円の「入学金」を取られ、以後毎週二千円の「上納金」を収める生活を強いられるようになったカツヤは、仕方がなく入学した高校を中退した後、比嘉をリーダーとするグループの「使い走り」として、騙してホテルに連れ込んだ女子中学生や女子高校生たちをシンナーや麻薬付けにして「売春」を強要し、買春相手に少女との淫らな写真をネタに恐喝するという日々を送るようになる。カツヤは、そんな「泥沼」のような毎日からいつかは抜け出そうと思っているが、唯一の理解者だった姉が沖縄を去って教師になることを願って本土（九州）に渡ってからは、自分の窮状を理解してくれない二人の兄と、潤沢に入ってくる軍用地料で愛人を作り子供まで産ませた父親と、そのことを知った母親がスナック経営に熱中するという「崩壊」した家庭環境ということもあって、比嘉の「暴力」の下でもがき続ける日々を送ることしかできない状態に陥っている。

そんなカツヤがどうして生まれたのか、比嘉の「暴力」とはどのようなものだったのか。

隣の新入生の横に上級生たちが立つ気配を感じた。隣とは五十センチも離れてなくて、体の震えが伝わってくる。石を落とすとき、上級生の一人が口笛を吹いた。ひっ、という短い声のあとに石のぶつかる音がし、跳ね返って転がった石がカツヤの脇腹に当たった。思わず目を開けると、そばに立っている比嘉と目が合った。まずいと思ったが遅かった。唇に傷のある上級生を制して、比嘉は石を拾い上げた。黒目の淡い独特の目だった。その目からカツヤは視線をそらすことができなかった。比嘉はゆっくりとカツヤの顔の上に石を差し出す。焦点が拡散したような比嘉の目には、何の感情もないようだった。比嘉の靴先がカツヤの肩を蹴った。目を閉じろ、という意味だと思い、すぐにそうしたが、恐怖心が目を開けさせる。石は顔の真上にあった。比嘉の指が離れる。カツヤは体をねじって頭をよけた。落下する石の起こした風が、首筋から後頭部をかすめた。

「何か、お前は」

別の上級生がカツヤの背中を蹴った。集まってきた上級生に引きずり起こされると、顔を張られ、腹を殴られる。鳩尾に拳が入って、カツヤは胃から込みあげるものをこらえきれなかった。汚物がズボンにかかった上級生が、喚きながらカツヤを殴り、蹴りつける。体に加えられる痛みよりも、自分を見ている比嘉の目が怖かった。改めて仰向けに寝るように言われて、カツヤは震えが酷くて思うようにならない体をどうにか横たえた。

その後カツヤは石を胸に落とされ、「それから三ヶ月ほどは、深呼吸するだけで肋骨が痛み、運動することができなかった」が、何故カツヤはこのような比嘉の理不尽な「暴力」を受けざるを得なかったのか。それは、カツヤの家が軍用地料で「豊かな生活」を行っていることを比嘉たち不良グループが知っていたからであった。日米安保条約（日米地位協定）に基づく米軍に対する「思いやり予算」

とは別に、本土＝ヤマトで生活する多くの日本人が知らないまま、基地の中に土地を持つ地主たちに対して日本政府は莫大な軍用地料を支払うようになり、そのため多くの地主たちが「豊かな生活」を送れるようになった。しかし、その反面、軍用地料という「蜜（不労所得）」にヤクザが群がるようになり、その「蜜」が家庭崩壊の原因にもなっている沖縄の現実については、大城立裕が「戦争と文化」三部作の三作目『恋を売る家』（一九九七年）で明らかにするということがあった。ただ、目取真俊は大城立裕が『恋を売る家』で描いた世界のさらに深部で沖縄社会が軍用地料という「アメ＝蜜」によって「腐食」しつつある現実を、『虹の鳥』で描き出したと言えるかもしれない。つまり、日米安保条約（軍事同盟）の下で様々な「制約＝ムチ」を受け、その代償として与えられる軍用地料という「蜜」が、およそ人間のやることとは思われないような比嘉の「暴力」を生み出してしまったことを、目取真俊は『虹の鳥』で白日の下に引きずり出したということである。

その意味で、カツヤと比嘉らとの関係に、次のように「共依存関係」を読み取る尾西康允の見解は、妥当なものと言えるだろう。

この小説の全篇にみられる支配と抑圧のメカニズム――「自分を傷つけた相手に依存する、一見奇異に見える行為」――がそこに存在するのである。監禁状態におかれた暴力の犠牲者、あるいはDVにさらされた家族にみられる《共依存》の心理傾向に通じるといえよう。このように倒錯した状態は、沖縄の少女が犠牲になりながらも、駐留経費負担（「思いやり予算」）を支払いつづけ、米軍への依存を止めようとしない日本政府の喩として読めるのではないか。（傍点原文、「『虹の鳥』――《依存》と《隷属》の社会」、前掲『沖縄――記憶と告発の文学』所収）

ところで、アメリカ軍や日本政府という強大な権力によって支配され続けてきた戦後の沖縄（人）の比喩でもあるカツヤは、どのような精神状態に陥ることで比嘉の「忠実な下僕」になったのか、その経緯の一端は次のようなカツヤの内白から知ることができる。

> 何も変わりはしなかった。仁美が九州に旅立ったあと、主の去った部屋に入って、仁美のベッドや机の上の小物を眺め、カツヤはつぶやいた。授業に出なくなり、生活が荒れていくカツヤを、仁美は毎日のように叱り、励ましていた。その言葉を無視し反抗しながらも、カツヤは内心では、自分を救ってほしい、と叫び続けていた。しかし、自分が陥っている状況を仁美に話すことはできなかった。仮に話したとしても、もう小学生の頃のように姉の力でどうにかできるものではなかった。むしろ、気の強い姉が比嘉に向かっていくことを恐れ、カツヤは何も言うまいと決めた。定員を大きく割った高校にどうにか入学したものの、一年ももたずに中退したとき、姉から手紙が届いた。それを読まずに破り捨て、直後、カツヤは家を出た。

この『虹の鳥』では、カツヤの比嘉たちに対する「卑屈」な態度は最後まで変わらないのだが、死の淵まで追い詰められた人間（マユ――背中に「虹の鳥」の刺青を持つ――引用者注）が、「絶望」の果てに「延命」を希求して絶対的な権力（比嘉たちの容赦のない暴力）に対して必死の「報復」を試みるその凄まじいばかりの在り様は、見事に形象化されている。マユは、ホテルの浴室でカツヤをいたぶっていた比嘉にシンナーをかけ、ライターの火で燃やし、ナイフで首を切るという信じられない挙に出たのである。そして、カツヤに車を運転させ北部（ヤンバル）に逃げる途中、マクドナルドで休憩しているアメリカ人家族の娘を車に連れ込み、比嘉と同じように首を切って殺害する。

そして、カツヤが最後に次のような光景を幻視して、物語は終わる。

対向車のライトが眩しい。アクセルを踏み込みながら、カツヤは頭が混乱して状況を整理しきれなかった。これ以上何も考えたくなかった。虹の鳥を見たい。それだけを念じ続けた。

夜の森の奥に裸のマユが立っている。露に濡れた木々や草の葉、腐葉土、森に棲む生き物たち、それら全ての発する匂いが森の冷気に浄められ、マユを包む。白い体がしっとり濡れている。固い種子が割れ、新芽が芽吹くように火傷の傷が消えて、新しい皮膚が現れる。青や緑の羽毛に縁取られた緋色の顔。金色の虹彩と漆黒の瞳が夜の森を見る。鋭い嘴が開き、鳥の鳴き声がこだまする。樹間に差し込む月の光がマユの体を照らし出し、ゆっくりと上げられる左右の手の動きに合わせて、肩甲骨の上の翼が羽ばたき始める。羽音がしだいに大きくなり、マユの背中を離れた鳥は、七色の光を放ちながら夜の森を舞う。

マユの後ろに立って、虹の鳥を見上げるカツヤの背後に、森の闇よりさらに深い影が近寄る。喉にアーミーナイフが当てられる感触に、カツヤは目を閉じる。

そして全て死に果てればいい。

体の奥から笑いが込み上げてくる。バックミラーに映るマユの寝顔は美しかった。アクセルをさらに踏み込み、カツヤはヤンバルの森に一刻も早く着くことを願った。

なお、因みにタイトルの「虹の鳥」は、直接的にはマユの背中に彫られた「虹色の鳥」を指しているのだが、社会科の教師からカツヤが聞いた話では、そもそも「虹の鳥」とはベトナム戦争時代に米軍の特殊部隊員たちの間に伝わる「幸運」を呼ぶ「幻の鳥」のことであった。

ヤンバルの森の奥で訓練している特殊部隊の隊員たちの間に、一つの伝説が伝わっている。アーミーナイフで敵の喉を切る話をした次の時間、社会の教師は突然、黒板に板書していた手を止めて話を始めた。

ヤンバルの森の幻の鳥がいる。鳩くらいの大きさで、長い尾は一メートル近くもあり、頭には飾り羽根がある。全身が極彩色の羽根で覆われているので、米兵たちはその鳥を、レインボー・バード、虹の鳥と呼んでいる。もし森の中でその鳥を見ることができたら、どんな激しい戦場に身を置いても、必ず生きて還ることができる。兵士たちはそう信じている。（中略）

だがな、その鳥を見ることができた奴がいたかどうかは分からない。その鳥を見たことを他人に言ってしまうと、鳥がもたらす奇跡は消えてしまう。だから仮に見た奴がいても誰も口にしないから、鳥の存在を証明できないんだ。それと、もう一つの理由があって、その鳥を見た男は生き延びることができるが、代わりというか、部隊の他の仲間は全滅するというんだな。逆に他の仲間が生き延びるためには、虹の鳥を見た男を殺さなければならない。だから、虹の鳥を見た者は誰にも口外しない。そいう二重の意味で、存在を証明できない鳥というわけだ。だから幻の鳥なんだけどな。

そこで想像したくなるのが、目取真俊の『虹の鳥』の創作意図である。カツヤと比嘉やその松田ら仲間たち、そしてマユ（虹の鳥）との関係は、ベトナム戦争当時に米軍特殊部隊の間に広まった「伝説」をそのまま現代に移したものと言っていいのではないか、そしてそこにはいくら「報復＝暴力」を重ねても、その先に「救済」は実現しないという目取真俊の冷厳なメッセージが込められている、と見ていいのではないか。殺人を犯したマユを乗せてヤンバルの森を目指すカツヤが最後に漏らす「そして全て死に果てればいい」は、ニヒリズムの極北を表した言葉と受け取れるが、それはまた目取真俊の「絶望」の深さをもまた表すものでもあった。

カツヤは果たして無事、沖縄社会に帰還できたのだろうか。

あとがき

〈序章〉にも書いたが、「沖縄」及び「沖縄文学」との付き合いは長く、数えて半世紀を超えるまでになっている。「本土復帰」を間近に控えた一九六〇年代後半から七〇年代初めの「政治の季節＝学生叛乱・全共闘運動」の只中に学生時代を送った者にとって、「沖縄」の問題は「ベトナム反戦運動」との関係抜きで考えることができない。

前著『「焼跡世代」の文学——高橋和巳・小田実・真継伸彦・開高健』（二〇二二年　アーツアンドクラフツ刊）でも書いたことだが、開高健『ベトナム戦記』（一九六五年）が伝える衝撃的なベトナム戦争の苛烈かつ悲惨な現実に、「沖縄」が深く関わっていたことを知った時の衝撃は、五十年以上経った今でも忘れることができない。それは、ベトナム戦争と密接に関係していたアメリカの原子力潜水艦の横須賀寄港に反対する闘争の過程で明らかになったことでもあるが、沖縄の嘉手納基地に核弾頭が保管されているという事実を知ったこととも連動するものであった。ヒロシマ・ナガサキで筆舌に尽くせぬ核被害を被った日本の港や沖縄に堂々と「核兵器」が持ち込まれているという事実を目の前にして、いかにこの国（ヤマト＝日本）がアメリカに「従属」した国であるかを誰にも認識させたのが、沖縄にはいつでもB52戦略爆撃機に搭載可能な「核」が存在していることであった。

沖縄は世界の冷戦構造の下でソ連（現ロシア）、中国、後に北朝鮮を「敵国」とするアメリカの極東戦略の最前線に位置することを、ベトナム反戦運動や原潜寄港反対闘争は日本の若者（学生）に否が応でも知らしめたのである。その意味で、私が「沖縄」及び「沖縄文学」に興味・関心を持つに至ったのは、必然だったと言っていいかもしれない。具体的には、ヒロシマの被爆作家大田洋子の『屍の街』（一九四八年　中央公論社刊）や『人間襤褸』（一九五一年　河出書房刊）経由で大江健三郎の『ヒロシマ・ノート』（岩波新書　一九六五年刊）の「僕は、広島とこれらの真に広島的なる人々をヤスリとして、自分自身の内部の硬度を点検してみたいとねがいはじめていた」という言葉に導かれて、『沖縄ノート』（岩波新書　一九七〇年刊）を手にしたことから始まった。そこで大江が必死に沖縄の現実と取り組んでいることを知り、そのことは北村透谷を手掛かりに、「政治」から「文学」への転位を模索して行きつ戻りつしていた私の進むべき方向の一つを確実に示すものになった。

それから五十年余、時によって濃い淡いの違いはあっても、近現代文学の研究者として、また批評家としてずっと「沖縄」及び「沖縄文学」と付き合ってきたのは、〈序章〉に書いた通りであり、本書は、その五十年余りの「沖縄」及び「沖縄文学」との付き合いの結果でもある。

ただ、本書の執筆中に目取真俊と辺見庸との対談『沖縄と国家』（角川新書　二〇一七年刊）の中で、辺見庸が「第四章　国家暴力への対抗」において、目取真俊文学に対して次のように言っていたが、辺見庸の言葉が本書執筆にあたって「援軍」を送られたような気持ちになったことだけは、記しておきたい。

〈ただ、作品世界は、おっしゃっていることよりももっと深いな、と僕は大いに惹かれているわけで。目取真さんがお書きになった小説群というのは、やはり逆に僕個人にとっては、今だからこそ、むしろ輝きをもつというのかな、時代にきていると思う。それは何かというと、その作品世界は、政治と文学って問題のたてかたをするとして、それを対立項的に考えるときに、目取真さんにおいては、そういうヤマトゥのたとえば戦後文学なんていう観点とは、根本的に違うような気がするんですよね。もっと、眼前の課題に対して身体的にちゃんと向き合うかどうかということを常に突きつけられている気がする。傍観者たち、忘却者たちを断じて許さない。はっきり言って、ぐうの音も出ないと言うのが僕の正直な印象なんですよ。こうやって向かい合っていうのはなかなか恥ずかしくて言えないんだけれども、あなたの書くことの仮借のなさ、でしょうかね。それだとおもうんですよ。このホンドの、進歩的知識人といわれている人間たちには、その仮借のなさがまったくない。かつてごく少数の人間にはあったけれども、今やかいめつですよね。〉

この辺見庸の言葉を象徴するのが、沖縄県民の反対を押し切って強行されつつある米軍普天間基地の移転を前提とした名護市辺野古沖の新基地建設である。自公保守連立政権による「自然破壊」をものともしない辺野古沖米軍新基地建設、これは「日本」がアメリカの属国であり、自衛隊もアメリカ極東軍の指揮下に存在することの証左でもあるのだが、現在の軍事情勢がまたそのような沖縄の犠牲の上に成り立っていることを思うと、何ともやりきれない思いがする。そして本書執筆中、絶えず脳裏から去らなかったのは、二〇二二年二月二十四日のロシアのウクライナ侵攻から始まって今もなお続いている「ウクライナ戦争」のことであり、「台湾有事」という仮想（作り出された）の「危機意識」に乗じて、いよいよ「専守防衛」という最後の砦をかなぐり捨てて「戦争のできる国」へと一直線に進んでいるこの国＝ヤマト（日本）の在り様についてである。自公政権による沖縄先島諸島への自衛隊配備（ミサイル基地建設）は、沖縄（および日本＝ヤマト全体）を再び戦場とすることを厭わないウルトラ・ナショナリストたち（保守派）の策謀としか思えず、アジア太平洋戦争の帰還兵の息子であり、学生時代に「殺すな！」を合言葉に権力の「非人間」と向き合った経験を持つ私には、到底容認できるものではなかった。

さらに言えば、この「あとがき」を校正している時に飛び込んできたパレスチナのイスラム武装組織ハマスとイスラエルとの衝突（戦争）のニュースであった。すでに双方で五〇〇〇人を超える死者とその数を上回る負傷者が出たこの「戦争」は、まさに「歴史」から何も学ばない人間の「愚かさ」を証するものだが、そのこと以上に気になったのはこの「戦争」による「死」や「破壊」を報じるこの国のメディアの劣化（「死」に対する感度の鈍さ）についてであった。

そして同時に思ったのは、沖縄文学がテーマの一つとしてきた「沖縄戦」や、日清・日露戦争に始まりアジア太平洋戦争で一応の終わりを迎えたこの国の「侵略戦争」における夥しい数の「死」（死傷者）についてであり、それらの「死＝戦争死」に思いをめぐらし、先ごろ亡くなった大江健三郎に倣って「生」の側に身を置く「文学の力」を信じるしかないのではないか、ということに他ならなかった。つまり、「文学の力」を信じて今は前に進むしかないという覚悟をどれだけ持ち続けることができるか、ということである。

なお、本書執筆にあたって心掛けたことが五つある。一つは、沖縄出身でも、また沖縄在住でもない本土＝ヤマトの一地方（北関東の前橋市）でずっと生きてきた者として、「沖縄文学」はあくまでも「日本近現代文学（戦後文学）」の歴史を形成する文学である、という認識の下で批評するという姿勢を堅持すること――この批評の方法が本書の特徴になればいい、と執筆中ずっと思い続けてきた――。二つ目は、批評の対象はあくまでも公刊された単行本を中心にして、新聞や雑誌に発表された文章は管見に入ったものに限定する（限定せざるを得なかった）こと。三つ目は、批判を覚悟で崎山多美に代表される沖縄の女性作家については、今回は残念ながら言及しなかったこと。四つ目は、「詩」作品についても、系統的に詩集などが手に入らなかったということもあり、必要最低限のものにしか言及しないこと。五つ目は、作品を現代（戦後）の沖縄が抱えている「政治」や「歴史」と切り放すことなく、「文学作品は時代を刻印し、時代を超える」という文学の本質を常に意識して論じきること。

以上のような「自己規制」の下で執筆をつづけたのだが、本書は果たして「沖縄文学」の核心を突く批評になったかどうか。そのような疑念は、本書執筆中に幾度となく脳裏を過ぎった。しかし、大城立裕、又吉栄喜、目取真俊といった芥川賞作家の作品（と彼らに対する批評）をほぼ九〇パーセント以上読んだ上で論を進めていくうちに確信したことは、「沖縄文学」の本質——それはヤマト＝日本への「異議申し立て」を作品の根っこに持っているということになるが——は、この三人の作家の作品に集約されていると考えていいのではないか、ということであった。

結果は、読者の皆さんが本書をどう受け止めてくれたかによってわかるわけだが、本書は筑波大学の「教え子」で現在は沖縄恩納村の文化情報センター（図書館）の係長をしている呉屋美奈子さんの協力があって密度の濃いものになったと思っている。彼女には、本書の執筆を強力に勧めてくれたアーツアンドクラフツの社長小島雄氏と共に感謝の気持ちを捧げたい。

本当にありがとうございました。

著　者

黒古一夫（くろこ・かずお）
1945年12月、群馬県に生まれる。群馬大学教育学部卒業。法政大学大学院で、小田切秀雄に師事。1979年、修士論文を書き直した『北村透谷論』（冬樹社）を刊行、批評家の仕事を始める。文芸評論家、筑波大学名誉教授。
主な著書に『立松和平伝説』『大江健三郎伝説』（河出書房新社）、『林京子論』（日本図書センター）、『村上春樹』（勉誠出版）、『増補　三浦綾子論』（柏艪社）、『『1Q84』批判と現代作家論』『葦の髄より中国を覗く』『村上春樹批判』『立松和平の文学』『「団塊世代」の文学』『「焼跡世代」の文学』『黒古一夫　近現代作家論集』全6巻（アーツアンドクラフツ）、『辻井喬論』（論創社）、『祝祭と修羅─全共闘文学論』『大江健三郎論』『原爆文学論』『文学者の「核・フクシマ論」』『井伏鱒二と戦争』（彩流社）、『原発文学史・論』（社会評論社）、『蓬州宮嶋資夫の軌跡』（佼成出版社）他多数。

ヤマトを撃《う》つ沖縄文学《おきなわぶんがく》
大城立裕・又吉栄喜・目取真俊

2023年11月30日　第1版第1刷発行

著　者◆黒古一夫《くろこかずお》
発行人◆小島　雄
発行所◆有限会社アーツアンドクラフツ
東京都千代田区神田神保町2-7-17
〒101-0051
TEL. 03-6272-5207　FAX. 03-6272-5208
http://www.webarts.co.jp/
印刷　シナノ書籍印刷株式会社

落丁・乱丁本はお取り替えいたします。
ISBN978-4-908028-90-8　C0095